必求良媛

上

風 文創 386

林錦粲 著

目錄

序文

林錦粲

動筆寫下這篇序文時，我首先回憶起的，是這個故事從哪裡誕生。毫無疑問，最先出現在我腦海裡的，是男女主角。

作為穿越人士的女主角朝雲公主，獨立自主、見識足夠，當她憑藉自己的智慧從腐朽頹靡的宮廷逃出來，在繁華的揚州城遇到傲嬌吃貨美男時，他們之間發生的故事，一定極為有趣。

朝雲雖穿為公主，卻遇上昏君父皇，被迫接受不幸的婚事，於是她選擇了拋開公主身分，為自己籌劃全新生活。對她而言，自由自主的生活是最大追求，愛情反而是虛無縹緲、無關緊要之事。所以，當她意識到身分可能暴露時，便在第一時間離開剛萌生出感情的男主角。

男主角謝希治，俊美無儔、才華橫溢，出身江左名門，可惜個人所求與家族目標相悖，無奈避世而居。這樣的他吝於付出心力與人交往，卻不知不覺愛上朝雲公主，並在毫無知覺的情況下被她拋下。這個衝突點是激發我構思故事的一大要素。

而促使我把整個故事完整建立起來的另一大要素，是美食。背井離鄉多年，伴隨我成長的家鄉美食多半再難品嚐到，成了鄉愁中的一部分，這個故事恰好給了我機會，充分回味、懷念家鄉的種種美食。

美食是連接人的橋梁，當美食的魔力散發出去，男女主角就擁有了進一步發展的催化劑，最終演化為深植於兩人心中的味覺記憶。美食催化愛情生根發芽，愛情融化誤解與隔閡的堅冰，兩個成長背景、人生經歷都迥異的人，終於能相知相許，勇敢追求永恆的幸福。

除了愛情之外，我還在文中著力描繪女主角與兩位兄長——誠王和信王的兄妹之情。皇室本是無情之地，互相猜疑、骨肉相殘之事層出不窮，可我始終相信，無論什麼樣的環境下，都會有清醒正直的人保持初心，懷有美好的感情，重視應該重視的人，願意為親人竭盡所能。

說到情，更不能不提女主角與一直跟隨她、照顧她的周松、周祿、春杏三人間名為主僕、卻勝似親人之情。沒有這三個人，也許朝雲公主連黑暗的宮廷生活都難以撐過，更不用提之後面對不幸婚姻、策劃逃離京城、到全新的地方定居了。他們四人互為依靠，不離不棄，最終獲得幸福自是理所當然。

說來說去，總不脫一個情字。我試著將美好的感情，佐之以各色美食，烹調成這個小小故事，以饗親愛的讀者們，希望大家喜歡。

第一章

「欸，來了來了，別擠別擠，你踩著我了！」

初冬時節，天黑得早，此時又已近黃昏，眼看著都要到坊門關閉的時辰了，天街兩旁卻反常地圍著裡三層、外三層的百姓，正興致勃勃、喧喧嚷嚷地邊議論邊往宮門處瞧。

天街向北直通皇城承天門，向南則一路延伸到明德門，東西寬度足有六十餘丈，偏偏今日圍觀的人特別多，將一條寬闊的天街塞得滿滿的，讓沿途警備的人甚為苦惱。

恰在此時，一隊羽林衛策馬奔來，邊高聲吆喝：「讓開讓開！休要驚了公主車駕！」

人們這才紛紛往街邊後退，又有人感嘆：「瞧瞧，這才是皇帝嫁女的氣魄！前日宜淑公主就沒有羽林衛先行開道。」

「老丈你有所不知，宜淑公主雖也是帝女，但嫁的不過是李侍郎的公子，哪比得上朝雲公主，下嫁的可是咱們韓相爺的長公子河西節度使韓將軍！韓將軍上個月剛打了大勝仗回來，正是虎父無犬子，那李駙馬如何比得？」旁邊一個年輕人興奮地開口解釋。

他說完這番話，周圍全是讚嘆之聲，眾人紛紛說起丞相韓廣平父子的事蹟，個個讚不絕口，甚至有膽大的還說：「趕上這麼一位皇帝，也虧得有韓相公理事，不然你我啊，連口飽飯也未必吃得。」

此言一出，附和者甚眾，冷不防有個清冷的聲音插嘴道：「不入京師還真不知道，韓相爺令名已堪比曹孟德。」

先前說話的年輕人讀過書，一聽此言，登時出了一身冷汗，循聲望去，只看見一名白衣男子揮袖而走。此時身後又有人接話：「昔王莽『折節力行，以要名譽，宗族稱孝，師友歸仁』，又『勤勞國家，動見稱述』，心機才幹，豈是曹阿瞞可比？今韓相公自無曹某之心，倒多有效王莽之意。」

年輕人飛快轉頭，只見身後站了一名青衫學子，正眼帶嘲諷向前觀望，見他看過來也不迴避，還說：「韓氏有功，聖上以公主妻之，韓氏卻搶先迎娶鄭氏女，這樣的威風，我大秦又有何人比得？」

年輕人聽他語出不遜，越說越露骨，嚇得連忙往旁邊擠過去，怕有人以為自己識得他，被連累了倒楣。那青衫學子卻冷笑一聲，不屑地轉身離去。

「快看！那是韓駙馬嗎？」

年輕人剛擠到一個好點的位置，就聽人大聲嚷著指向前面縱馬行來的騎士。他循聲望去，眼見身穿紫色官袍、頭戴進賢冠的男子騎著高頭大馬，在隨從簇擁下當先而來。此時日落西山，天已經暗了，兩面開路的羽林衛燃起火把，映出那男子的面容，隱約能看到他蓄著短鬚，端坐馬上，不怒自威。

圍觀百姓不由壓低了聲音，紫袍男子行到近前來時，虎目一掃，眾人皆有種泰山壓頂的感覺，還在私語的也住了口，垂低視線，不敢與他相對。

與此同時，為眾人所欣羨的朝雲公主楊十娘心裡卻在想：萬萬沒想到，我最終還是嫁給了大反派的兒子。不過沒關係，身為一名穿越女，總是要在各種絕境、困境下大展神威，這一定是對我的終極考驗！

不用多久，我就會收服韓肅、弄死韓廣平，打敗鄭氏女、獨占高富帥，走上人生巔峰……想想還真的很刺激呢！

啪！朝雲公主一不小心，用力折斷了一直握在手裡的扇柄。她鬱氣難平，索性把團扇往腳底一丟，在心裡暗罵賣女兒的皇帝爹楊琰和養母胡昭儀。

她根本沒有一丁點即將要嫁給——當朝丞相兼太師之子、涼州都督、河西節度使韓肅——這個「青年才俊」的喜悅。

其中原因說來複雜，總結卻不外三點：一，此人喪偶有娃，她嫁過去不是元配，要當後媽；二，此人在半月前剛娶了世家大族鄭氏長房的嫡女鄭三娘為填房，那鄭三娘是京師有名的美人加才女；三，也是最重要的一點，此人和他爹居心不良，有想造反的嫌疑。

穿越到這個史書上不曾出現的大秦王朝已經十四年，為了能好好長大、將來有脫離宮廷自由生活的一天，朝雲公主一直謹小慎微、低調處事，將懦弱無爭的公主扮演得入木三分，就是不希望有人記得自己，好躲過那些後宮傾軋、明爭暗鬥。

誰知躲是躲了個徹底，也好好地活到十四歲，眼看著要熬出頭了，偏偏這時韓肅在涼州打了大勝仗，但韓家父子官職都已經夠高，可謂賞無可賞。昏君父皇想來想去，終於想起韓肅前兩年喪偶，正好自己女兒多，嫁過去一個就當獎賞了。

沒承想這事是他一廂情願，人家韓廣平早跟鄭家談好了，要為兒子迎娶鄭家三娘，只是還沒有正式下聘。

哪知父皇臉皮厚，聽說了這事，居然說：「韓卿青年才俊，多娶幾房姬妾也是尋常。」執意賜婚，把個世家貴女鄭三娘硬生生逼成填房貴妾。

親事定了，自然就要選個女兒嫁過去，適齡的公主裡分別有胡昭儀所出的八公主、朝雲公主和她剛滿十三歲的十一妹。胡昭儀聽到風聲，不知怎的磨得楊琰，居然先把八公主嫁出去，於是這門「好」親事，就砸到了首當其衝的朝雲公主頭上。

朝雲公主跟別人比不了，她生母早死，便是活著也不受寵，她自己在後宮又沒有存在感，胡昭儀不為她說話，也就沒人替她多言了。於是，她被趕著先封為朝雲公主，就這麼急匆匆地下嫁了。

她覺得自己完全可以參選「史上最悲催公主」。

皇帝爹楊琰是個昏君，看不明白韓家和鄭家的事，她卻不能不多想。韓廣平現在位極人臣，獨攬朝綱，又會做人，籠絡了一班寒門士子給他邀名，以至於外面百姓都說「君雖為昏君，臣實為忠臣」，現在韓家又跟鄭家結了親，有朝一日造反，自己這個前朝公主如何能敵有擁戴之功的鄭家女？

到時都不知道怎麼死的！

「公主，前面就到公主府了。」外面隨侍的婢女春杏低聲提醒道。

朝雲公主眉頭皺了起來，今天可還有個洞房花燭夜呢，到底要怎麼辦啊？

她糾結地拾起團扇握在手中，腦子裡一時轉了許多主意，卻都行不通，只能安慰自己：

船到橋頭自然直。

車到公主府停了下來，朝雲公主扶著春杏和另一個婢女夏蓮的手下車，以扇遮面，一路進了新房。先夫妻行禮，再坐帳去扇，最後同牢合巹、更衣合髮。

此時一干閒人都已退散，朝雲公主在燈下悄悄瞥了韓肅一眼，她之前已見過他的面容，不過到底不如現在這麼近，看得這麼清楚。

韓肅面容嚴肅，臉上稜角分明，顯得有些冷硬而難以接近。他也不看朝雲公主，自己伸手解開頭髮，站起身抱拳說道：「外面還有賓客，韓某先出去略陪片刻。」

朝雲公主鬆了口氣，點頭道：「都督且去。」

等他出了門，她又大大吁口氣，對隨後推門進來的春杏說：「讓夏蓮在這裡守著，妳陪我去沐浴。」

「我瞧他似乎沒有要洞房的意思。」轉進淨房，朝雲公主悄悄跟春杏說。

春杏聽了，整張臉皺起來，不知道該喜還是該憂。

朝雲公主拉了拉她的手。「不論往後如何，眼下能拖一時是一時。我等會兒先睡下，若是他回來，妳們就說我睡了；他若是不回來，那更好。」

春杏只得應了。

後來果如她所料，韓肅雖然回房，卻是由人架著送回來的，說是喝醉了，聽說公主已經歇下，就到廂房裡睡了，並沒有再進新房。

第二日一早，韓肅還沒起來，韓廣平的夫人就帶著鄭三娘和韓肅元配妻子留下的兩個孩子來拜見朝雲公主。

朝雲公主沒有托大，穿了禮服，怯懦地去前廳相見，並不敢受韓夫人的禮，也沒有為難鄭三娘，還分別給她和兩個孩子見面禮。

韓肅姍姍來遲，看她們已經見完禮，就說要親自送母親回去，連帶著把鄭三娘和兩個孩子一同帶走了。

「駙馬也太不給公主留情面了，竟不叫鄭氏留下服侍公主！」夏蓮憤憤不平地說道。

朝雲公主低頭，默默地往回走，春杏推了夏蓮一把。「妳少說幾句吧！」指了指前面低頭垮肩的公主。

夏蓮看見公主還是那副軟弱樣子，火氣不由又多了幾分，快步上前扶著她，道：「公主，您可再不能像在宮裡那般了！」話剛說完，就看見公主眼角有淚珠滑落，愣了一下，不敢再說了。

當天，韓肅直到晚間才回公主府，與朝雲公主一同用了晚飯，兩人皆沈默不語。朝雲公主一直低著頭，韓肅則不動聲色地打量她。

這位默默無聞的朝雲公主生得甚為幼小，明明已經十四歲了，卻還是一副小女孩的單薄身板。巴掌大的臉，眉毛輕淡、口鼻小巧，眼簾總是微微垂著不敢看人，全身上下毫無吸引人目光的地方。再回想起豔若桃花的鄭三娘，韓肅放下手中茶盞，終於開口說話。

「早上父親因緊急軍務入了宮，所以未能來拜見公主，還請公主恕罪。」

緊急軍務？剛跟吐蕃打完仗，哪來的軍務？不過是懶得來見罷了。朝雲公主心中有數，面上只柔順答道：「我是晚輩，本該我去見公爹才是。公爹公務繁忙，乃是為國效力，我怎敢怪罪？」

聲音倒還清脆好聽，可惜音量太小，透著一股怯意，更像小女孩了。韓肅想起父親的話，不耐煩再應付這位公主，起身說道：「韓某還有軍報未看，要回韓府一趟，公主若是累了就先歇息，不必等某了。」

朝雲公主跟著站起來，期期艾艾地答道：「唔，那、那都督、且先去忙。」等看著韓肅大步出了房門，才緩緩坐回去，悄悄鬆了口氣，又在心底不屑地冷笑：回去看軍報？是去看鄭三娘吧！

夏蓮匆忙從門外進來，走到公主跟前停住問：「駙馬又走了？他們也太欺負人了吧！」春杏上前拉她。「妳少說兩句，出去看著人，別叫她們亂傳話！」說完去扶朝雲公主。「公主，奴婢服侍您進去歇著吧。」

夏蓮看公主垂頭喪氣地跟春杏進去了，恨恨地跺了跺腳，轉身出門，先到院子裡罵了在門口竊竊私語的守門婆子，又趕了門前候著的小丫頭去幹活，才把這口氣發出去。

「公主，這才第二天呢，總這樣也不是辦法。」裡間內，春杏悄悄跟朝雲公主說話。

朝雲公主換了衣裳，抬眼看春杏。「不這樣還怎麼著？叫我去討好他？」

見春杏不說話，朝雲公主嘆了口氣，解釋道：「妳也瞧見韓肅的態度了，分明是十足不情願。韓廣平連見都不見我，根本沒把我放在眼裡。父皇只怕連我長什麼樣子都不記得，我這樣一個沒有憑恃的公主，還能如何？」

春杏聽了這番話，不由難過起來，卻勉強打起精神勸她。「公主可別這樣想，到底是親生父女呢。」

「呵，親生父女又如何？五姊還是先皇后所生、父皇唯一的嫡女呢，還不是連面都不肯見。如今他眼裡除了蘭貴妃，哪還有旁人？別說我們這些女兒了，就連太子……」說到這裡，朝雲公主終於停下來嘆息。「我們謹小慎微在宮裡挨了這麼多年，總不會是為了今天。春杏，我已打定了主意，妳……」

春杏分外糾結，可又知道這位小主子對外懦弱不爭，私下實是最有主見的，既然拿定了主意，恐怕難以勸服，只能說：「奴婢自然都聽公主的。公主也別心急，且等張松的消息吧。」

朝雲公主沒再多說，反正時機還沒到，慢慢說服春杏不遲，便早早收拾了歇息。

第二日一早，韓肅來接朝雲公主進宮，一同去拜見楊琰和蘭貴妃。

他們到的時候，恰好韓廣平也在，一見了朝雲公主就要告罪，誰知不等朝雲公主開口，楊琰就先說：「她既嫁入韓家，就是韓家婦，卿是長輩，何須再與她行禮？」反叫女兒給韓廣平見禮，等她行過禮，也沒與她說話，就打發她跟蘭貴妃出去。

蘭貴妃沒見過朝雲公主幾回，並沒什麼話可說，勉強客套幾句，就以懷孕為由說自己累了，讓朝雲公主去見胡昭儀。朝雲公主自然立刻起身告辭，帶著人去了胡昭儀那裡。

胡昭儀帶著宜淑公主親自出門來迎，看見她就滿臉堆笑。「怎麼回來得這般早？皇上沒留妳說話？」

「父皇要與韓相公和駙馬說話，讓我回來看母妃。」朝雲公主還是一貫的羞怯模樣，說到「駙馬」兩個字時，還有意壓低了聲音。

宜淑公主就拉了她的手，對胡昭儀笑道：「十妹害羞了呢。娘，咱們進去說話吧。」一手拉著十娘、一手扶著胡昭儀進了殿內。

朝雲公主只微笑靜聽，問到她就答兩句，不問也不說話，胡昭儀囑咐什麼，她就答應，並不多說。好在還有宜淑公主在，不時說些新鮮趣聞，好歹挨到了用膳的時辰。

畢竟不是親生母女，且胡昭儀總覺得是十娘替自己女兒跳了韓家這個火坑，心裡還有些不自在，就沒有多留十娘，用過膳就放她走了。

韓肅那邊則說有公務，不與朝雲公主一同回府。

夏蓮聽了，又嘀咕著。「這才新婚呢，不是還有假嗎？」

春杏使勁推了她一把，拉著她一起服侍公主上車，回公主府。

回去以後，朝雲公主就躲進房裡不出來。外面服侍的人只看見公主一個人垂頭喪氣地回來，然後便悶悶不樂地躲進房裡，又聯想到駙馬兩天都沒留宿，今天更是一起出去卻未一同回來，各自腦補了一齣狗血劇情，偏偏韓駙馬也配合，到晚上都沒回來，據說是有緊急軍務。

有那消息靈通的，就說明明有人看見駙馬傍晚回了韓府便不曾出來過，這哪是有緊急軍務啊，明顯是緊著那邊的鄭三娘，要冷著朝雲公主呢！

就在公主府裡各路人馬人心浮動、琢磨著自己的前途是不是不太好的時候，又一個消息傳來：涼州附近有突厥人往來襲擾，韓都督要即刻回涼州鎮守！

第二章

「國事要緊，都督，不用顧慮我。」朝雲公主聽完韓肅的意思，絞著雙手，低聲說了這麼一句。

看她一副楚楚可憐的模樣，韓肅有些不忍，略略軟了聲調說：「那某便去了。公主保重，若有事可遣人回韓府去說。」

朝雲公主微微抬頭，怯怯地看了韓肅一眼，問：「都督何時啟程？可要我收拾行裝？」

「明日一早就走，家裡都收拾好了，不用麻煩公主。」韓肅一瞥之間，隱約看到她杏眼裡的水光，怕自己會心軟，當下快刀斬亂麻。「某還要去召集親衛，先告退了。」說完即轉身離去，沒有再停留。

朝雲公主跟著送出屋子，卻在院門處就停下腳步，遠遠看著韓肅的背影消失，然後落寞地轉身回房。

這次夏蓮沒再多話，只是又出去喝罵了外面侍候的人一番。

第二日，朝雲公主沒有出府去送行，甚至比平日起得還晚一些，起來以後也足不出戶，就悶在屋子裡。整個主院裡靜悄悄的，外面侍候的人都老實起來，各自尋了地方躲著，不出來互相傳話了。

但消息還是一點一點傳了進來。「……韓都督帶著鄭氏和韓家大郎一同去了涼州。」

朝雲公主斜倚在榻上，看著眼前的小個子內侍，問道：「都有誰去送行了？」

「回公主，靖王殿下奉聖命前去相送，還有幾位駙馬也去了。」

奉聖命？呵呵，這個昏君爹還真是行啊，女兒賣了就算了，女婿帶著小妾上任，他連管都不管的。

朝雲公主面帶譏誚，心裡的主意更加堅定。「見了你師傅張松了？」

「是，師傅命小的回稟公主，他已經尋到門路，只是此事不能操之過急，他正在想法子，過些日子再親自來跟您回報。」

朝雲公主聽得心中滿意，又問道：「他手上的銀錢可還夠使？」

小內侍答道：「回公主，師傅說他那裡什麼都不缺，請公主放心。」

「那就好。」朝雲公主呼出一口氣，轉頭吩咐春杏：「妳看著院子裡的人，該往外清的都清一清，這事讓夏蓮去做，與外面的來往交接，也都讓她去辦。齊祿還是去灶下，有事我會叫你的。」

春杏和小內侍齊祿一起答應了，朝雲公主又吩咐春杏：「人事可讓夏蓮去管，屋子裡的東西和府裡的庫房，妳可得留心看著，別叫人渾水摸魚。」

自此朝雲公主開始了死宅生活，從韓肅走後一直到年底，她連房門都少出，更別提出門見人了。不過她一向沒什麼存在感，除了胡昭儀和宜淑公主母女，跟她能說上話的人寥寥無幾，那母女倆看到她現今的處境都有些心虛，自不會主動上門，因此也就無人來尋她，讓她過了兩個月清靜日子。

韓肅到了涼州以後，曾經來過一封信，只說一路平安，過年不回來了，請公主保重，然後再無其他。朝雲公主想了想，提筆回了信，也只說自己一切都好，請都督保重。

可惜過年時，她不得不進宮朝賀，好在蘭貴妃臨盆在即，楊琰沒什麼心思過年，大家走個過場就罷了。卻不想剛出宮，就有人追過來與她說話。

「七哥？你不是早走了嗎？」朝雲公主很意外。兄弟姊妹裡，她與七哥信王算是最親近的了，可信王比她還會裝懦弱，恨不得存在感比她還稀薄，今日早早偷空出了宮，竟然沒回府去，還在這裡單等著她，實在有些奇怪。

信王楊重溜上妹妹的車，也不說話，只向她使了個眼色，朝雲公主會意，讓春杏下去坐後面的車，自己單獨與楊重說話。

「我下個月去郁林州就藩。」楊重開門見山。

朝雲公主一愣。「這麼快？父皇下旨了？」

楊重點頭。「過完年一開印就下旨。十娘，哥哥無能，無法照顧妳，此去就是數千里之遙，此生不知還能不能再見，哥哥沒什麼好東西給妳留念，這個妳收著。」說著從袖子裡抽出一個荷包，塞進妹妹手裡。「妳保重。」說完揚聲叫停車，也不待她反應，就跳下了車。

朝雲公主掀開車簾，看見楊重快步走到候著的從人那裡上馬，在撥馬離開前，回頭看了她的馬車一眼。兩下相隔約有十餘步，她只隱約看出信王面有愧色，他便轉頭策馬走了。

「走吧。」朝雲公主出聲吩咐。等馬車重新行走起來，她才打開那個荷包，裡面似乎是幾張紙，還以為是楊重留的信，拿出來後卻發現是一疊面額皆為一百貫的銀票，不由大為驚詫。

朝雲公主撚開數了數，不多不少，正好十張。

楊重跟她一樣都是絲毫不受寵的，只有人人都有的東西，才能到他們手上，而且到手上之前，必然還要打個折扣，這一千貫拿在手裡，實在有些沈甸甸。

朝雲公主心中五味雜陳。楊重比她大六歲，跟她一樣生母早死，楊重生母死了之後，曾經由十娘的生母白婕妤撫養過幾年，因此前些年兩兄妹要比旁人來得親近。

可惜白婕妤去世得早，那時楊重已經十四歲，替白婕妤服完孝後就出宮娶妻，而朝雲公主方才八歲，被送到胡昭儀處撫養。兄妹兩個都是一心低調求存活，漸漸地往來就少了。

她真想不到楊重臨走前還能想著她，還給她留下這麼一大筆錢。

朝雲公主不由有些慚愧，自白婕妤死後，楊重很少來看她，她身邊的人多有微詞，她卻不以為然。在這樣一個妖孽叢生的後宮裡生存，誰不是處處小心、明哲保身？能把自己顧好就不錯，哪還顧得上旁人？所以她在計劃自己以後的生活時，從沒有考慮過這位唯一交好的七哥。

誰承想七哥終於有了出路、可以遠離是非之地時，竟還能想著自己，給自己留下一點傍身之財。

回到府裡，朝雲公主悄悄跟春杏說了楊重要離京就藩的事，春杏聽了也嘆息。「走了也好，出去好歹能自己作主。」免得留在京裡看人臉色討生活。

「是啊，只有離了這漩渦，才能過好日子呢。」她說得別有深意，看春杏沒有再多言，心裡有些滿意，看來這兩個月的功夫沒有白費。

兩個人剛說完話，外面忽然傳來夏蓮的聲音。「公主，張公公回來了。」

朝雲公主看了春杏一眼，春杏便去迎內侍張松進來，然後自己留在門口守著，讓夏蓮去給下人們發過年賞錢。

張松先給公主行禮問安，然後直接說正題。「公主，您交代小人的事，小人已經大致辦妥了。在晉州治下臨汾開立了一戶市戶，按公主的吩咐，戶主是周松……」話剛說到一半，朝雲公主就抬手阻止他，不叫他說了。

「隔牆有耳。只要是按我的吩咐辦好就成了。」她並沒有問細節。張松辦事一貫精明能幹，又十分忠心，不然她下嫁時，也不會特意去求胡昭儀和蘭貴妃，要把張松跟齊祿帶出來。

這事辦成，朝雲公主心裡一塊大石總算落了地，其餘再需要準備的就是錢財，然後等時機就行了。她把自己內庫所存物事的清單交給張松，讓他出去找門路賣掉。

當初下嫁，楊琰為了讓韓家父子面上好看，倒沒少給她準備嫁妝，連食邑都比別的公主多封了兩百戶。那些大件藏品不能動，小的用具和絲綢布絹都是可以變賣的。至於金銀細軟等物，到時就直接打包帶走。

「你再留意一下韓府的動靜，宮裡的消息也打聽打聽，蘭貴妃要生了，恐怕安生日子沒幾天了。」一旦蘭貴妃生了兒子，大風暴就要來了。

蘭貴妃生產之前，宮裡有旨意下來，命已成親的諸位親王出京就藩。成婚且封了王的皇子，現存的還有六個，依據受寵程度的不同，藩地有遠有近，其中最遠的就是信王，封到了嶺南郁林州。不過朝雲公主猜，信王一定很高興可以遠離這個腐朽糜爛的宮廷。

藉著這個名義，她讓春杏翻揀府庫，說要給幾個哥哥送程儀，然後又藉口東西不好，叫張松把一些布疋綢緞拿出去換錢。

之後蘭貴妃果然在宮中生下一子，讓朝雲公主不由感嘆，自己竟有烏鴉嘴的本事，說什麼來什麼。她讓張松加快變賣家產的速度，自己在府裡也不停往外趕人，反正早就有人不甘寂寞，想另攀高枝。

經過清理，她住的正院，除了春杏和夏蓮及另外兩個宮裡帶出來的宮人外，就只剩兩個灑掃的小丫頭和兩個守門的婆子。

等朝雲公主給每個哥哥都準備好東西，卻只有信王和興王要走。興王封地在山南巴東郡，他的生母也不在了，對京師沒有留戀，跟信王選擇了同日離京，還可以結伴同行一段。

朝雲公主並沒有去送行，只提前一天分別給兩家送了程儀。

她也很實在，挑了十幾支實心金釵送給信王妃，這東西急了可以當錢用，算是回報信王那一千貫。至於興王那邊，則沒有多費心，從備好的禮物裡挑了一份送過去，也就罷了。

剩下的幾個哥哥都留下來慶賀幼弟出生。楊琰已經過了知天命的年紀，還能生兒子，自己也自得得很，幼子滿月時在宮裡大開筵席，還要封蘭貴妃為后。

蘭貴妃本是韓廣平妻子的遠房姪女，因有這一層關係，又生了兒子，倒是沒幾個人反對立后。

蘭貴妃如願坐上了皇后之位，懷抱著兒子，自然想再上進一些。

「……近來皇上時常申斥太子殿下，小人聽說，就這十來天，已經當眾訓斥了足有五次。」張松悄悄跟朝雲公主回報。「但皇上總共也只見了太子殿下五次。小人還聽說，皇后曾對皇上進言，說太子對她不敬。」

朝雲公主笑了笑，這手段還真是熟悉。「聽說皇后又給父皇新選了幾個美人？」

張松沒想到自家公主連這個都問，略有些尷尬地答：「是，選了五個，當中有一對姊妹最得皇上喜歡，都封了美人。」

為什麼蘭皇后不自己上陣，要給昏君爹選美人侍候呢？難道是對自己還沒恢復的身材不滿意？之前懷孕的時候，只是放自己的侍女迷惑楊琰，怎麼這會兒竟然認真選了美人，她到底打的什麼主意？

「你再好好盯著宮裡。對了，留意一下御醫那邊，看有沒有私自給父皇進藥的。」五十多歲的人了，還夜夜笙歌，鐵打的也受不了啊，朝雲公主不信他沒有服藥。

張松更無奈了，他總覺得看著這樣的公主，有些對不起死去的白婕妤。可他也知道，小主子跟婕妤不一樣，性子倔強又有主意，自己說了也白說，索性直接答應了。

朝雲公主尋思了一會兒宮裡的事，又想起韓家。「韓廣平最近都在做什麼？」

「韓相爺一如往常上朝理事，並無異常。」

韓肅這段日子都沒有來信，朝雲公主為了演戲，倒是往涼州去了一封信，那邊也沒有回。她還讓夏蓮去韓家探望過韓夫人，韓夫人也命人來拜見她，還送了些東西。除此之外，她這邊和韓家再無聯繫。

朝雲公主敏感地覺得，那個時機就要來了，偏偏現在卻抓不住端倪，讓她不由有些焦急。抓心撓肝地熬了一段時日，等到驚變發生的時候，她反而很淡定，頗有一種「終於來臨」的感覺。

三月底，太子賓客上書稱太子少傅慫恿太子謀反，並列出了許多證據。韓廣平當機立斷，命人前去少傅家裡查抄，竟一舉查出了河東節度使王敖與少傅的往來信件，其中多有不滿時政之語，還暗含期待太子早日登基繼位的意思。

楊琰看了這些信件，勃然大怒，要命人即刻赴太原捉拿王敖，還是韓廣平老謀深算，說王敖在河東經營多年，如貿然遣人去抓，恐怕引起譁變，不如令韓肅私下帶人前往河東去見王敖，伺機將其拿下，順便接管河東防務後，再將王敖押解進京。

楊琰自然立刻應允，然後親自帶人去了東宮，命人在東宮裡裡外外查抄了一遍，除了搜到幾張寫有涵義隱晦詩句的紙之外，倒沒有查到什麼實證。可是到了這一刻，就算太子沒有謀反之意，楊琰也已經容不得他了。

再加上蘭皇后一直哭訴說太子不喜他們母子，若有一天皇上不在了，他們母子也沒法活了云云，楊琰終於決心廢太子。

四月，太子楊弘被廢為庶人，闔家流放瓊州。五月，從淮南傳來消息，押解廢太子的一行人舟行途中遇暴雨，座船破洞漏水沈入運河，船上諸人無一生還。

消息傳開，受此案牽連被罷官的太子少師自刎相謝。宮裡那位親生父親卻不為所動，依舊沈迷酒色，並在不久之後下旨封蘭皇后之子為太子。

太子胞妹永安公主求見皇帝不得，乾脆在蘭皇后居住的承香殿大鬧了一場，口口聲聲罵蘭皇后是狐狸精，就是她害死了太子楊弘，還高聲咒她和新出爐的小太子不得好死。

楊琰恰在此時趕來，聽見這話，龍顏大怒，令人捉住永安公主要打，永安公主絲毫不懼，還冷笑著刺楊琰。「父皇急什麼？那孩子也不知道是誰的種，您何必為了這麼一個來歷不明的孩子大動肝火？」

蘭皇后聽說此言，二話不說就暈了過去，楊琰又急又氣，當下拔了侍衛腰間的佩刀，要去追殺永安。永安哪會老實站著讓他砍，仗著自己手腳靈活，婢女和內侍都不敢捉她，一路小跑竄出了承香殿。楊琰追得氣喘吁吁，還沒等追上永安，自己先累得坐倒在地。

「哈哈，這就是所謂親生父女、骨肉血親。」朝雲公主聽張松學完事情經過，連連冷笑，還瞥了春杏一眼。

春杏自然明白她的意思，當下低聲說道：「之前是奴婢想岔了，比不上公主見事明白。只是奴婢這些日子私下想來，總覺此事極為難行。這院子裡下人雖少，您也能自由出入，可一旦離開的時候長了，總會有人發覺不對勁。」往外面看了一眼。「不說別的，夏蓮第一個就能察覺出來。」

朝雲公主倒不擔心。「妳當我為什麼一直由著她？此事還真得有她才能成事。齊祿說，夏蓮近日常往外院跑，跟衛隊裡的劉都尉來往頻繁。」

春杏和張松還等著她繼續說下去，她卻停住了，伸手端茶喝，喝完也不繼續說，只問張松：「馬車都備好了？」

「是，已按公主吩咐置備下了，前日帶出去的東西也都放在馬車上。小人把馬車停在南城，公主放心，無人知道。」

南城住的多是平民百姓和窮人，達官貴人沒有往那邊去的，是個藏匿的好地點。朝雲公主讚許地點頭，又吩咐：「一會兒你再帶些東西出去，就說我讓你去慈恩寺做七七四十九天道場。」

等張松走了，她跟春杏又把細軟點了點，單獨包起來。

誰承想還沒等朝雲公主這裡完全準備好，楊琰卻忽然病倒了。

第三章

宜淑公主來邀十妹一同入宮探病侍疾，朝雲公主無法推拒，只得跟著她去了。

不想兩人入了宮，卻沒見到楊琰，只有他身邊的中官來傳話，說皇上吃藥睡下了，兩位公主的孝心，皇上都知道，請先回去，過幾日再來探。

兩人看宮裡氣氛詭異，都有些狐疑，宜淑公主還想回去見胡昭儀，那中官也一併攔了，說昭儀正在御前，此刻無暇與公主相見，只催著她們走。

兩人滿腹疑慮地出來，走到半路，宜淑公主跟朝雲公主嘀咕：「不讓見父皇也罷了，為何連母妃也不讓見了？」

「還用問嗎？自然是那狐狸精搞的把戲！」

冷不防一個聲音插進來，把姊妹倆驚了一下，抬頭望時，竟是五姊永安公主和六姊延福公主連袂而來。宜淑公主和朝雲公主面面相覷，一時都住了腳步，沒有答話。

永安公主難得放下架子，臉上的冷傲也消失無蹤，竟不在意她們沒有上前見禮，主動招呼說：「兩位妹妹也要出宮？不如一道走吧。」

實在是太奇怪了。永安和延福兩個死對頭攜手而行就已經很詭異了，現在竟然還來邀請她和宜淑同行，朝雲公主直覺不是好事。不過伸手不打笑臉人，眼下只說一道走，倒也無法拒絕，於是露出個怯怯的笑容，還扭頭看宜淑公主。

宜淑公主也沒有拒絕的理由，只得跟著兩個姊姊一道往外走。走著走著，永安公主就把侍從都打發遠了，先是憤慨地說蘭皇后跋扈，父皇都病了，還不許他們父女相見。延福也跟著幫腔，說不只不讓見父皇，連後宮母妃都隔離起來，不知蘭皇后是何用心。

朝雲公主假裝不存在，宜淑公主遲疑著問：「幾位皇兄可進宮了？也沒見到父皇嗎？」

「就是都沒見到呢！不讓我們見也罷了，連二哥他們都沒能見到父皇，妳說那一位到底安什麼心呢？」永安公主拍手接道。

一路說到宮門口，永安和延福就要拉著她們倆一起去永安府上繼續談，宜淑公主有些遲疑，朝雲公主可不想去，只怯弱地說：「妹妹這幾日身子都不舒坦，就不陪三位姊姊了。」

永安公主聽說，挑著眉掃了她好幾眼，見她確實臉色蒼白，整個人頹唐無力，在自己的目光壓力下，甚至有些發抖，便放過了她，只是少不得要嘆息一句。「十妹啊，姊姊們都知道，韓家實是欺人太甚，奈何父皇不肯為妳作主，唉！」

朝雲公主一副受了大驚嚇的模樣，連連擺手。「五姊莫要說笑，我、妹妹先告退了。」說完飛快轉身上了自家馬車，甚至不等三個姊姊先行，就急忙命馬車走了。

永安公主眼底浮上幾許輕視，跟延福公主使個眼色，一起勸宜淑公主上她的馬車，去了她府裡。

朝雲公主回到公主府，首先吩咐找齊祿來。「去給你師傅傳個信，讓他想辦法往十王府和各公主府門前探一探。要他當心，別讓人看見。」秦國暫不就藩的藩王都住在十王府。

又吩咐春杏：「把東西都收好裝起來。不能再等了，這一、兩天我們就走。」

然後她在屋子裡轉了幾個圈，讓春杏把夏蓮叫進來。

「這院子一向多虧有妳管著，我身體不好，春杏要照料我，外面的事都靠妳了。」朝雲公主道。

夏蓮有些受寵若驚，忙道：「都是奴婢該做的。」

朝雲公主清咳兩聲，又說：「妳跟著我也有三、四年了吧，妳是胡母妃給我的人，我總想著要給妳尋個好歸宿，只是出宮這幾個月，我都沒有心思。」說到這裡，故意露出一臉落寞。「唉，不過我也不好一直耽擱妳，外面的事，妳多教教她們，若是有了合心的人，也告訴我，我好給妳作主。」

她說得有些前言不搭後語，可夏蓮還是明白了她的意思，這是說讓她教教其餘的婢女，免得她有了合心意的人，臨時撒不開手走，再耽擱時候。

夏蓮不由喜形於色，當下就站起來行禮。「公主厚恩，奴婢粉身難報。」卻不肯說要留下來一直服侍公主。

「嗯，那妳去吧，真有那合心意的，不好跟我說，也可告訴春杏知道。」朝雲公主打發了夏蓮出去，自己托腮又沈思一會兒，把計劃反反覆覆在心裡過了一遍，決定無論如何也要拚一拚。

午後齊祿來回報。「十王府門前多了兩隊衛兵，五公主和六公主府門前也多了許多衛兵往來巡視，咱們府門前倒一如往常。」

朝雲公主聽了，思量半晌，吩咐春杏：「妳去叫夏蓮安排人請御醫來，就說我有些發熱頭痛。」然後又吩咐齊祿：「給你師傅傳信，明日下午我們就走，讓他在城南等著與我們會合。」約好日期地點，打發齊祿去了。

然後她讓春杏服侍著換了衣裳躺下，又用熱手巾把頭臉焐熱，等御醫來看。她本是三天兩頭就要請御醫的，御醫也很習慣，這樣金貴的人多有些富貴病，吹個風鬧頭疼也是常事，只來請了脈，按慣例開藥就走了。

接著朝雲公主讓人以自己今日出門染了風寒為由閉門謝客，身邊只留春杏侍候，飲食一應事務則交給齊祿。

送走御醫後，夏蓮在門外轉圈，春杏看見了出來問，她說想告個假回家裡一趟。

夏蓮是京郊人，出宮後曾經討了公主的恩典回家看過，今日公主跟她提了婚事，她心中意動，想回去與家人商量。

「那公主的病……」她雖然知道朝雲公主一向體弱，此次應無大事，但公主剛看了御醫，自己就要告假，似乎也不大合適，所以問了一句。

「無事，公主只是懶得應酬旁人，妳又不是不知道她的脾氣，最厭煩這些了。我去跟公主回一下，妳等著。」

春杏進去跟朝雲公主說了經過，可謂正中下懷。「安排人送她回去，就讓那個劉都尉帶人去送，跟她說，今日可以在家住一晚，明日關門落鎖前回來就行。」

等夏蓮走了，朝雲公主讓春杏把院內其餘的下人叫來囑咐了一遍，說公主要靜養，讓她們無事不得來攪擾，各安其職。然後自己在內室佈置一番，當晚早早睡了。

第二日起來用早飯，朝雲公主看見春杏青黑的眼周，不由失笑。「昨夜沒睡好？」

春杏老實點頭，有些不安地問：「公主，咱們怎麼出去？」

朝雲公主看著端藥進來的齊祿說：「跟他一起出去。」

「姊姊放心，都安排好了。」齊祿笑著寬慰春杏。「午後咱們就走。」

好不容易挨到午後，朝雲公主跟春杏換了衣裳扮作小廝，將細軟貼身放好，跟著齊祿一起從後門出了院子，走小道繞到東南角的角門，由齊祿拿鑰匙開了門，帶著她們出去，快步穿過巷子，到前面街口拐角處上了一輛牛車。

等坐定之後，春杏才捂著胸口大喘了一口氣，問道：「怎麼一路都沒遇見人？院子裡守門的婆子去哪兒了？」

齊祿一邊吩咐車把式趕車、一邊也進了車裡，答道：「一個鬧肚子，正蹲在茅房裡出不來；另一個睡死了。」

春杏眨了眨眼睛，明白了，又有些擔心地看看外面，齊祿就笑道：「不要擔心，是師傅找來的人。」

「那角門怎麼也沒人守著？」

齊祿笑答：「那裡是小的每日出去採買行走的角門，鑰匙一向只在小的手裡，除了按時巡視的校尉，並沒有安排人值守。」

原來早就安排好了，春杏拍了拍胸口。「你也真是，怎麼不早跟我說，害我的心一直跳到現在。」

齊祿笑咪咪地看了朝雲公主一眼，朝雲公主便笑著接話。「我就是想讓妳練一練，不要總是前怕狼後怕虎。這只是第一步，還在我們能安排的範圍內，以後出去了，總有許多我們安排不到、要隨機應變的地方。春杏姊姊，妳要膽大起來才好。」

「是，奴婢知道了。」春杏認真應道。

朝雲公主拉了她的手，笑道：「以後可不要再稱奴婢，也不要稱什麼公主了，就叫我十娘。我呢，可要改口叫妳阿娘了。」

春杏聽了她的話，臉上一紅，不知該如何答話，偏齊祿也跟著湊熱鬧，開口叫了一聲：「阿娘，還有我呢！」惹得春杏抬手就捶了他一記。

昨夜公主跟她說了，張松已經給他們四人在臨汾上了戶籍。新的身分，張松是一家之主，化名周松，她則是張松的繼妻，就用她原本的姓氏羅氏，齊祿是周家長子周祿，公主自然是周家女兒，另取了個名字叫周媛。

她不知道的是，公主為了方便，給自己取的名字就是前世的本名，也因為這個，新身分的一家才都姓了周。

牛車走起來沒有馬車快，但勝在不起眼，雖然需要時常給人讓路，卻不會引起注意。他們就這樣慢悠悠一路到了城南，路上周媛又跟春杏囑咐了一些細節，讓她一定記熟新的身家背景，把以前宮裡的習慣和稱呼改掉。

到城南以後，牛車拐進大通坊，在一處小院門口停下。齊祿先下來接了周媛和春杏下車，院門前候著的張松也迎上來。「進去再說話。」然後上前打發車把式走。

周媛等人進門剛打量一圈，張松就回身進來，關門問道：「公主累不累？可要坐下來歇歇？」

周媛搖頭。「坐了一路車，不累，我們走吧。還有，以後莫要再叫公主了，就叫我十娘。」說完停了停，打量他的穿著，最後目光停留在他的假鬍鬚上，笑著叫道：「阿爹。」

張松一貫慈眉善目的臉不由抽了抽，清咳了兩聲，然後說：「那就都改口吧。十娘和春杏進去換件衣裳，咱們從後門出去上馬車。」

周媛點頭，跟春杏進去房裡，把身上的小廝衣衫換掉，穿了張松備好的民間女子服飾。周媛的是一套窄袖襦裙，春杏的衣裙外面還多了一件褙子。

換好衣服後，春杏先給周媛散了頭髮，綰了少女常梳的雙丫髻。春杏自己則把頭髮直接綰在頭頂，連碎髮都一一別住，梳得溜光水滑，然後包了頭巾，就如一般的市井婦人一樣。她本就生得十分清秀，此時額前碎髮全梳了上去，露出光潔的額頭，更顯得秀美。

「一會兒上車再絞臉吧。」春杏往鏡子裡張了一眼。「咱們走吧，十娘。」

看她這麼快就進入角色，周媛很滿意，拉著她的手出房門，跟張松，不，現在該叫周松了，一同從後門出去，穿過小巷到街口，又進了一處院落，才見到準備好的馬車和已經換好衣服先到這裡的周祿。

周媛和春杏上了馬車，周松和周祿坐到車轅上，趕著車出了大通坊，向東轉一直行到天街，再折向南，順著明德門出了城。

出城以後，車上四個人一起吁了口氣。周媛笑著跟春杏說：「我給妳絞臉吧。」春杏點頭，尋出絲線弄好，教周媛怎麼絞。外面趕車的周松和周祿則沿著官道向東南走，感覺距離差不多才折向東，很快就到了灞橋。

周媛聽說到了灞橋，就挑起簾子往外看，此時已近申時，灞橋邊自然沒有了送別的人，只有橋邊楊柳隨風擺動，似乎還帶著離人的嘆息。

「走吧，讓馬兒跑快點，我可不想今夜露宿野外。」周媛忽然覺得生活充滿了希望，精神十足地對周松說道。

周松答應了一聲，揮鞭趕馬快行起來。

待夏蓮回到公主府時，天已經黑了。

她這次回去算是不虛此行，既確定了劉都尉的心意，也跟家裡人商量好細節，只待回稟公主作主，就萬事大吉。

這樣想著，她的腳步不由輕快起來，從二門進到主院竟然沒覺得路途遠，絲毫不覺疲累。

夏蓮走到院門前，剛要伸手去推，卻發現門只虛掩著，她側身悄悄進去，果然就看見守門的許婆子正在打瞌睡。

「嬸子？」夏蓮破天荒地沒有大聲嚷嚷和推搡，而是輕拍許婆子的肩膀，低聲叫她。

「妳怎麼一個人在這裡，張嫂子呢？」

許婆子揉著眼睛醒來，看見是夏蓮回來了，本有些心虛，卻見她沒開口斥罵，心下略安，小心答道：「張家妹子下午吃壞了肚子，我看她沒什麼精神，就讓她回去歇著了。」

夏蓮沒說什麼，讓她關好門就去睡覺，自己往廊下走，卻見正房內黑著燈，裡面也沒有動靜。她走到門前，見門都掩著，悄悄叫了一聲「春杏」也沒人理，尋思了一會兒，轉身去後面尋秋霜問話。

「想是公主睡下了吧。」秋霜剛洗好頭髮，正坐在窗下擦頭，聽見夏蓮進來問公主和春杏，隨口答道。

夏蓮看了看天色，公主這時候就睡倒不稀奇，想著明天再去回報好了，便在秋霜身邊坐下，問她今日公主如何了。

「早起春杏姊姊說公主還是頭暈，讓我們都當心些，不要弄出聲響吵到公主，做完了活回來歇著便是，我和冬雪下午就沒去院裡。」

「妳呀，真是能躲懶就躲懶，就算怕吵到公主，要躲著她，就不能問問春杏可有什麼要妳幫忙做的？冬雪還比妳小兩歲呢，都比妳機靈！」夏蓮心思轉變，此時有了心情教導秋霜。

哪知秋霜還不愛聽，噘了噘嘴。「機靈又怎樣、不機靈又怎樣？左不過是悶在這府裡過一輩子，我難道還指望著趕上春杏姊姊不成？便是春杏姊姊吧，侍候著我們這位風吹就倒的公主，一輩子可也沒什麼盼頭！」能過一天好日子是一天，何必去掙命？

恨得夏蓮伸手戳她。

「胡說什麼呢！這話妳也能說？是我們公主不管事，不然啊，妳這樣的不知挨多少回打了！」

說完懶得再管她，自己回房睡下。

第二日早早起來收拾好了，起身往前面院裡去，眼見著小丫頭在灑掃庭院，兩個看門的婆子也開了院門，夏蓮很滿意。

她順著廊下到正房門口，立住腳往裡面聽了聽，卻沒聽到什麼聲息，心想難道公主還沒起身？那春杏也該出來梳洗了啊！

她轉身走到院裡問小丫頭：「春杏姊姊起來了嗎？」

「沒看見春杏姊姊出來。」

夏蓮蹙眉，回身又往正房走，到了門口尋思一下，悄悄伸手推門，那門一推就開了，她大著膽子順門縫閃進了堂屋。

堂屋裡空無一人，夏蓮試探著低聲叫：「春杏？」

沒人應。她終於覺得不對勁了，悄悄邁步往西裡間挪，等挪到門口，透過珠簾就看見臨窗榻上放著一床被子，上面卻沒人。

難道是春杏早起出去，小丫頭沒看見？

夏蓮側耳往裡面又聽了一會兒，卻什麼聲音都沒聽到，心跳得越來越厲害，有個猜想浮上心頭，只覺似是半空裡響了一道驚雷，嚇得她腿都軟了。

公主不會有事的，不過是發熱頭痛，她才出去那麼一天，能有什麼事呢？夏蓮給自己寬心，又鼓了半天勇氣，才撥開珠簾進了內室，小心繞過屏風，往垂著床帳的床上看了一眼。

帳子在晨光中有些半透，可以清晰地看見床上的錦被，夏蓮往前走了兩步，終於確認床上並沒有人。

第四章

與此同時，周媛一行已經從昨夜投宿的新豐縣城出發，趕著馬車走在大路上。

馬車轆轆而行，周媛昏昏欲睡。她昨夜太過興奮，幾乎沒怎麼睡著，一方面擔心府內有人提前發現她不在，消息傳揚出去，會有人追來；另一方面又因自己終於離開了牢籠太過激動，輾轉反側暢想未來。

春杏看她頭一點一點的，索性坐過去讓她靠在懷裡睡，又讓邊上坐著的周祿去告訴周松緩行，好讓她睡得安穩。

周媛聽見了，忙制止道：「不行，還是得快走，眼下不知京裡是什麼情形，咱們不能鬆懈。」又叫周祿也眯一會兒，等周松累了，好去換他，然後就靠著春杏合眼打盹。

一路顛顛簸簸，也不知周媛是不是真的睏，還是這種節奏更能讓她安心，她真的就在這麼顛簸的情況下睡著了。再醒來時已近晌午，周松和周祿已經換過班，正坐在車內休息。

「你說，要是韓廣平看見那封信，他會相信嗎？」周媛回想自己的佈置，忽然有些不確定起來。

周松凝眉想了想，答道：「眼下京中的情形，恐怕韓相爺無暇他顧，必會命人先按著公主所說悄悄去找。至於後續麼，倒要看永安公主和靖王殿下的本事了。」

確實，楊琰病倒，京裡形勢不明，永安幾個人又串聯著有動作，韓廣平估計根本沒心情管她的事。周媛略略安心，又問：「這次父皇的身體能撐過去嗎？」

周松早就得到消息，楊琰經常服用催情藥物，身體已被掏空了，這次會突然病倒，也是因為縱慾過度。一般這種毛病，只要病倒了都很難真的好起來，如果楊琰就這麼掛了，自己逃脫的可能性將大大增加。

「這個，小人偷偷拿病症出去打聽過，都說若是好好保養，從此修身養性，倒還可以撐個幾年。」周松本來不願跟年少的公主說這些，可他家公主全無忌諱，他又怕影響了公主的判斷，只能實話實說。

好好保養？哈哈，只怕楊琰肯，他身邊的人也不肯呢，何況他那樣色迷心竅的人，哪還顧得了那麼多。周媛心裡冷笑，腦子轉了一轉，又問：「五姊應該不會信口胡言的，那位新太子，你可聽說了什麼沒有？」

周松答道：「此事也只是有個影兒罷了，畢竟皇上年紀不輕，宮裡有些年沒有皇子出生。不過皇后生產前，身邊服侍的中官不知犯了什麼錯，被皇后當場賜死。小人聽說，死了的那個本是十分得皇后歡心的，不知如何就犯下了死罪，後來有人說他是知道了不該知道的事，才被滅口的。」

他說到這裡，猶豫了一下，最後還是說出來。「小人曾跟一個來京販貨的涇州客商相識，他老家與皇后同縣，酒醉之後曾經提起，說蘭家實沒想到自家女兒有這般造化，原先只是想跟韓家攀上親，誰承想皇后得了韓夫人喜歡，時常帶在身邊，後來更入宮隨了皇上。據那客商說，原本他們只尋思能把皇后與韓相爺做個妾侍就是好的。」

蘭皇后和韓廣平？周媛在腦海裡腦補了一下，韓廣平比楊琰小八歲，生得廣額方頤、細眼長髯，面上常帶著笑容，看起來很和氣，卻自有一番英豪氣概，確實比皮膚鬆弛、肚子圓滾滾的楊琰更讓人傾心。怪不得韓廣平一力保舉著小娃娃做太子呢！

「若當真如此，那韓廣平就更沒有心思管我們的事了。」宮裡有心肝和親生兒子，可得好好打算。

不知韓肅知不知道這事，哈哈，他在外面行軍打仗拚死拚活，他老爹卻跟別人生了兒子，還要扶那個孩子做皇帝，韓肅可能甘心？

至此，周媛心中大定，該吃便吃、該喝便喝、該睡便睡，一路按著既定路線前進。當天晚上他們歇在渭南，從第三天開始向西北行，打算繞道蒲州，再向東去洛陽。

起初夏蓮看到床上沒人的時候，還以為是公主和春杏起得早，沒有驚動人，一起出去散步了呢，這種事以前也是有的。她剛要轉身離去，卻在桌上發現了用鎮紙壓著的一紙書信，走近去瞧，竟發現是寫給自己的，不由大為驚詫。

她和春杏在宮裡陪公主讀過書，所以看信沒什麼問題，她伸手拿起信，不想一讀之下，腿立刻軟了。

夏蓮哆嗦著坐到旁邊的圓凳上，又把信上下仔細讀了一遍，待確認公主是帶著春杏走了，整顆心急促地撲通撲通跳了起來。

這不可能，公主怎麼可能有這樣的魄力和膽子，竟然就這樣帶著人悄悄去涼州尋駙馬了？一定是張公公慫恿的！她就知道，張松不是個省油的燈！據說白婕妤在世時，這個張松就很硬氣，若是有人敢怠慢白婕妤，是敢豁出命來鬧的，一般沒人敢惹他。

可是從京師去涼州千里迢迢，公主那樣嬌弱，如何撐得住？這樣怎麼能行？怎麼辦？要去宮裡報訊嗎？不行，皇上病了，宮裡沒人有空管公主的閒事。那去韓家？對，讓韓家想辦法接公主回來！

夏蓮攥著手裡的信就要出去，卻在走到門口時停住。也不行，報給韓家，若是找得到公主還好，萬一找不到，自己可就是罪名最大的一個！

她又展開信看了一遍。咦？公主說允了她歸家自行婚嫁？她忙回頭去桌上找，果然發現了另外一紙放奴文書，是已經在衙門裡上檔的，落款的日期還是幾天前，難道公主早就打算要走？

夏蓮又緩緩坐了下來，在桌邊沈思好久，終於作了決定。

她找到紙筆，將公主留下的信另抄一份，然後把原信和文書放到自己袖中，起身出去了。

半月後。

周媛輕輕掀起車簾，看著遠處巍峨的城牆，忽然想起了一首詩：「白日放歌須縱酒，青春作伴好還鄉。即從巴峽穿巫峽，便下襄陽向洛陽。」當年杜子美的喜悅躍然紙上，與之相比，此刻她心中的歡喜倒也不遑多讓。

他們這一路出奇地順利，雖因下雨晚到兩天，可是除了天氣之外，並沒有遇到別的難處，幾個人對新身分適應得也不錯。更讓人高興的是，他們在蒲州認識了一夥揚州客商，周松與他們著意結交，說好了搭他們的船南下，聽他們的意思，這次到洛陽只要把貨物裝上船，不過兩、三天就可以出發了。

「阿娘，妳還記得鹽城是什麼樣子嗎？」周媛放下車簾，回頭問春杏。

從蒲州出來以後，他們一直跟商隊結伴而行，周媛怕被人聽見什麼，索性連私下都改了稱呼。

春杏聽了，臉上露出迷茫。「不大記得了，只依稀記著那一大片的海面，還有白花花的鹽粒。」她本是鹽城人，十一歲的時候，朝廷去江南選美人，她因生得秀麗被選進宮中，一直到隨周媛出宮，中間都沒有與家裡通過消息。

周媛在選擇出逃目的地時，很是花費一番心思。她覺得大的地方不安全，想選小一些但富庶的地方，這樣生活得舒服些。而要論富庶，眼下除了京師和東都洛陽附近，就只有江南了。

恰好春杏是鹽城人，鹽城又是沿海城鎮，萬一將來韓廣平篡位、天下大亂，自己還有個出海避亂的後路，於是最終選定了鹽城。

從洛陽上船，由運河一路到揚州，登岸後去鹽城，也不過就是兩百餘里的距離。剛出宮時，她曾讓春杏給家裡寫過信，今年四月終於收到回信，是春杏的哥哥請人代寫的，說家裡父母都已經不在，只剩下哥哥與姊姊，俱已成家，得知她還活著並出了宮，都很高興。

在當地有認識的人，讓周媛又安心了些。到了鹽城，就說春杏領了恩典被放出來嫁人，和丈夫、繼子、繼女一同回去看娘家人，順便多住一段日子。

周媛在腦子裡暢想著以後的生活，他們也終於排著隊進了洛陽城。

就在同一天晚上，距洛陽六百餘里外的長安城內，朝雲公主府長史終於發現了自家公主不在府內，慌張地拿著公主留下的書信去尋韓廣平。

這些天昏君楊琰的病時好時壞，靖王和永安公主又小動作不斷，韓廣平已經勒令四面城門戒嚴，所有人等一律只許入不許出，想等那幾位再鬧得大一些，好一窩端了省事，卻沒想到自家那個名義上的懦弱兒媳婦竟然出了事。

「慌什麼？出了何事，慢慢說！」

長史擦了擦額頭的汗，將信遞給旁邊侍奉的侍女，答道：「相爺，公主私自出走，去涼州尋都督了！」

韓廣平不信。「胡說什麼！公主怎麼會出走？」她哪有那個膽子？就算有膽子，也不可能就這麼悄悄走了，自己連一點聲息都沒聽到。他接過信來掃了幾眼，又問：「信是哪裡來的？」

長史回道：「是府內侍女發現的。下官已經問過院內侍奉的一干人等，都說有些日子沒見過公主了，公主平日就足不出戶，不怎麼見人，一向只由幾個心腹貼身侍奉，她們也不覺有異，直到今日發覺連那幾個心腹也沒露面，這才覺得不對，有人大著膽子進了內室，發現了這封信。」

韓廣平只覺腦仁忽然疼了起來。「走，去公主府看看。」

到洛陽之後的第二天，周媛「一家人」去洛陽街頭閒逛。因洛水從城中穿過，將洛陽分成了南北兩部分，使得洛陽的貧富分際比京師長安更加明顯。

水北建有行宮，環繞著行宮的自然是各衙門官署和官宦人家的住宅，於是北面的建築都很富麗精緻，環境也比較清靜。

南面挨著南市附近，則多住著富而不貴之人，街上也比城北熱鬧，周媛他們住的客棧離南市不遠，一路慢慢踱過去，不過一刻鐘的工夫就到了。

周媛想去瞧瞧洛水，因此在逛完南市後，他們又往北去，穿過兩座里坊，到了洛水河畔。

時已至仲夏，從南市人煙密集處過來，四人都已有了汗意，遠遠看到河畔的垂柳時，迎面恰有一股涼風吹來，頓覺通體舒暢，不由精神一振。

「幸虧後面都是坐船，不然這樣熱的天，再坐幾日馬車，可真要吃不消了。」周媛感嘆道。

周松點頭。「不過越往南走越熱，我有些擔憂，不知妳和春杏受不受得住船上搖晃。」不常乘船的人，若是在船上暈起來，也夠難受的。

周媛也有點擔心，她的身體不算很好，也沒怎麼坐過船，還真不知道會不會暈。「等等問問他們常跑船的人，看看有無緩解之法吧。」

周松點頭應了，幾個人走到洛水邊，倚著岸邊垂柳遙望沿岸景致。說了一會兒話，汗意漸漸消下去，四人正覺愜意時，身後忽然有人叫了一聲。「前面可是周兄？」

這聲音聽著耳熟，周松轉頭一看，調整了嗓音應道：「正是，白兄也來遊洛水嗎？」

周媛等人跟著轉過身，只見一行穿著綾羅之人從來路行來，當中有兩個正是和他們從蒲州結伴到洛陽來的揚州客商。

「真是相請不如偶遇。周兄，容我為你引薦，這位是歐陽大官人，此番我等下揚州所乘的船隊，都是歐陽大官人自家的商船。」那白姓商人將當中一名身形壯碩魁梧的成年男子介紹給周松，又將周松介紹給對方。

那位歐陽大官人穿著一身藍色錦緞袍子，手中還捏著一柄摺扇，等人介紹完了，就向周松拱手作揖說道：「小弟歐陽明，揚州人氏。幾個兄弟愛說笑，稱呼什麼官人，小弟愧不敢當。周兄若不嫌棄，咱們兄弟相稱最好。」

周松也作揖見禮，笑道：「大官人有這麼大的船隊，可見是有本事的，一聲官人有何當不得？」又將身後的周媛等人介紹了一下。

時下民風開化，婦人出行也不戴幕籬和帷帽了，不承想乍然見到外人，春杏有些不適，把頭壓得低低的，行了福禮就算。周媛卻沒有那麼多忌諱，仗著長得幼小，還抬頭打量了那位歐陽大官人一眼。

歐陽明雖是揚州人，生得卻很像北方大漢，比周松還高了半個頭。脣上頷下皆蓄有短鬚，頭戴襆頭，衣裳紋飾華麗，腰間還有佩劍，看著確實像個富貴公子。

「小弟今日包了一艘遊船，正要去遊洛水，周兄如不嫌棄，就帶著嫂夫人和小郎君、小娘子上船賞玩如何？」歐陽明並不見外，也沒有擺架子，開口就邀請他們一同遊玩。

周松有些猶豫，回頭看了一下，周媛瞟了周祿一眼，周祿會意，開口說道：「阿娘和妹妹剛就說累了，不如兒先送她們回去，阿爹且去。」

周松順勢點頭。「也好。」讓周祿送春杏和周媛回去，自己跟歐陽明他們去遊河。

歐陽明見狀也不勉強，還說自己有馬車在路邊等候，讓從人引著他們坐車回去，然後帶著那一群人上船了。

周松一直到晚間才回來，進門時身上還帶著酒氣，周祿上前扶他進來坐下，又給他倒茶，然後把門開了條縫兒，自己去倚門站著，以防外面有人偷聽。

「這位歐陽大官人還真是好客。」周松喝完茶，呼出一口氣。「遊湖吃酒不算，下了船又熱情相邀，帶著一眾客商要去教坊，我百般推託，奈何實在盛情難卻，不得不去坐了坐才回來。」

周媛聽到這裡，忍不住笑了，笑完又覺得不該笑話周松，就正色說道：「那個歐陽明到底是做什麼的？他那麼年輕，真有一支船隊？」

周松點頭。「原來這歐陽家是揚州城的首富，家中產業遍及衣食住行，這船隊還真是他們的。座中敘了年齒，那歐陽明今年方才二十有六，只因他父母都亡故了，不得不早早接了這偌大家業，此番倒是頭一遭親自來洛陽。」

又說了些席間聽來的消息，周媛看他酒意上頭，似乎有些睏意了，就說：「早些回去睡吧，有話明日再說也不遲。」

「唔，對了，歐陽明說，已定了後日一早啟程。他還邀我們乘坐他的座船。」

無緣無故的，這人怎麼這麼熱情？周媛有些狐疑，但周松此刻不大清醒，實在不適合商量事情，就讓他先回去休息，第二天才問他緣故。

周松尋思半晌，說道：「據我昨日所見，這個歐陽明似乎平日就是這般喜愛結交朋友。昨日一同坐船遊河之人，有許多只是小客商，歐陽明說相逢即是有緣，人在異鄉更要互相照應。那些揚州客商也都說，但凡在外面遇見難處，去尋歐陽家的人求助，能幫的他們都會伸手。」

「可我們跟他又不是同鄉，不過萍水相逢罷了，他這樣熱心，倒讓我有些犯嘀咕。」周媛皺眉說道。

周松又仔細回想了一番，確定地說道：「昨日並沒露出馬腳，這一路行來更是半分破綻也沒有，京裡也無別的消息傳來，應不至於是識破了什麼。許是因那客商白辛多說了幾句好話，當時又喝多了酒，歐陽明隨口說的也不一定。」

他跟市井中人打交道慣了，尋常人看不出他與旁人有不同，加上他平時就很鄙夷有些內侍那副娘兒們兮兮的腔調，總覺得切掉的是命根子，又不是切掉了那顆男兒心，做出那副樣子也不嫌噁心？所以自己一向很注意維持男子的豪氣，應該不會被人看出端倪。

周媛想想也是，自己確實太緊張了。「不過這歐陽家這般做法，倒不似普通商戶所為了。」一個商戶，再有錢也不必這樣收買人心吧？

「妳說得是，下次見面，我會再小心應對。」周松也把戒心提上來一些。

沒想到啟程的時候，歐陽明還是熱情邀他們一家上他的座船。「別的船上人多眼雜，周兄還帶著女眷，多有不便，我這船有上下兩層，下層是極清靜的，正適合嫂夫人和小娘子住。」

主人盛意拳拳，周松實在無法拒絕，最後一家人還是上了他的船。

第五章

韓廣平到公主府把府內下人拷問了一遍，卻無人看到公主是何時走的，只說好些日子沒見過公主了，上一次還是公主進宮探病時。但細問起來，他們平日也沒怎麼見過朝雲公主，公主到底是何時離府的，竟無人能確定。

核對公主府的人數後，發現朝雲公主一共帶了五個人走，其中兩個是從宮裡帶出來的內侍，另外兩個是宮裡帶出來的婢女，還有一個護衛。再打開府內庫房核查，發現少了些細軟，大件卻沒動。

韓廣平終於相信，這位貌似軟弱的公主真的帶人去涼州了。會咬人的狗不叫，他心中這樣想。

「先去四面城門悄悄查問有無特別情形，再帶著人往西沿路搜尋！」韓廣平咬牙吩咐，又讓人悄悄接管了公主府，對外還是宣稱公主在養病，每隔幾日請御醫來。

他想著這一行人肯定走不遠，很快就能找到帶回來，誰知派出去的人一連找了三天，愣是一絲蹤影也無。韓廣平無奈，只得給兒子寫信，讓他那邊往京師方向尋，然後自己又加派人手去找。

又尋了兩天，依舊沒有消息，靖王和永安公主那邊卻有動作了。

韓廣平由著他們帶人衝進宮，讓他們一路順利闖入楊琰養病的寢殿，等靖王宣稱要楊琰下詔禪位當太上皇，把楊琰氣得暈死過去後，才「忠心耿耿」地帶著人「浴血奮戰」救駕，將一干謀逆的皇子、皇女拿下問罪。

楊琰昏睡了兩天才醒，醒來聽說兒子和女兒真的要謀反篡位，後宮妃嬪也有牽連，氣得先嘔了一口血，又欣慰皇后和太子無事，最後臨終託孤，將皇位傳給太子，並命丞相韓廣平和中書令、尚書令輔政。遺詔寫完，楊琰扛不住又昏迷過去，夜裡忽然開始嘔血，沒等天明就駕崩了。

韓廣平長吁了一口氣，一面安排楊琰的後事、一面命令查辦涉及謀逆案的人等。

自來謀逆案總是牽連甚廣，這次又是由靖王和永安公主起頭，牽涉的宗室子弟無數，而韓廣平又是攢足了勁要一網打盡，便一點也不肯寬縱，連各駙馬、王妃及後宮妃嬪的家族都牽扯進來，尤其是前皇后的娘家，即前太子和永安公主的母舅家盧家，此番更是舉家入罪，株連三族。

最後案情了結，楊琰的子女，除了在韓家稱病足不出戶的兒媳婦朝雲公主和已就藩的信王、興王倖免，只餘病了幾個月的誠王楊川和兩個尚未出嫁的公主。當然，還有六個月大的小太子——新登基的小皇帝。

除此之外，幾個參與其事的皇子和公主之生母也被賜死。案子辦完，連後宮裡都空蕩蕩的，更不用提牽連更廣的朝堂了。

周媛到楚州後，才獲知楊琰駕崩的消息，順帶聽說了所謂謀逆案的始末。可以說，是這些人的死去成全了她的出逃，讓她得到新生的機會。但她也不需要為此而不安，她只是抓住這個機會而已，該作死的人，從來不會因為誰就不作死。

他們這一路船行還算順利，除了剛開始周媛和周祿輪流暈船之外，其餘都還好。倒是春杏出乎大家意料的完全沒有反應，她後來想了想說，可能跟她從小就長在船上有關係。

本來到楚州就可以下船了，從楚州去鹽城跟從揚州去的路程差不多，可是前兩天周松從歐陽明口裡聽說，現在鹽城不是很太平，他們就有些遲疑了。

鹽城遍地皆為煮鹽場，到處都有鹽河，不太平的原因自然跟鹽有關。本來鹽業之利都歸國家，但架不住官鹽昂貴，私鹽有利可圖，江南私鹽氾濫尤其嚴重，朝廷雖多番整頓，卻收效甚微。

直到楊琰的祖父文宗皇帝在位時，將最寵愛的小兒子吳王封到揚州，命他監管淮南鹽業，情況才好轉。吳王減免各項課稅，將官鹽價格壓下，同時又大力打擊私鹽販賣，捉住的只要到了規定的數量，一律處絞刑，並籍沒家眷、發配子孫，一時倒把販私鹽之風壓了下來。

可是近兩年朝廷不知怎的又打起了淮南鹽場的主意，光巡鹽御史就派了好幾個。這些年來，鹽城當地可是只知有吳王，不知有朝廷的，如何會聽御史的指揮？於是那邊就鬧了起來。

周媛一聽這個緣故，立刻不想去鹽城了，這一定是韓廣平想插手鹽務。她忘了考慮鹽利之大，沒人會不動心，也沒料到韓廣平這麼早就往江南布局，畢竟在她考慮出逃的時候，楊琰還活蹦亂跳的，一點也不像隨時會駕崩的模樣。

歐陽明也建議他們暫時先別往鹽城去，因周松說的下江南緣由，是與族人鬧翻、想去投靠岳父一家，就說不如先到揚州落腳，往鹽城去信，了解那邊的情形再打算。

周松聞言面露難色，說在揚州人生地不熟，還真有些心慌。

歐陽明發揮一貫好客愛結交的本色，拍胸脯說包在他身上，讓周松一家只管放心跟著去就是。

「你覺得他這樣熱情正常嗎？怎麼我總覺得不大安心？」周媛問周松。

周松笑了笑。「妳是宮裡住久了，笑裡藏刀看得多，自然戒心就重。我總在外面行走，多見了些人，像歐陽官人這樣急公好義的，實不在少數。況且我們謹慎小心，穿著打扮稱不上富貴二字，實在沒什麼值得這位歐陽官人圖謀的。」

是這樣嗎？周媛覺得有些道理，點頭道：「也對。仗義每多屠狗輩，負心多是讀書人，我怎麼把這句話忘了！人家是揚州首富，也許只是想邀買人心呢。」好吧，她還是沒法把人想得大公無私。

於是大家決定先去揚州。從楚州行船去揚州，快則兩日即到，慢也不會超過三天。周媛開始籌劃到揚州的生活，她手裡除了帶出來的金銀首飾，還有當初變賣東西折的金銀和兩千貫銀票。

從京師出來後，周媛為了以防萬一，將銀票自己貼身藏了，又與春杏、周祿各帶十兩金子、十兩銀子和一些散碎銅錢在身上，餘下的銀子交給了周松。

她讓周松跟歐陽明和其他人打聽揚州的物價，知道跟京師相差不大，有些時鮮吃食則比京師便宜，當然，房價與京師比起來也較低。

現在他們還不確定要在揚州定居，打算到了以後先賃一處房子住著。周松在打聽價格時，被歐陽明聽到，直接允諾，他正有兩處臨街的屋子出租，既可居住，也可以臨街做點小生意，到時隨周松挑選，價錢都好商量。

說起來，當初她把剩下的銀子交給周松保管時，周松還少有的表現出驚異，也許是沒想到自己肯這麼信任他？

周媛雖然不肯輕易相信別人，但一旦付出信任，就不會再多疑。

白婕妤初入宮時，周松就到她身邊服侍。白婕妤原是民間女，幫著兄嫂賣傘的時候被楊琰相中帶回宮，曾受寵過一段時日，身邊前呼後擁，從人不少。

可後宮從來不缺美人，楊琰的寵愛更是來得快去得也快，白婕妤剛生下周媛，楊琰就有了新歡，再沒有來看過她們母女。當初捧場的人紛紛散去，僅餘真正忠義的奴僕，周松就是其中之一。

周松本是蜀地人，少年時因受流民叛亂牽連，被罰沒入宮中，淨身成了內侍。他心裡瞧不起那些阿諛諂媚的中官，更不屑和他們同流合污，在白婕妤入宮之前，一直被排擠去做粗活。恰好那時內宮缺人手，白婕妤又好說話，內侍省在選人的時候便不經心，把周松安排了過去。

白婕妤是個好主子，她本就是溫婉善良的性子，得勢時不張狂，失勢了也未見歇斯底里，只安守本分。對待身邊的侍從也平和，有要攀高枝的不攔著，願意留下的也不曾另眼相待；好好服侍的就留著，奴大欺主的，她也不會一味容忍，自會稟告皇后處置。

周松覺得自己跟對了主子，難得地開始表現起來。不受寵的妃嬪在宮裡受欺壓是難免的，如果不過分，大家也就忍著了，可萬一有連飯食都不好好送、御醫也請不來的時候，周松就拿出他渾不吝（注）的本事，開始去跟管事的人鬧。

俗話說，軟的怕硬的，硬的怕不要命的。周松就是那不要命的，他鬧起來，總是非要鬧出個結果不可，而且回回都要往大了鬧。皇后在時，就鬧到皇后面前，皇后去了，四妃理事，就鬧到四妃面前，最後雖然少不了挨頓打，但白婕妤那裡總歸是不會太吃虧。

於是，白婕妤死的時候，不少人推他去殉葬，要不是當時八歲的周媛哭鬧著非要他抱，他早活不到今天。若是這樣的人還不能相信他的忠心，周媛也沒人可以相信了。

「十娘，前面就是揚州，妳和阿娘要不要上去瞧瞧？」周祿小跑下來尋周媛。

周媛笑著點頭。「好啊。」起身去找春杏，兩人戴上帷帽，跟周祿一起去船頭。

比起周松，春杏到周媛身邊的時日就短了許多。那年采選入宮後，她沒得到楊琰的青睞，只是作普通宮人，分到白婕妤那裡，白婕妤看她年紀小，就讓她陪周媛玩耍，不曾給她安排什麼活計。後來白婕妤去世，身邊大部分宮人都殉葬了，因春杏是一直照顧周媛的，才留了下來。

十年相伴，周媛和春杏於主僕之外，更有一分姊妹情誼。

兩人相互扶持，站在船頭往岸邊遙望，遠遠能看到高聳的城牆，雖不及京師城高池深，卻也齊整堅固。

「我們是在城外下船？」周媛問旁邊的周祿。

周祿點頭。「是，不過碼頭離北城門不遠，下船坐半個時辰的車就到了。」又引她們往另一面走，指著對岸說：「聽歐陽大官人說，揚州世家多喜在城外運河沿岸置宅院，那邊景致更好一些。瞧，那處重樓就是謝家的宅子。」

周媛循著他指的方向望去，見沿岸連綿的白牆黑瓦間，有一座高塔聳立其間，在伸出牆頭的繁茂花樹掩映下，頗有種遺世獨立的感覺。

聽說是謝家的宅子，她不由心中一動。「這便是江南第一名門謝家的宅子？」

「正是。妳還記得前兩年有位謝大才子入京，連皇上都親自設宴款待嗎？那位謝大才子，就是謝家長房二公子謝希齊。」

當然記得，這位謝大才子還是韓廣平花了大功夫請來的，為他博了不少禮賢下士的名聲。韓廣平還建議楊琰留謝希齊做了中書侍郎，不過這位大才子就職之後，並沒什麼建樹，這兩年偶爾聽說，都是些風流韻事，全是他如何受京中仕女追捧的消息。

三人又看了一會兒景致，船已經進了碼頭等候靠岸，周媛等人把東西收拾拿好，跟周祿出去尋到周松，一同下船。

歐陽明此次運了不少貨物回來，要在碼頭多留一會兒，就安排身邊從人先送他們進城去

注：渾不吝，北京方言，什麼都不在乎之意。

看房子。周媛一家由一個姓劉的管家接引入城，路上順便聽他講了揚州城與吳王的典故。

歐陽明空著要租給他們的房子，一處是在西市那邊、他自家開的酒樓珍味居後面。據劉管家說，珍味居是揚州城最好的食肆，每日客似雲來，不是事先預定或熟客，直接去的客人多半不接待。

周媛等人到之後，進去看了一番，見院內面南背北有座二層小樓，一共五間半屋子，挨著西面牆有兩間廂房，院內有水井，還種了一棵桂樹。

房子裡面桌椅板凳都有，只是頗為陳舊，上面或多或少有些污跡。加之各處牆壁多焦黃泛黑，看起來實在不能令人滿意。

「若是周郎君相中了這裡，小人可以著人過來收拾。」劉管家看周松皺眉，忙說了一句。

周松點點頭，說道：「再去看看另一處吧。」

劉管家答應了，帶著他們出門穿過西市，又向南走，過了好幾條街，才在一條幽靜的巷子裡停下來。

這間屋子也是典型的前店後宅，前面有三間臨街鋪子，後面穿過天井也是一座小樓，左右兩邊還另有連通的屋子，像是一個人張開兩條手臂般。這樣一來，屋子就多了，樓上樓下合算起來，足有八、九間房的樣子。

美中不足的就是院子很小，而且為了隔開後面的住宅，中間還立了影壁，更顯得整座院子逼仄狹小。但這房子顯然新收拾過，比先去看的那一處乾淨整齊。

劉管家見看得差不多了，就帶人去外面等，讓他們一家人商議。

「歐陽大官人說，兩處房子都是一樣的價錢，賃一年租金，若是給銀子，就要十兩；若是銅錢，則需十五貫。我看剛才那一處在西市旁邊，還挨著食肆，恐怕有些吵鬧，倒不如這裡清靜，屋子也不如這邊齊整。妳看呢？」周松問周媛。

周媛又四處瞄了瞄，答道：「這裡倒是清靜了，但只怕前面的鋪子生意就不好，而且這院子太小，我站在這裡，總覺得喘不過氣。之前那一處雖然有些髒亂，但收拾一下、重新漆了牆，也就好了。加上那裡挨著食肆和西市，想必生意更好做。實話說來，這一處要銀十兩，就是市價，那一處卻當真是歐陽明大方了。」

周松有些意外。

「難不成真要做生意？」他可沒這個準備，對商賈之事也不太懂呢。

「若是只住幾個月就走，做不做也不要緊，可若是時候長了，我們什麼也不做，一樣吃喝穿戴，能不讓人起疑？咱們要扮什麼，就得像什麼。既說了是市戶，做過小生意的，就要再做起來。」

所謂「小隱在山林，大隱於市朝」，說的也是這個道理。

幾個人商量，覺得周媛說得有道理，最後決定要租先看的房子。於是劉管家帶著他們回去西市到客棧安頓，拿了契約來與周松簽，又說定等歐陽家先派人去收拾屋子，將牆壁粉刷好，再與他們住。

周媛讓周松跟他們說，粉刷之前，先把西廂的廚房鍋灶拆了，然後在院子裡單壘一間屋子做廚房，並重新壘好鍋灶。這壘房子和鍋灶的錢，他們自己出。

劉管家記下後告辭。這一日大家都累了，用過晚飯便早早歇下。

第二日，劉管家又來尋，說大官人說了，既是修房子，錢合該東家出，讓周松不用管了，等房子收拾好，再來通知他們搬過去。

第六章

這邊既不用管，周媛等人就出門去採買，那房子裡的家什大多陳舊不堪，他們只留了兩張床、一張榻，要添置的東西還不少。

除此之外，幾個人還商量了到底要做什麼買賣。為了不引人注意，又想到周祿本身精通廚下活計，便決定做點心。

歐陽家的人辦事很麻利，他們到揚州那天是七月二十二，第二天才開始找人收拾，竟然在八月十二那天就全都收拾好了。

接著家什和各種用具送到宅子裡，一一擺好拾掇完，周媛他們就在八月十三這天正式搬進了新居。

「這劉管家做事真周到，竟然想到在這裡留扇活窗！」周媛指著新蓋的廚房東面牆上對周松說。

周松點頭。「是我跟他說打算做些吃食生意，他就讓人在這裡留了小窗，又在中間做了間隔，把廚房分做兩間。」

周媛非常滿意。「真是太好了，比我想像的還好。對了，你讓劉管家傳個話，咱們明日請歐陽大官人吃飯答謝一下吧。」

四個人四處看了一圈，都覺得這個新居雖小，卻很舒適合意，十分高興。等把東西歸置好，周祿那裡也做好晚飯，招呼大家去吃。

第一次開伙，周祿做得也簡單。他擀了麵皮切成寬麵，煮熟後過水，然後另用肉末和豇豆做了湯滷澆在麵上。其他只涼拌了一盤菠菜，調好味，滴了幾滴香油後就端上桌。

飯食雖簡單，四人卻吃得香甜，周媛還說：「總算是能踏踏實實吃一頓家常飯了。」四個人你看看我、我看看你，一起笑了起來。

喬遷新居總要宴客，尤其歐陽明幫了這麼多忙，是不得不謝的，於是吃完飯，一家人便商量第二日宴請歐陽明，周媛還建議把同行的白辛等客商都請來。

周松應了：「我這就去寫帖子。」寫好帖子後，下樓來又笑道：「可真昏了頭，我們是不是該買兩個小子和小丫頭？這樣送帖子跑腿的事，總不能我和四郎去。」

因將戶籍掛在臨汾那邊一個大家族的旁支上，出逃路上商量稱呼時，周祿就取了他在家的排行，稱四郎，免得有人起疑。

「買人容易，但住哪兒啊？」周媛接道。「況且咱們這情形，也不方便有人在家裡行走。」還有兩個真太監在呢。

周松也覺頭痛。「那就容後再說吧，此番我先去央煩劉管家。」這段時日他和歐陽明的管家劉靜來往頻繁，關係也親厚起來，便想到尋他幫忙。

他自去忙送帖子的事，周媛則與周祿和春杏商議菜單，由周祿出去買齊需要的調味品和食材。

周祿走後，周媛想起應當順便做些點心出來，叫這些人嚐嚐，便等周祿回來，點火蒸栗子，做了栗子糕。

周媛趁著熱呼，捏了一塊來吃，一邊吃、一邊讚：「軟糯香甜，比我們從前做的都好吃。」她以前在宮裡無事可做，就盯著周祿研究各種吃食，多方鍛鍊下，周祿的手藝還真是很不錯。

當天晚些時候，收到邀請的人都遣人來回話，說明日必到。歐陽明也讓劉管家親自跑了一趟，說他明日會來，又問有沒有需要幫忙的地方。

劉管家還說，已幫他們找好明日服侍客人的使女，都是揚州本地人，知根知底，雖不簽長契，卻手腳乾淨。

周松再三謝過，把雇傭人需要的錢給劉管家，又讓周祿裝了一匣子新做的栗子糕，給劉管家帶回去。

第二日一早，周祿又出去買了些活鮮，吃過早飯就開始收拾。客人們捧場早到，小院很快喧鬧起來，周媛和春杏便一起去樓上內室迴避。

開席後，樓下不外是說些寒暄客套話，等到菜端上，讚嘆聲就開始不絕於耳，歐陽明最誇張，揚聲追問周松到底藏了個什麼樣的大廚，竟比他珍味居名廚做的菜還美味，惹得一眾人等附和誇讚。

這頓飯從申時吃到戌時，下面說話的人舌頭漸漸不靈活了，才有散的意思。歐陽明愣是待到最後才走，還拉著來送的周松說：「我聽劉靜說，周兄想開間點心鋪子？」

「是有這個打算，今日這點心就是犬兒所做，大官人覺得味道如何？」周松笑問道。

歐陽明頻頻點頭。「好。周兄，我就是覺得不錯，才想與你說，我的珍味居沒有點心師傅，做不來好吃的點心，我想著，周兄若是開起點心鋪子，能不能專供我珍味居。此事周兄不忙答我，且先思量著，今日酒喝得有些多，我這腦子也渾著，改日我作東，咱們再詳談。」說完就告辭走了。

周媛聽說他有這個意思，倒有些驚訝。「原以為只是個紈袴，不想還有這等頭腦。也好啊，藉著珍味居的大旗，咱們好闖出名號。我們可以先這樣，一共做五種點心，其中兩種或三種專供珍味居，剩下的自家臨街賣。」她怕珍味居要的量少，撐不起生意，不願在一棵樹上吊死。

周松跟她商量好細節，過了幾日，等歐陽明請他去，就與歐陽明談了他們的想法。

他回來跟周媛學話：「歐陽明說：『我還怕你們人手不夠，供不上珍味居裡的客人，不想周兄倒更有雄心。』我瞧他雖面帶笑容調侃，實則卻不太樂意，身邊湊趣的人也紛紛勸我，說珍味居那麼大的食肆，我們都未必能支應下來，竟還貪多。

「當下我只能藉故說，聽聞珍味居不是隨意招待客人的，恐每日客人有限，倒不知細節如何，他這才接話，叫我放心，說他不止珍味居一家食肆，只要我們做得出，他就能賣出去。」

「這才是首富的氣魄。」周媛聽了也不生氣，反而笑道：「那好呀，就這麼著，不管他賣給客人多少錢，只定我們自己的價錢，然後與他簽個契約。你記得，千萬不能答應要給他供應多長時日，只說但凡我們做一天，就賣給他一天。」

既到了揚州，少不得要託賴歐陽明照應，自然還是好好哄著他為好。

接著她跟周祿和春杏定了幾種工序不麻煩、味道好、且可以四季常做的點心，核算成本報價給歐陽明。歐陽明竟不還價，直接簽了契約，約定九月起開始供應。

趁著還有些天才到九月，春杏和周祿忙著練習，周媛看他們倆辛苦，便強制他們休息，還想拉著他們出門閒逛。只是春杏不喜歡出門，她在宮裡住久了，看見外面那麼多的生人，有些不適應，而且想著已到深秋，也該給周媛做幾件新冬衣，就不肯出去，只讓周祿陪著周媛出門。

出去轉了幾回後，周媛找到一個傍晚飯後散步的絕佳地點。從她家的門出來，沿著珍味居前面的路向西走到頭，過一座小橋，再折向南走不遠，就有一座小湖。湖裡植有荷花，可惜此時花已凋謝，只有新結的蓮蓬浮在水面。

但難得的是，湖西建有一座小小的六角亭子，亭內各邊都有椅子可供坐下休息。亭外四周還種了修竹，坐在亭子裡靜聽水聲和風過竹林聲，總是能讓人覺得寧靜平和。而且在那亭子裡還能時常聽到不知自何處傳來的琴聲，這對沒有播放器和手機的古代，絕對是難得的消遣。

周媛在宮裡時，曾跟著學過音律，實際上她前世就學過笛子，但是架不住她懶，想聽不想吹，最後也真給她想出了辦法，那就是教身邊人學樂器。

可惜的是，音律這東西，必得有天分才能學好，最後她身邊的人裡，只有周祿學會吹笛子。於是每次出來散步，周媛都讓周祿帶著橫笛，如果有人彈琴不缺背景音樂，就不讓他吹；如果沒有琴聲，便只能辛苦周祿了。

這一日，兩人出門有些晚，走到湖邊時，發現湖面泛著霧氣，朦朦朧朧的，更多了些美感。

周媛到湖邊的石頭上坐下，叫周祿：「吹首〈梅花三弄〉。」

周祿從腰間解下橫笛，坐到她身邊，運氣吹了起來。

眼前湖面水氣氤氳，對面的竹林似隱似現，笛聲和著水聲，一切都那麼和諧美滿……

「好像下雨了？」周媛忽然抬頭，一顆大雨點直接打在臉上。「真的下雨啦？」

周祿放下橫笛，也伸手去接。「是下雨了。要不回去吧？」

「我看下不大，咱們去亭子裡坐坐躲雨，過會兒再回去。」周媛剛出來，還不想回家，就拉著周祿一路小跑去了亭子。

因為有水霧遮掩視線，所以直至跑到亭子外面，周媛和周祿才發現裡面有人。

小小亭中，有一人背對他倆而坐，旁邊還立著兩個小僮，周媛有些猶豫該不該進去。

在她猶豫之時，亭子裡小僮聞聲轉頭看了過來，又低頭跟坐著的人說了句話，然後快步出來向周媛二人行禮。「我家主人請二位進來避雨。」

周祿道了一聲謝，跟周媛一起進了亭子。

進去以後，周祿看見坐著那人穿了一件黑袍，身前還放了琴案，案上擺著一架琴。那人似乎沒有要與他們打招呼的意思，只衝著他們微微點頭致意，然後就側頭看著湖面，靜靜坐著不理人了。

此時天色將晚，夕陽隱在烏雲裡，亭子裡光線暗淡，可就在那人衝他們點頭的剎那，周媛卻覺得好似有一道光照了進來，將那男子清俊的容顏照得一清二楚，讓她在猝不及防下驚豔了一回。

這、這個人是誰？竟然自帶光華出場！在這樣的地方，怎麼會有這樣一名美男子？

驚鴻一瞥之下，周媛第一次領會何謂「神清骨秀」、何謂「龍章鳳姿」、何謂「可遠觀而不可褻玩」。呃，等等，為什麼會有最後這句？周媛有點混亂了。

她不自覺盯著那人的側臉看了好一會兒，直到周祿拉了她一把才回過神，然後立即悄悄把目光轉向亭外湖面。她還是第一次看見陌生人時這麼失態，也有些不好意思，只能安慰自己：她長得小，就讓他以為她年少無知，沒見過世面好了。

亭子裡沒有人說話，只能聽見外面的雨聲。那人一直維持一個姿勢不動不言，周媛卻慢慢有些受不了了，她怕冷，這會兒本就涼氣上升，又下了雨，涼意更甚，一陣微風吹來，她不由自主打了個噴嚏。

周祿立時有些緊張。「冷了嗎？」

周媛點頭。「我看雨不大，要不咱們跑回去吧。」

周祿看了外面一眼，有些猶豫，怕淋了雨回去，周媛會生病，正糾結間，對面的小僮提著一把傘走過來。「這雨恐怕一時不會停，這把傘送與兩位用吧。」

周祿忙道謝，又問對方家住在哪兒，要去還傘，小僮卻說不必還了，也不肯答住處在哪裡，就退了回去。周媛看出是那人不欲與他們多有交集，就拉住周祿一同道謝，撐傘走了。

後面幾天經常下雨，周媛和周祿沒有再出去。雖然有些好奇那名美男子是誰，可他們剛到揚州，人生地不熟，也無人可以打聽，且周媛目前給自家定下的第一原則就是要低調、不惹人注目，所以更不願節外生枝。

她在家閒著無事，就叫周松找匠人來，做了各種花色的切割和印花模具，想讓點心精緻好看些。

花樣精緻的點心做出來，果然比先前受歡迎，加上他們做的點心口味與本地不同，一時在珍味居就有些供不應求。

周松便託劉管家找了個大嬸，幫著在廚房劈柴燒火打下手。那大嬸夫家姓張，為人老實本分又勤快，讓幹什麼就幹什麼，從來不多聽多看。春杏和周祿調餡料做點心時，不叫她在旁邊，她也自覺地出了廚房去灑掃庭院。時候一長，周家幾個人都挺喜歡她。

眼看著家裡越來越忙，常常做出了點心，卻要周松親自去送，張大嬸就跟春杏說，他們家二小子有把子力氣，還算知事機靈，問春杏能不能讓他來幫手，也不用多給錢，一天管兩餐飯就行。幾人商量過，讓張大嬸先把兒子帶來看看。

第二日，張大嬸帶著兒子張二喜來，周松跟春杏一起見了，都有些驚訝。本來他們以為那孩子也就十二、三歲，卻沒想到張大嬸帶來個濃眉大眼的少年，雖然一身短褐緊巴巴，但怎麼看也有十六、七歲了，一時有些猶豫。這麼大的少年人，實在有些不合適。

張大嬸看出他們神色不對，忙拉著兒子懇求，說家裡男人病了，她出來幫傭的錢還不夠給丈夫看病，大兒子出去當學徒還好，在家裡的二兒子和小女兒連飯都吃不飽，一再求周松和春杏憐憫。

最後周媛說情，留下張二喜，還讓春杏出面給張大嬸漲了一百文工錢。張大嬸感激涕零，拉著兒子連磕了幾個頭，做起事來更加賣力，做完廚房的活還幫著洗衣裳、打掃屋子，反正能看見的活兒全幹了。

張二喜也很孝順懂事，又勤快，過沒多久，周媛就跟周松商量，每月也給他一百文工錢，且每天做點心剩下的邊角也讓他們母子帶回去給家裡人吃，那母子倆自然更盡心做活不提。

眼看家裡點心事業上了正軌，和珍味居也確定了每日供應的量——沒有特殊預定，每日不超過二十斤，周松這裡就閒了下來。周媛不放心京裡，就讓他沒事多出門走走，跟往來客商聊聊天，探聽京師那邊的消息。

她和周祿也恢復了每日傍晚的散步，還是那個小湖邊，還是偶爾可以聽到一些琴聲，還是沒有琴聲就叫周祿做背景音樂。

「吹那首〈我願意〉吧。」

這一日，湖邊甚是安靜，天氣漸冷，地上也有了落葉，莫名多了蕭瑟的感覺，周媛就想聽一首溫暖型的曲子。這首〈我願意〉她前世學笛子時吹過，就順手教了周祿。

周祿聽話地吹起橫笛，周媛聽著笛聲，陶醉得不行。可惜久沒吹，周祿有些生疏，冷不防吹錯一個音，笛聲尖銳，刺得周媛趕忙捂耳朵，怒瞪周祿。

「這兒我總是忘。」周祿憨笑搔頭。

周媛從腰間解下自己的笛子，正要給周祿演示一遍，忽然從湖岸對面傳來了古雅的琴聲。

周媛停住手，側耳聽了一會兒，跟周祿說：「是〈陽春白雪〉。」又聽了一會兒，笑道：「還真是個清高之人，曲調裡透著一股『爾等凡人知道些什麼』的意味。」

把周祿聽得直笑。「八成是聽見我剛才吹錯了音，才要親自撫琴，清一清耳朵。」

「唔，好像真是平日撫琴的那個人呢，估計叫你猜對了，他平日曲風甚是慵懶愜意，今日卻帶著些孤高不屑，顯然是被你剛才那一聲驚著了。這樣也好，你可以歇歇，咱們也有不花錢的好曲兒聽。」

周祿則對那位撫琴人感到些許抱歉，畢竟是自己污了人家的耳朵。不過現在能有好聽的曲子聽，又不用自己吹奏，誰不喜歡？自此每去湖邊，倒頗期盼能聽到琴聲響起。

第七章

過了幾日，周松回來說：「新帝登基以後，京師往來盤查嚴了許多，近來進過京師的客商極少。我小心探問了，他們都沒聽過與公主府有關的消息。對了，我還聽說韓肅奉命回京，想來這會兒已經在路上，快到京師了。」

韓肅回京了？不知道他們兩邊在京師去涼州的道上找不到自己，有沒有懷疑自己是去了別的地方，或者他們也不在乎？楊琰都死了，宗室幾乎被韓廣平屠戮殆盡，她這樣一個透明公主，對韓氏父子來說，根本沒有利用價值，索性當自己死了，給鄭三娘讓位，也許更合他們心意呢。

不管怎麼說，反正他們已經如自己預料的沒有公開朝雲公主失蹤的消息，她在揚州就不用太過提心弔膽，可以好好做周媛，好好過自由自在的安穩日子了。

到揚州已經兩個月，四人漸漸適應了這裡的生活，也喜歡上這裡。周媛前世今生都是生長在北方，可到揚州才兩個月，她就骨頭鬆軟，哪兒也不想去了。

這個時空的揚州城並不大，也沒有前世的著名景點，可是這座城市特別像她夢裡的水鄉，城內幾乎處處能看見河流和小舟，自然也少不了河上的小橋。周媛無事出去閒逛時，已經見識過各種木橋、石橋，且樸拙、精緻俱全，常常讓她想起那句「二十四橋明月夜，玉人何處教吹簫」。

進入十月後，天漸漸有些涼了，珍味居的生意卻還是很火爆。

這一日，周松應了一個相熟客商的邀，出門去吃酒。珍味居裡也忙亂，說是有官員宴請同僚，額外又跟周家訂了一批桂花紅豆糕。

午前將每日固定的點心送過去後，春杏就打發張二喜回家去了，他爹這兩日犯了咳喘，他妹妹自己在家有些照應不了。本來是想讓張大嬸一起回去的，但張大嬸看廚房還沒收拾好，就留了下來。幸好她在，趁鍋還熱著，這批點心才能做起來。

因那邊要得不少，得分兩鍋出，珍味居就特別囑咐了，說第一鍋出來就先送去，別等做好了一起送，怕貴人們等不及。可二喜不在，灶上幾個人都離不開，周媛便自告奮勇去送。

春杏和周祿很猶豫，周媛卻直接作了決定，回身檢查自己的外形，見兩個丫髻綁得好好的，衣裳也整齊，鏡子裡的小蘿莉粉嫩可愛，她忍不住做了個鬼臉，對自己幼齒的樣子實在無奈，索性不照了，直接轉身出去，提著食盒就要走。

春杏忙追在後面囑咐：「妳慢一點，覺得重就放下歇歇，不要急啊。」給她開門，又看著她磕磕絆絆地走了一段，才有些不放心地關門回去。

點心加上食盒還真有點重，周媛平時從不拿重物，走起來不免有些吃力。好在周家送點心一貫都是出門往北走，繞到珍味居後門送進去，所以路程倒也不遠，她很快就到了。

後門上守著的小夥計聽說是周家送點心的，直接帶她進去見掌櫃的。

掌櫃的一看是個玉雪可愛的小娘子來送，有些驚訝，得知緣由後，說以後就叫夥計去取，不必她辛苦。

「無事的，並不重，再說也不遠。」周媛綻開天真的笑容。「多謝掌櫃的好意，下一鍋做好，我哥哥就能來送了，不用煩勞。」她本來就還沒長全，又梳著雙丫髻，看起來就像十一、二歲的小女孩，這麼一笑更多了幾分嬌憨，十足小少女模樣。

掌櫃的看周媛不怕生，說話也清楚，加上生得嬌小可愛，不免多了幾分喜歡，叫小夥計去抓了一把糖塞給她，還說：「以後若是家裡人手不夠，也不用小娘子送，妳來說一聲，我叫人去取就是了。喏，這是票，拿回去給妳娘。」

他們兩家合作，定好按月結銀，憑證就是每次送點心時，珍味居掌櫃給的收訖票，算是一手交貨、一手交票，這主意正是周媛想出來的。

雖然對別人拿她當小孩子的行為有些無語，但周媛本就打算扮小——這樣起碼短期內不用考慮需要結親的可能，免得周圍人生疑。

她乖巧地接過糖和票道謝，提起空食盒，跟掌櫃的告別，轉身要走。

「這不是十娘嗎？妳怎麼來了？」

周媛聽聲音熟悉，轉頭看對面廂房走出一行人，當先一位正是歐陽明，只得停住腳步行了一禮。「歐陽大官人。」

掌櫃的也過來見禮，順便解釋：「她家裡忙不過來，幫著送點心來了。」

歐陽明此時已行到近前，聞言點頭道：「周兄真是好福氣，一雙兒女都這麼懂事。」

周媛聞見這一行人身上都有酒味，不想跟他多說，就要告辭。「出來時候久了，怕家母擔憂。」

「唔，好啊，正巧我要出去，順道送妳回家。」歐陽明不待周媛拒絕，讓隨從接過周媛手上的食盒，然後自己當先而走，跟著他出來的那群人也一齊望著周媛。

周媛無奈，只得跟了上去。

歐陽明似乎心情不錯，一邊走、一邊和她閒話。「來了這麼久，也沒見你們出來遊玩。揚州還是不錯的，閒來和妳娘、妳哥哥出來走走。」又介紹身後的人。「這位是劉一文，那位是谷東來。」說完見周媛沒反應，又笑。「看來妳還不知道，這兩位是咱們揚州的名伶，瓦市（注）裡最有名的人物。」

名伶？周媛好奇地望過去，見旁邊兩名男子一青衣、一黑袍，都做文士打扮，兩人聽了歐陽明介紹，一齊拱手向周媛行禮致意。周媛忙停下來回禮，又抬眼打量了一回，見那劉一文面如冠玉、頷下無鬚、鳳眼瓊鼻，生得有些秀氣；谷東來則英氣十足，挺秀濃眉配著雙眼皮大眼睛，一派正面人物的光輝形象。

「他們二人都唱得極好，哪日得空，我請你們一家去瓦市聽曲兒。」

周媛回道：「那可多謝大官人了。」

歐陽明擺擺手。「我跟妳父親也算難得投契的知交，妳喚我一聲世叔便是。」

周媛心中覺得，要她管一個二十多歲的人叫世叔，實在開不了口，便只維持羞澀靦覥的樣子，笑而不語。

說著話，眾人已經繞過街角，前面就是周家大門。

「咦？妳娘出來迎妳了。」歐陽明指著前面說道。

周媛聞聲抬頭，果然看見春杏在門口張望，忙招了招手，快走幾步說：「阿娘，我回來了。」又回身看歐陽明，說道：「恰巧碰見歐陽大官人，他說要送一送女兒。」

「嫂夫人安好。」歐陽明行到近前，先彬彬有禮地問好，又恭維春杏：「嫂夫人真有福氣，得了這麼一雙好兒女。」他在船上時就聽周松說過妻子是繼室，因此只說「得了」而不是「生了」。

春杏忙回禮道謝，又客套地請歐陽明進去坐，歐陽明回頭看看身後跟著的人，推辭道：「下次吧。剛才小弟還與十娘說，你們到了揚州也不曾出去好好遊玩，改日小弟該當作東，請周兄與嫂夫人出去閒遊一日。」

周媛和春杏都只當歐陽明是客套，拿回食盒，略說幾句就兩下告別，並沒有把他的話當真。

誰知過了幾日，歐陽明竟然連招呼都沒打一聲，就來周家叩門。

其時正值申時，是用晚飯的時辰，周家的晚飯剛剛上桌，門板卻忽然被叩響。周祿疑惑地跑去開門，見到歐陽明很是驚訝，只能禮貌地把他請進來。

這日因周媛忽然想吃刀削麵，周祿便特意分別做了肉炸醬和羊肉湯兩種澆頭，又把早先特製好的刀磨快了，仔仔細細削了一鍋麵。

注：瓦市，宋、元、明時娛樂與買賣雜貨的市場。

歐陽明一進門就說：「可是我來得不巧？趕上飯時了？」其實他剛從外面回來，路過周家時，在門外聞見裡面傳出來的肉醬香，肚子跟著咕嚕一聲，就下馬來敲門了。

「怎麼是不巧，應該是很巧才對。」周松迎上來請他進去坐。「大官人可用飯了？要不留下一起吃？」又看了看桌面，笑道：「只是今日沒有準備，只有些家常便飯。」

周松說話時，歐陽明一直在打量桌上的飯食，見桌上放了四個小些的湯碗，碗裡裝著食指寬的麵葉兒，中厚邊薄、稜鋒分明，還泛著水光，看起來特別的滑，不像是擀出來的。

旁邊另放兩個大湯碗，左邊的盛著半碗肉醬，那肉醬不似尋常所見的那般濃稠，卻是含著湯水，湯水紅中透亮，表面浮著綠油油的菜葉，邊上還有隱隱可見的肉丁，引他進來的濃郁醬香，似乎就是這碗肉醬散發出來的。

右邊那碗的湯則清得多，能清楚看見湯中細碎的羊肉和胡蘿蔔丁，再配上湯面漂著的香蔥，很是清爽好看。

他不由食指大動，當下就說：「家常便飯才好，我家裡就是缺家常便飯。周兄，那我不客氣了啊！」

歐陽明都這樣說了，周松自然不能送客，忙招呼他入座，又讓春杏跟周祿去廚下看看有沒有什麼現成的菜，再做幾道上來。

歐陽明忙攔著。「都是自己人，不用為了我一人忙活，吃這個就很好。這是湯餅？」指著桌上的麵問。他去過北方，知道那邊的人喜食湯餅，才有此一問。

周媛已經習慣了這裡的人管麵條叫湯餅，也不聽他和周松說話，悄悄跟著春杏、周祿出去，到廚房看周祿做了平菇炒蛋和清炒山藥，有些不高興地跟春杏嘀咕：「最討厭有人趕飯時來，擾人吃飯了。」

周祿把菜送進去，又回來給周媛和春杏調好麵，送到周媛住的西廂。「阿娘和妹妹先吃，那邊我看著就行了。」

再過去時，就聽歐陽明正跟周松說：「……又不是外人，哪裡還用迴避？一同用飯就是了，人少吃飯忒沒趣味。」說完一抬眼看見周祿，招手道：「四郎快來，坐下吃飯。」倒像他是主人一般。

「我聽周兄說，你這麵葉兒是用刀平著削出來的？虧你想得出來，這麵葉兒硬是筋道有嚼頭！這湯頭也好，肉醬裡還加了香菇和筍丁吧？嗯，濃香滿口。」歐陽明吃得高興，還不住口地點評。

周祿點頭附和，卻不詳加解釋，各家做菜的秘法都不外傳，何況這些做法全是他們家公主研究出來的，哪能隨意說給外人聽？

歐陽明自然知道規矩，並不細問，只不停驚嘆。「我本不喜食麵，當真想不到一碗湯餅還能做出這些滋味來。」

一頓飯吃下來，他對周松的態度越發熱絡，當即邀請道：「這次回揚州，小弟一直忙得很，還不曾作東宴請周兄，恰好三日後瓦市那邊有新曲開唱，周兄就容小弟作一回東，闔家出去遊玩如何？至於珍味居的點心，停一日也無妨。」

他想邀請人，那是一點拒絕餘地都不留的，立刻就吩咐外面候著的從人去珍味居傳話。

還跟周松商量。「四郎手藝這般好，咱們可不能一味趕著做，累壞了他。小弟想著，這人心有個奇怪處，便是吃不著的才是好的，若真是日日都有，伸手就能吃到，那也沒什麼稀罕了。時日一久，難免貪新忘舊。

「譬如我這珍味居吧，越是不能輕易進來，越有更多的人想進來。能到珍味居吃一餐飯，竟已夠人出去誇耀身分，這可是小弟從前不敢想的。」歐陽明挾了一塊山藥吃下，轉頭稱讚周祿：「原來山藥切片清炒竟是脆滑的，我從前只覺這東西沒甚滋味，一向不喜吃它。」

說完又挾了兩片來吃，然後繼續前頭話題。「眼下周家的點心也算有了名號，我聽說有不少食客指名要吃，且還多有裝盒帶走的。到這一步，咱們就得想想下面該如何辦，才能將生意做得更好了。」

周松聽他說得頭頭是道，也很想聽下文，就問：「不知大官人有何高見？」

歐陽明伸手搭在周松肩膀，笑道：「周兄還是這般見外。這樣吧，周兄若是覺得直呼兄弟不便，先父在時曾與小弟取了一字耀明，周兄盡可以字相稱。」

周松只得順他的意改了稱呼。「那我就恭敬不如從命了。耀明，愚兄剛到揚州地界，凡事還要多承你指點。」

「哈哈，周兄真是太過客氣，談不上指點。」歐陽明不再賣關子。「咱們這點心除了定量之外，也該定時。比如每月逢三日或逢四日歇業，珍味居也不供應，好教大夥兒有個空閒回味回味，越發欲罷不能。」

歐陽明走了之後，周媛聽周松轉述的話，不由讚嘆。「看來這個歐陽大官人還真有些經商的頭腦。」連限量供應都想得出來！

他這主意很不錯，周媛早就覺得家裡的人太累，便直接同意了。

周松又說起歐陽明邀請出遊的事。「我不好推拒，已經應了。」

周媛聽了就問：「是去瓦市聽曲兒？」自從上次見了那兩個伶人，她就很想去了。以前在宮裡，節日開宴什麼的，她經常藉故不去，在現場觀賞歌舞的時候不多，再說那時心情也不同。現在都逃出來自由了，自然想好好觀賞一番。

看她很興奮，周松就笑著點頭。「是，說是名伶劉一文和谷東來新排演了歌舞，請我們一同去看看。今日一餐飯，倒讓他更熱絡了。」

「一餐飯？」周媛不大明白，一碗刀削麵就能把歐陽明收買了？

周松笑著解釋：「十娘生來富貴，不知尋常人家的吃食。咱們日常餐飯的做法，若非世家大族幾世積澱，是絕對做不了的。不說別的，單是炒菜這樣，尋常人家就做不出，更不用提咱們自己調的醬料。我猜歐陽明肯定是由此對咱們高看一眼了。」

歐陽明可是人精，自然能從他們家的家常飯看出他們出身不同尋常。

周媛聽了，一時有些擔憂，怕被人注意，周松就安慰道：「妳不用過於擔憂，這種事他不會細問。再說早年世家沒落的也多，他想不到別處去的。」

「那就好。也對，朝雲公主可還病著呢！」周媛笑了起來。「我反覆想過了，他們父子不可能出來找我，搞不好尋個機會，就說我死了呢，這樣不怕日後有人拿我出去威脅他們，又能給鄭三娘讓位，一舉兩得。」

這話一說，其他三人臉上的笑意不由收斂，春杏還伸手去握她的手，安慰道：「十娘……」

周媛回握住她的手，插嘴說道：「我沒事，我根本不在乎他們，只要你們在我身邊，我就覺得很高興了。好了，咱們商量商量出去玩的時候穿什麼吧。」

第八章

第二日，歐陽明下了正式的帖子邀請周家。正式宴請那天，還親自上門接他們去瓦市。

所謂瓦市，其實就是一片大的空地，裡面有大大小小的勾欄，各個勾欄設欄杆、繩網圍起表演場地，伶人們表演來求得打賞。至於表演的項目，則從雜劇到講史、諸宮調、傀儡戲等等都有，所以平日總會引得很多人前去觀看。

而劉一文和谷東來所經營的勾欄，卻已不是街頭藝人的範圍。他們在瓦市裡有一處單獨的小樓，一樓建有高臺供人表演，高臺附近和二樓則是客人就座的地方，這樣的規模儼然已是後世的戲院模式，所以自然而然的，想進去觀看，就需要門票錢了。

周媛很好奇這兩個伶人為何能在瓦市裡鶴立雞群、獨樹一幟？周松解釋得含含糊糊，說吳王和刺史等達官貴人也喜聽劉一文、谷東來唱曲，又有歐陽明的財力支持，自然與眾人不同。周媛看他神色尷尬又語焉不詳，忽然間福至心靈：莫非，這兩人不光賣藝，還賣身？

懷著這樣的心思，再見這兩位的時候，周媛打量的目光中，不由多了一絲興味。

原先聽說歐陽明的元配前兩年死了，一直沒有再娶，家裡只有個妾室管著內院，她還以為是歐陽明顧念舊情，現在卻不免想得歪了些，直接往別處猜了。

可惜沒說幾句，劉一文就親自帶著他們上二樓進雅室，安排入座，又忙著讓人上茶，並沒與歐陽明多說話。歐陽明的注意力則一直在周家人身上，安頓春杏和周媛坐到屏風另一邊，自己則和周松、周祿坐在這邊，給他們介紹這間勾欄的情況。

「……今日這頭一支〈蝶戀花〉新曲乃是謝二公子新作，據聞已在京師和東都傳唱一時，咱們揚州還是第一遭有人唱。」

謝希齊新作？楊琰剛駕崩四個月，京裡就開始唱新曲了？周媛的心情有些複雜。這人雖是自己身體的生身父親，可是與自己並無半分父女之情。他死了，周媛不覺傷心，但也不至於覺得高興。可聽說不過四個月，京裡就開始傳唱新曲，心裡又有些說不出的不舒服。

春杏也想到這一點，眉頭跟著皺起來，還伸手握住了周媛的手。

周媛轉頭對她笑了笑，示意自己無事。「親戚或餘悲，他人亦已歌」，何況親人都無悲，還能要求別人什麼？

懷著這樣的心情，當聽到劉一文清亮柔媚的嗓音唱出那支曲時，周媛不免被震住了。這個謝希齊，還真是膽大啊！這詞當真不是指桑罵槐、影射韓氏父子嗎？什麼「月隱星稀風乍起」，什麼「遠望江南，故國無處覓」，就算假託懷古，大家也都明白意思吧？

可是這曲子竟已在京師傳唱了，現在還傳到揚州，這到底是怎麼回事？周媛糊塗了。

新曲雖然好聽，卻並不長。劉一文一曲唱罷，滿堂喝采，周媛就著窗口往樓下掃了一眼，只見高臺附近座無虛席，還有小夥計往來送茶。再朝對面打量，見樓上也有幾扇窗子開著，窗前都有人坐著往下看，看來這裡人氣還挺旺。

這一曲唱完之後，劉一文下臺，一群舞姬擁上來，在臺上跳起舞，旁邊屏風外的說話聲才又響起來。

「謝侍郎真不愧為大才子，愚兄雖不太通文墨，也覺這詞極好。耀明賢弟與謝侍郎是同鄉，不知可曾見過謝侍郎？」周松問道。

周媛好奇地豎起了耳朵，就聽歐陽明答：「說來是小弟三生有幸，曾於謝二公子入京之前，與他在珍味居見過一次。且珍味居能有今日之盛名，還真多虧了謝家幾位公子。」

周松聞言，追問道：「一向只知謝家乃江左名門，門下子弟多青年才俊，尤以謝大才子為個中翹楚，極少聽說謝家其餘幾位公子的事蹟，不知賢弟可願為愚兄解說一二？」

「哈哈，難得周兄有興致聽，小弟自當從命。啊喲，正戲開場了，谷東來要與劉一文唱雜劇，咱們且先聽了這一折再說。」歐陽明看見高臺上的舞者退去，谷東來扮的書生提步上場，就停了話頭，邀周松跟周祿一同看戲。

周媛也順勢往高臺上看，書生上臺意氣風發，唱詞說的是他上京趕考，來日蟾宮折桂好榮歸故里之類的，接著是路遇寺廟投宿，遇見來上香的大家小姐，後面自然是才子佳人的故事。這種情節周媛已經耳熟能詳，但她依舊看得津津有味，那劉一文扮女裝真是太俊俏了，難怪他不留鬍子！

不知不覺一折戲唱完，樓上樓下喝采聲不斷，又有對面雅室叫賞，劉一文和谷東來在臺上謝了賞，接著弦樂一變，第二折開唱了。

看到一半，周媛因喝了太多茶水，有些內急，低聲叫婢女。春杏聽見回頭望，周媛示意她不用管，讓她繼續看，自己和婢女出門去尋淨房。

婢女引著她出門往樓梯的方向走了一段，正待示意她向右轉，冷不防周媛身邊那間雅室的門忽然打開，一名高眺男子走了出來。

周媛和婢女看見那名男子，同時一愣，腳步緩了一下。那男子瞟了她們一眼，卻跟沒看見一樣，繞過周媛，逕自轉向左邊的走廊。

*是那天在亭子裡遇見的美男！*眼看著男子不見人影了，周媛才轉頭問身旁的婢女。「那是誰？姊姊識得嗎？」

婢女顯然也被美色所迷，臉頰透出粉意，羞怯地搖頭。「奴婢不認得這位公子。小娘子，請這邊走。」忙引著周媛去淨房了。

周媛也不太在意，覺得出來上個廁所都能看見帥哥，已經很幸運，心情越發地好，進門後陪著春杏看戲，也不嫌劇情老套了。

四折戲唱完，時辰也已不早，歐陽明請周家人移步下樓，要帶他們去吃飯。

但他並沒有把請客的地點設在家裡，也沒有定在珍味居，而是選在他開的另一家小食肆：月皎。

「這間算是我的別院，平日只招待一些親友來聚，不及珍味居名氣大，勝在清靜。」歐陽明帶著周家人進了門，邊走邊介紹。

這是一處小而精緻的院落，門口並沒有明顯的招牌或者幌子，只在門側有塊黑色的木牌，上面刻著「月皎」兩個字。一進門，迎面是雕著出水芙蓉的影壁，繞過影壁後，就見院子裡挨著牆邊遍植修竹，面朝著影壁有三間敞廳，從開著的廳門望進去，能看見後院小小的假山。

歐陽明請周家人到廳裡就座，周媛和春杏進了西間，與在正廳的歐陽明、周松和周祿隔了一架落地屏風。接著婢女端著水盆、皂莢等物上來，服侍眾人淨手，又另有婢女上了清茶。

「上次冒昧叨擾，有幸品嚐了北方家常風味，今日小弟作東，便請周兄和嫂夫人嚐一嚐我們江南小菜。」歐陽明客套完了，就命上菜。

婢女們魚貫而入，先在小几上放下兩碟涼菜，周媛看著一道滿盤青翠、一道紅黃相間，細看之下，發現分別是清拌的萵苣和筍絲，筍絲裡還加了胡蘿蔔絲，所以看起來顏色鮮豔。

接著又送上兩碟小菜，一碟是切成薄片、看似透明的皮凍，裡面撒了切細的薑絲，好像還澆了醬汁。這道菜周媛認得，宮裡開宴也常吃，有個好聽的名頭，叫做紅絲水晶膾。

另一碟則是切成絲的肉脯，那肉絲色澤紅潤，還泛著濃郁的香氣，不知是什麼肉醃的。

周媛正在打量，屏風外的歐陽明已經舉杯祝酒。「難得今日周兄和嫂夫人賞光，帶著賢姪、賢姪女上門作客，小弟深感榮幸。這第一杯酒，就祝我們兩家生意蒸蒸日上，以後小弟還要多承周兄照應。」說完先乾為敬。

周松忙跟著飲盡杯中酒，又連說不敢。「實是愚兄承了賢弟之情，若非賢弟有意提攜，愚兄一家如何能這麼快就在揚州立住腳？來，愚兄藉著賢弟的酒，也敬你一杯。」

兩人飲盡這一杯後，歐陽明招呼大家吃菜，又介紹每道菜的名稱來歷，周媛這才知道，那碟肉脯竟是黃雀肉醃的。

「嫂夫人和十娘也不要客氣，當在自家一樣。我讓人預備了自家釀的梅子酒，嫂夫人嚐嚐。」歐陽明隔著屏風向內說道。

春杏忙道謝，由著婢女給她倒了一杯酒，跟周媛舉箸吃起來。眾人開始吃飯時，屏風外響起琴聲，想來是歐陽明找了人在外間演奏助興。

周媛舉起筷子，先挾了些黃雀肉脯，想起前世小時候似乎曾經在老家吃過炸麻雀肉，只是早已忘了味道。眼前這肉脯挾到鼻前，隱約可聞到一股淡淡的酒糟味，等嚐進嘴裡時，卻只覺酥軟微甜，跟她想像的味道大不相同，不是她喜歡的口味，於是只吃了這一筷子，就不再吃了。倒是春杏還滿喜歡，吃了好幾口。

婢女陸續端著托盤上菜，這次卻是大大小小好幾個碟子。最先放下的是一個大些的盤子，上面是切成薄片的魚肉擺成魚形放著，其餘幾個小碟子裡都是調味醬料。那邊歐陽明又在介紹，說這是用新鮮的鱸魚切的鱸魚膾，最是鮮嫩好吃，也把各種醬料的口味一一說了。

這道菜上完後，後面都是些熱菜了，大大小小的碟子擺了滿几，顏色或青翠或乳白，還有紅黃交雜，盛在精美的銀碟子裡，沒等吃就覺得賞心悅目，可見歐陽明的用心。

估計是考慮到人少，每樣菜都上得不多，但樣數卻著實不少，每樣嚐上兩口就已經半飽，周媛又喝了兩小碗羹，便吃不下更多了。

此時外面眾人也吃得差不多，開始飲酒談天，歐陽明終於開始講謝家的事。

「謝家祖宗世人皆知，小弟就不多贅言，只從如今謝氏的族長謝岷謝太傅說起。謝太傅自御史大夫任上致仕回鄉後，就一心在家教養子弟。謝太傅與先元配夫人生有兩子，長子謝文廣如今任徐州刺史，次子謝文莊在嶺南節度使麾下任行軍司馬。」

歐陽明親手給周松斟了杯酒，繼續說道：「謝太傅另與現在的夫人生有幼子謝文庬，就留在揚州，於刺史手下任事。謝二公子出身長房，是謝文廣之次子，乃謝太傅帶在身邊親自教導長大的。謝文廣共有四子，其餘三子雖不如二公子名滿天下，可也都是本地俊傑……」

周媛在屏風那端聽說謝家四子的名字連起來是修齊治平，不由笑了笑。原來是這麼回事啊，她原先還尋思這家人是知道二兒子會出名，所以取名「稀奇」嗎？

她一邊偷笑、一邊聽歐陽明說，謝家長孫謝希修如今在吳王府任司馬，成日與吳王同進同出，又順道提起謝家與吳王的親戚關係——同娶了裴家女。裴家亦是江南名門望族，吳王的母親裴太妃與謝文廣的妻子是嫡親姊妹，她們的兄弟裴一敏如今正在劍南節度使任上，正是一方封疆大吏。所以謝家兄弟與吳王正是實打實的表兄弟。

而謝家三公子謝希治自小身體不好，幼年曾生過一場大病，很少在人前露面，據說直到幾年前拜了盧州名士杜允昇為師，由杜允昇這個杏林聖手親自醫治，身體才漸漸好了起來。

「謝三公子不喜交際，一向深居簡出，平常也難見到，只有一樣東西能引得他出門，那就是美食。許是因早年體弱，許多美食都吃不得，倒讓他越發好這口腹之慾了。我們珍味居在揚州能有今日的名氣，多半要歸功於謝三公子，因他稱讚了一聲味美，才有了今日客似雲來的模樣。」歐陽明笑道。

周松自然要捧一捧歐陽明。「那也得是珍味居當真有過人之處，才能得了謝三公子的稱讚呢！」

歐陽明自得地笑了兩聲，又說：「小弟還沒說完。那另一小半緣故，是因謝二公子臨去京師之前，曾在珍味居飲酒，一時興致上來，在牆上留了一幅水墨山水。」

聽著歐陽明不住吹噓珍味居牆上謝希齊畫的畫兒，周媛的思路卻已經如脫韁野馬一般飛遠了。

為什麼謝家兩兄弟都給了珍味居這個「殊榮」？或者說，為什麼謝家兄弟都給了歐陽明這個面子？真的只是因為喜愛美食嗎？還是有其他更深的原因呢？

周媛覺得，真的很有必要好好了解歐陽明這個人了。

歐陽明似乎也覺得有與周家加強互相了解的必要，在這次宴請結束之後，還是經常往周家來，尤其喜歡趕著飯時來蹭飯。

後來，周松跟歐陽明定了每月逢二、逢七歇業，不供應點心。周家人多了休息的工夫，於飲食上就精心起來，歐陽明每次吃過上頓想下頓，幾乎想賴在周家不走了。

這一日，歐陽明又趕著飯時來拍門，周松卻不在家。

這段日子，周松被周媛打發出去了解吳王和謝、裴兩家的動向，常常出去跟相熟的客商吃酒聽曲，每每總要到晚上才回來，因此只有周祿接待歐陽明。

「周兄又不在家？可真是不巧，我今日帶了肚兒辣羹，他沒有口福了。」說著把手中提的東西遞給周祿，自顧自地進了堂屋，跟站在桌邊的春杏打招呼，又逗周媛。「十娘好像胖了。」

周媛本來很不喜歡吃飯的時候有外人來，但她最近對歐陽明產生了好奇，想藉故了解他，於是笑嘻嘻地答道：「我娘說胖點才好。」

歐陽明點頭。「確實，妳生得太瘦小了，還是多吃些長點肉，免得來日被人欺負。」說著話，目光就往桌面掃，見桌上擺著幾個盤碗，分別有清拌小黃瓜、煎小魚、蝦仁白菜湯，還有一盤切成長條、不知道是什麼的東西泛著肉香，旁邊另放了一個小碟子，裡面好像是胡椒粉。

「這是何物？」他指著問周祿。

周祿答道：「炸脊骨肉。」看了周媛一眼，開口請歐陽明坐。「世叔快坐吧，我去給您盛一碗飯，家中只有黃酒，世叔喝一點？」

「不用不用，鎮日喝酒，腦子都渾了，吃飯就好。」歐陽明老實不客氣地坐下來，還招呼十娘與春杏。「快坐快坐。」

春杏不喜歡他有些輕佻的目光，就笑著藉故走開，躲到西廂房去。周媛卻沒有動，大大方方坐到歐陽明對面，跟他說話。

第九章

「大官人家裡沒人做飯嗎？」

歐陽明笑道：「自然是有的，只我不慣在家吃飯，從來都是在外面吃。」

周媛故作天真，問：「外面的飯吃不膩嗎？我聽阿爹說，總是那幾樣，吃沒兩回就膩了。」

歐陽明笑答：「那是因妳家有更好吃的飯食，他才不愛外面的飯。」

兩人說了幾句，周祿端著盛好的肚兒辣羹回來，招呼歐陽明吃飯。歐陽明見春杏迴避了，有些不好意思，讓周祿給她單獨撥出飯菜，才開始吃。

不一時吃飽了飯，周祿跟十娘收拾下去，又給歐陽明上茶，他就邀這兄妹倆出去玩。「東市那裡有夜市，你們沒去過吧？傍晚瓦市裡也有耍百戲的，世叔帶你們去瞧瞧如何？」

「這……父親不在家，只留母親一個人……」周祿有些遲疑。

周媛很想去，但也覺得帶著春杏不合適，就出主意。「去尋張大嬸來陪陪阿娘吧。」

歐陽明當即就派人幫著把張大嬸請來，讓她在這裡陪著春杏，自己帶周祿和周媛出去，還讓春杏放心。「必好生生地送令郎、令嬡回來。」

歐陽明喜歡騎馬閒逛，但帶著周媛卻有些不便，正躊躇，周媛就好奇地看著河裡行的船問道：「坐船可以過去嗎？」

「妳還敢坐船?不怕暈了?」歐陽明打趣了周媛一句，覺得她這個主意不錯，讓人搖了船來，帶著兄妹倆上去。

這種在內河行走的小船都是烏篷船，一人在船尾撐船，歐陽明與周祿、周媛坐在船內，給他們講些沿途路過地方的軼事，倒也別有一番趣味。

一路說著話，不知不覺就到了東市附近，歐陽明偶然探頭往外指點，對面大些的花船裡傳出嬌呼:「那不是歐陽大官人?」

然後一隻黃鸝引來了鶯鶯燕燕，紛紛跟歐陽大官人打招呼。

「大官人好久沒來了呢!」

「什麼時候來我們這兒坐坐呀?」

「大官人這是去哪兒?」還有更多聽不見的招呼聲被隱在亂糟糟的背景裡。

歐陽明臉上神色略有些狼狽，也不出去答話，只讓艄公快划。

「大官人，外面都是誰呀?可是你的舊交?」周媛覺得好笑，故作天真取笑他。

歐陽明清咳兩聲，答道:「都是債主。咱們悄悄地過去，別理會她們。」

哈哈，虧他想得出來。債主?情債還是什麼債啊?周媛忍住笑，沒有再多說。等船好不容易拐出這段河道，看歐陽明暗吁了一口氣，她再也忍不住，噗哧一聲笑了出來。

歐陽明聞聲轉頭瞧了她一眼，見她趕忙繃臉收住笑，自己也不由笑了。「妳個小鬼靈精!好了，前面就到了，咱們上岸走走吧。」

兩人跟著歐陽明上岸往東市走，果然見到街上人來人往，很是熱鬧，跟西市附近的景象截然不同。街邊還有許多賣小吃的小攤子，也有許多婦人牽著孩子來逛，與孩子買東西吃。若不是環境和衣裝太過古色古香，幾乎與前世的夜市完全相同。

歐陽明給周媛買了許多小東西吃，對周祿倒沒當孩子看，只偷偷指點幾個長得秀麗的小娘子與他瞧，把周祿窘得滿臉通紅。

周媛一路吃、一路看熱鬧，又跟著歐陽明去看人耍百戲，興高采烈地玩了一晚，直到月亮都升得好高，才由歐陽明送回家去。

此後歐陽明更是常往周家蹭飯，吃完飯就以帶周媛兄妹遊覽揚州為名，領著他們倆出去遊逛，順便指點他們揚州有哪些好吃的食肆。時候一長，他發現這個十娘並不像外表那麼靦文靜，反而有些古靈精怪，也就不在她面前擺長輩的架子，開始和她鬥嘴說笑了。

周媛也了解到歐陽明不只在風月場裡交遊廣闊，上自刺史，下至瓦市伶人，少有他說不上話的。她跟著歐陽明去瓦市聽了幾回雜劇，已經認識了七、八個不同的伶人，不過見最多的，還是劉一文和谷東來。

她冷眼旁觀，這兩位伶人果然與旁人有些不同，待人接物不卑不亢，說話談吐也斯文風趣，不知道的還以為是誰家的公子，哪像是登臺表演的伶人？

歐陽明和這兩人的關係顯然也很親近，熟了以後，周媛就發現劉一文對歐陽明的態度有些隨意，還曾猜測這兩人是不是有什麼親密關係，可是他們又無肢體接觸，眼神交會也很正常，她就有些糊塗了，難道歐陽明真是愛惜他們的才華，所以折節下交？

很快她就知道自己錯了，而且錯得離譜，原來這兩個伶人有更大的靠山！

這日恰好是十一月初七，不用給珍味居供應點心，歐陽明吃過早飯就來拍門，要尋周松出去聽雜劇。不料周松前日跟著去鹽城的客商到那邊探親，不在家，他就說要帶周祿和周媛去。

周祿早上起來有些腹瀉，不大想去，轉頭看了周媛一眼。周媛正想從歐陽明這邊探聽吳王的消息，就開口說：「我哥哥不舒服呢，大官人肯帶我去嗎？」

「只要妳娘肯，我有什麼不肯的？」歐陽明笑咪咪的，又問周祿要不要緊，要不要請個大夫來看？

春杏看周媛的意思是想去，便皺眉說：「十娘總是貪玩，妳阿爹不在，回來只怕怪我。」

「阿娘放心，大官人又不是外人。」周媛拉著春杏的袖子懇求。「我穿哥哥的衣裳去，這樣就沒人知道了。」

春杏無奈，想著歐陽明也算是常來常往的，自家公主應不會吃虧，只好點頭。「早去早回。」又對歐陽明行了一禮。「有勞大官人多看著她。」

歐陽明側身還禮。「嫂夫人放心，小弟必早早送十娘回來。」

於是周媛換了一身男裝，跟著歐陽明去了瓦市。

在路上，歐陽明笑她。「以為換上男裝就能扮男子了？妳生得這模樣，怎麼看都是個小娘子！」

「我這不是為了不讓人側目嗎？」周媛皺皺鼻子。「免得旁人以為你多了個女兒。」

歐陽明哈哈笑。「我倒真想有個妳這樣的女兒呢！不然等妳爹爹回來，我跟他商量一下，認妳做義女如何？」

呸！誰是你義女！周媛使勁搖頭。「我怕把大官人叫老了。」

在瓦市看完雜劇，歐陽明就張羅著出去吃東西，不但帶上劉一文與谷東來，還叫了兩位名妓相陪。

他帶著眾人又去了月皎，親自把廚子叫來囑咐：「小娘子愛吃鵪鶉餶飿兒，拿出你的本事來，好好做。」又問周媛還想吃什麼。

周媛沒再提意見，歐陽明便作主又點了幾道菜，餘下的叫廚子看著做。周媛聽他點的菜，就有些奇怪，這裡並沒什麼有分量的外人，怎麼還要點這麼多山珍河鮮？而且突然叫名妓來做什麼？

歐陽明安排完，就叫其中一位名妓唱曲兒聽，周媛邊聽邊與劉一文說話，問他今天的唱詞都是什麼樣的句子。

因周媛對誰都一視同仁，不曾有半分輕視，劉一文也挺喜歡她的機靈可愛，見她有興趣，就細細說給她聽，又聽說她識字，還想把最近唱的詞都寫給她看。

兩人正說著，外面忽然有個小廝疾步進來回稟：「郎君，吳王殿下和謝司馬來了。」

周媛十分詫異。她在宮裡時，也曾聽過吳王楊宇的大名。對於昏君爹楊琰來說，吳王這一系實在是個讓人不大痛快的存在。

說來，周媛和楊宇的血緣關係並不遠。楊琰和楊宇的父親上一任吳王乃是堂兄弟，再往上一輩更是嫡親的兄弟。不過話又說回來，天家無父子，更別提兄弟。

周媛血緣上的祖父德宗皇帝當年還是太子時，不得其父文宗皇帝的喜歡，與之形成鮮明對比的是，文宗皇帝特別寵愛繼后曲氏所出的小兒子——第一代吳王。據說那位吳王天資聰穎，無論是讀書、理政，都比德宗皇帝出色，文宗皇帝幾次都有改立太子的意思，卻礙於世家和朝臣反對，最終放棄了。

廢立之事不成，兄弟間的芥蒂卻已經很深，文宗皇帝深思熟慮後，把小兒子封到了江南富庶之地，還把油水豐厚的淮南鹽業交到他手中。

德宗皇帝是個耳根軟的人，雖然當初擔驚受怕、恐懼被廢的時候，在心裡把幼弟恨得牙癢癢，可到了他登基時，因有曲太后在，身邊也有人為吳王說好話，他竟沒有報復吳王，只是不准吳王進京，連文宗皇帝駕崩也沒叫吳王來奔喪，想落個眼不見為淨。

上一輩的恩怨，本來到了楊琰這裡，也該塵歸塵、土歸土，偏偏他爹德宗皇帝登上龍椅不過四年就死了，那時吳王生母曲太后還在，於是就有人提出該當兄終弟及，要迎吳王回來繼位。

這事最終自然是不成的，但楊琰心裡卻不爽得很，曾經想召吳王進京覲見，好藉機收拾他，卻被吳王以先帝不許他進京為由推了。吳王也夠心狠，之後連他生母太皇太后薨逝，都不曾入京奔喪。

楊琰看他這樣失了賢孝的名聲，一心偏居江南，應也玩不出什麼花樣，這才不再想法整治他。不過從此他提起吳王時，都要說「那個不忠不孝之人」，等吳王去世了，就說「那個不忠不孝之人的子孫」，反正從沒好話。

耳朵裡聽多了這樣的事，周媛心裡的吳王形象，自然要麼是那種陰險狡詐的模樣，要麼就是斯文敗類的典型，卻實在料不到吳王楊宇竟是這樣一個俊秀風流的人物。

緩步進來的楊宇身著紫色團花圓領袍、腰束玉帶、腳踏烏皮六合靴，生得膚白如玉，一雙丹鳳眼波光流轉，比女子還要秀麗，除了高鼻梁和細長的眉毛，其他並無與皇室中人相像的地方。

他進來站定，面帶微笑，先拉住欲行禮的歐陽明，又對其他來迎的人抬了抬手，溫聲說道：「免禮，本王不請自來，可擾了諸位的雅興？」聲音也溫潤動聽。

「殿下此言真是折煞我等。」歐陽明拱拱手，笑道：「您可是我們盼都盼不來的貴客呢！不說別個，聽聞殿下這些日子不在揚州，一文盼您盼得都快把瓦市的地踏出一條溝渠來了。」

楊宇聽了笑容不變，只抬眼去看劉一文，拉長聲調問了一句：「當真？」

周媛雞皮疙瘩掉了一地！這什麼情況？鬧了半天，和劉一文有一腿、包養他的靠山竟然是吳王嗎?!

還沒等她回過神，劉一文先惱了，蹙眉丟下一句：「你們這些人，一見面就沒好話！也不怕帶壞了孩子！十娘，我們走。」拉著周媛直接轉身進了內室。

周媛已經完全無法反應了。富商調侃藩王和戲子的姦情，戲子甩臉子直接走人，這是哪國的言小？

劉一文拉著周媛進了屋子，也不在廳中停留，逕自帶她去了東面裡間坐。看周媛愣愣的，以為她嚇著了，就哄道：「十娘莫怕，吳王不是什麼壞人，就是有些不正經。」話音剛落，外面的人也進了廳裡就座，楊宇聽見這一句，就隔著屏風質問道：「我倒要聽一文說說，我究竟是哪裡不正經了？要你這般編排！」

「怪我怪我。」歐陽明拍了自己嘴巴一下。「當著這麼多人，一時嘴快，惹惱了一文，待會兒我親自斟酒賠罪吧。」又命人上茶款待楊宇和謝司馬。

給他們這麼一鬧，周媛此時才想起還有個謝家大公子在，忍不住悄悄湊到屏風旁邊往外打量，想瞧瞧那位謝家公子生得什麼模樣。

她這一探頭，立刻就被往這邊看的楊宇逮住了。「這是誰家的小娘子？」雖然看著十娘，話卻是問歐陽明的。

歐陽明答道：「是我上次北上歸來途中認識的一位知交之女。十娘過來，給咱們吳王殿下問個安，討點殿下的好東西做見面禮。」

周媛回頭看看劉一文，是他拉她進來的，總要給他面子。劉一文沒有攔她，還說：「殿下可不要吝嗇，得當真拿些寶貝出來才好。」

周媛就笑著出去，到吳王前面站住，行了一個福禮。「拜見吳王殿下。」

「快免禮。別聽這些人的渾話，好好一個孩子都教壞了。」楊宇笑得有些無奈，從身後從人手裡接過一個荷包遞給周媛。「小玩意兒，拿去玩吧。」

周媛接過來，並沒有打開，歐陽明又給她引見旁邊坐著的謝大公子。「這位就是謝家大公子。」

謝大公子謝希修今日穿了深緋色窄袖袍，眉目英挺、寬肩細腰，唇邊還留了修剪整齊的美髯，與楊宇相比，多了幾分男子氣概。見周媛與他行禮，只點了點頭，並沒有開口說話，顯得有些嚴肅清傲。

周媛莫名覺得此人有幾分眼熟，卻想不起來，論理說，像謝希修這樣的人，只要見過一次，是絕不可能再忘記的。便只當是自己錯覺，沒有多想，又躲回了劉一文那裡。

第十章

外面很快開起了酒宴，歐陽明命兩位名妓唱曲，自己與谷東來陪著楊宇和謝希修入席，又讓人給劉一文和周媛在裡間開了一席。

周媛有些餓了，也不用劉一文招呼，自己先吃了一小碗餶飿，然後才慢慢吃菜，並豎著耳朵聽外面人說話。

「殿下此去潤州，可是遇見了什麼有趣之事？怎地耽擱了這許久才回？」歐陽明問道。

因有曲樂相和，楊宇開頭的一句，周媛沒聽清楚，只聽見後面說：「……可憐六朝故都盡皆夷為平地，當年富貴繁華景象，再不能見矣！」

後面又低聲說了幾句，周媛也沒聽清，加上劉一文在旁跟她說話，更聽不見。最後那邊聲音大起來，說的卻都是風花雪月之事了。

不一時，周媛和劉一文都吃飽了，那邊卻飲酒飲得正歡，劉一文聽他們越說越不像樣，已經開始比較潤州和本地的名妓，就跟周媛說：「天快黑了，這幾人恐一時半刻散不得，不如我先送十娘回去，免得妳家人著急。」

周媛想著在這兒估計也聽不到什麼有價值的消息了，就點頭道謝。「多謝劉公子。」

劉一文有些不好意思。「『公子』二字我可當不起，我本來也有個像妳這般大的妹妹……妳要是不嫌棄，叫我一聲『劉大哥』可好？」

這些伶人多半身世淒慘，周媛聽他這樣說，有些心軟，又覺得他溫和好相處，便點頭脆聲叫道：「劉大哥。」

劉一文很高興，伸手摸了摸她頭頂戴著的小帽，然後起身帶她出去，跟歐陽明和楊宇等人告別。

「唔，也好，就煩勞一文了。」歐陽明已經喝得醉眼迷離，答應得十分爽快。

谷東來卻站起身接道：「我跟一文一道去吧。」

歐陽明揮揮手。「快去快回。」又轉頭跟謝希修低聲說話。「三公子最近可是有事忙？怎地許久不見他出來了？」

「我怎麼知道？他那脾氣和身子一樣時好時壞。你找他做什麼？」謝希修的聲音有著成年男子的低沈，不知是不是因為喝了酒，顯得有些低啞。

周媛已經走到門口，聽見他說話，忍不住慢下腳步傾聽。

「也沒什麼。我只是奇怪，三公子近日怎都不往我珍味居來？」

他這句話說完，周媛也出了廳堂到院裡，後面的話就再聽不見了。

周媛回到家時，周祿和春杏也已經吃過了飯，她把門一關，將今日見到吳王的事情說了。

「原來這歐陽明竟真的跟吳王牽連甚深！」春杏皺眉。「他不過是個富商罷了，吳王怎肯折節下交？」

周媛擺弄著手裡吳王給的荷包，低聲說：「他可不是普通的富商，他是揚州城的首富，還有一個可以跑運河的船隊。」如果吳王跟歐陽明關係密切，就等於掌握了一條通往北方的秘密通路，京師的大小動靜，就算有所延遲，還是能傳達到吳王耳朵裡。

「可是，我記得在京師時，不是都說吳王自小紈袴，長年混跡於伶人間、瓦市中嗎？」周祿插嘴道。

周媛忍不住笑了。「外面還說我膽小懦弱呢！」然後打開手裡的荷包，將裡面的東西倒出來。

春杏伸手捏起那金鑄的小兔子掂了掂。「怕是有二錢金，成色也足。唔，鑄得還挺精緻。」

周媛臉上的笑意漸漸收斂，嘆了口氣。「本來都想就這麼在揚州終老了呢，偏偏鑽出一個吳王！」

這些日子，周松也得到一些消息，比如吳王府跟謝、裴兩家雖然面上往來不頻繁，可吳王府的長史卻是裴家的女婿，司馬又是謝家大公子。

再來，吳王妃柳氏的娘家是前朝后族，如今秦國立朝一百多年，柳家雖在京師已聲名不顯，可在江南地界，柳家女仍算是堪比謝家子的存在。叫她如何相信吳王只是個單純的紈袴子弟？

可是他們今天為什麼要在她面前扮斷袖呢？難道對她的身分有懷疑不成？

與此同時，月皎的小廳裡，歐陽明、楊宇、謝希修三個人也在談論周媛。

「……不提別的，只說那雙手，哪個商戶人家能養出那樣的手？」楊宇懶懶地靠在隱囊（注）上，說話的語調也懶洋洋。「手如柔荑，膚如凝脂，這小娘子也算擔得起。」

歐陽明點頭。「不單是她，她家裡那位繼母羅氏也不似尋常人家的女兒，行為、禮儀都像是嚴格教養過的，只是不及這十娘大方，不似北面世家女。」

楊宇又問謝希修：「孟誠如何看？」

孟誠是謝希修的字。「倒像是世家出來的，不過這些年世家沒落，又有韓廣平竭力整治，逃出來的人也多，哪用得著在這家身上耗費工夫？」他是真沒瞧得上周家。

「尋常世家也罷了，可他們這一家出來的時機實在湊巧。」楊宇微微沈吟了一下，說道：「我總覺得他們和盧家或許有些關聯。」他所說的盧家，是被韓廣平滅族的廢太子和永安公主的舅家咸甯盧氏。

歐陽明沒有下結論，只問：「那殿下的意思是？」

楊宇微微合眼，扶額沈思一會兒，說道：「你還和他們如常交往就是。對了，不是說他們家的吃食很不壞嗎，別讓人覺得你無事獻殷勤，往來交際，有所求才是正理。」

歐陽明一點即透，當下笑應道：「我知道了。」說完思量一會兒，看向謝希修。「只是此事難免要借三公子的名頭……」

「他的事，你不用問我，反正將來你惹惱了他，出了什麼事，我是管不了的。」謝希修難得露出幾分真心的笑來。「也不用指望殿下，他更不會出面。」

歐陽明：「……」

其後一連幾日，歐陽明都沒有上門，周媛也不主動去打探他的行蹤，只每日一早跟著周祿出門買菜。最近給珍味居供應的點心主要是南瓜餅，每天都要買很多南瓜，周祿自己拿著吃力，於是張二喜早上就跟著來，幫忙把東西扛回去。

周媛想著反正有勞力，看見新鮮的菜都買回來，嘗試做著吃。這日看見有賣扁豆的，大感親切，又有南瓜，馬上上前買了一籃子，看著雖然不及前世家鄉的油豆角肉厚，但也新鮮翠綠。接著又掉頭回去買了幾斤排骨，順便在賣排骨的旁邊買了一大筐白菜，打算回家醃酸菜。

「今日咱們做新菜吃！」周媛想著，口水都要出來了。

回去先做了點心送珍味居，周媛就讓周祿收拾排骨和南瓜，先把排骨放進鍋裡燉，自己擇了扁豆，又跟春杏弄了麵來，擀了一張大麵餅。

擀好了餅，鍋也開了，她加了扁豆和南瓜進去，等再沸騰起來，就撤了些柴，改成中火慢燉，讓周祿和春杏把那張大餅放進鍋裡。「貼著鍋沿放，對，這樣烤得脆脆的好吃。」

一切就緒，只等飯熟，留下周祿看著火，周媛跟春杏往廳堂裡走，一路走還一路嘀咕。

「可惜沒有玉米和土豆，不然更好吃呢！」

「十娘，郎君還不回來，莫不是在鹽城遇了事吧？」春杏根本沒注意聽她說什麼，只憂

注：隱囊，供人憑伏的軟囊。猶今靠枕、靠褥之類。

心另一件事。

周媛拉著她的胳膊安撫道：「妳別擔心，不會有什麼事的。他們上面的爭鬥，應不會殃及無辜小民。」

到揚州以後，他們沒有貿然往鹽城去信，但時日久了，春杏不免掛念家裡人，再加上他們本來是要往鹽城去的，卻不跟那邊有聯絡，也有些奇怪。

所以周媛就讓周松跟著相熟的客商往鹽城走一趟，一來悄悄看看春杏的家人，二來也想了解韓廣平在鹽城有什麼佈置，對自己會不會產生影響。

不料周松一去近十天，到現在也沒消息，春杏自然有些著急。

兩人正坐在屋裡說起周松，誰知說曹操曹操就到，還沒等鍋裡的菜熟，外面就有拍門聲，周祿小跑過去開門，門外正是剛從鹽城歸來的周松，還有不請自來的歐陽明。

周松說進城時碰見歐陽明，兩人一路說話到了自家門前，因聞見家裡的飯香，就邀請歐陽明進來吃頓便飯。

有歐陽明在，自然不能只吃一道菜，周媛讓周祿去炸了茄條加醬汁炒了一盤，然後又醋溜了白菜，自己從小陶罐裡撥了一碟子之前拌好的水煮花生，加上鍋裡的排骨豆角燉南瓜，算是湊了四道菜。

廚房裡，此時鍋裡散出的香氣越來越濃，連周祿的肚子都咕嚕咕嚕叫了，周媛就說：

「餅也該熟了，掀開看看。」

鍋蓋掀開，待熱氣散盡，就看見那張厚厚的大餅已經貼在底下的菜上，邊邊角角卻翹了起來，烤得酥黃誘人。周祿上前將餅掀起來放到旁邊的篦簾上，這一掀才看見另一面的餅已經都是油光，且沾染了肉香，瞧著不似一般的餅那樣鬆軟，反而帶點彈勁，很筋道的樣子。

周媛迫不及待，自己先撈了一塊南瓜吃。南瓜入口即化，又甜又綿，還含著肉香，這味道一下子把她帶回了前世少年時的家鄉，簡直要讓她流淚了。

深吸一口氣，嚥下南瓜，周媛又挾扁豆吃了一口，然後搖頭嘆氣，到底不如油豆角肉厚軟爛，這種扁豆總是有點硬勁在，吃起來跟不熟似的，下次還是切絲炒著吃吧。

周祿看她皺眉失望，不由失笑。「第一次做，下回就好了。」上前盛了一盤送到廳堂去，回來又去切那張大餅。

周媛卻已經扯了餅邊烤得酥脆、帶鹽味的部分來吃，邊吃還邊點頭。「就是這個味兒！光吃餅就可以吃飽啦！」

「妳吃兩口就快去吧，大官人問妳呢，說要認妳做義女。」周祿擠眉弄眼地笑。

周媛嗆了一下。「呸！他作夢！」三兩下把餅吃了，擦擦手和嘴，往廳裡去。

「十娘啊，怎麼這回躲起來不見我了？可是怕我跟妳阿爹說，真要把妳認走做我的女兒？」歐陽明見了她就笑嘻嘻地調侃。

周媛笑了笑，不說話。

於是周松就說些讓賢弟費心了，這孩子淘氣貪玩之類的話，卻不接認義女的話茬兒。

歐陽明看他們父女都無意，便沒有再提，開始訴起苦，說近來城裡新開了兩家食肆，搶走他不少客人，有一家還把謝三公子引去了，這兩日珍味居位子都坐不滿，連帶點心的量也有些下降。

兩家是合作夥伴，周松自然要關心幾句，歐陽明順著話說：「我看周兄家裡做菜多有些秘法，不瞞你說，珍味居的廚子都快給我逼得跳河了，卻無論如何做不出新奇味美的菜來，你看看，能不能讓他跟四郎請教請教？」

周松第一個反應自然是謙遜，周媛也說：「我哥哥只會做些自家吃的菜，哪裡登得大雅之堂？」

歐陽明就指著桌上的菜開始誇，說無論哪一道拿出去都可以引得眾人來吃。周媛不讓他說下去，插嘴說道：「這道茄子就能把謝三公子那樣的食客也引來？若當真如此，便讓哥哥教給你們也無妨。」

歐陽明當場就應下來，還說等謝三公子來了，要引薦周松父女跟他認識。

原來他就是謝三公子啊！這是周媛見到謝希治的第一個想法。

周媛從周松與歐陽明之前的談話感覺到，這位謝三公子恐怕不是那麼好請的人物，只當歐陽明是吹牛，直到謝三公子本人站到她面前時，還有些不信。

「三公子多日不見，風采更勝往昔。」歐陽明笑吟吟地站在門口迎接傳說中的謝三公子，從周媛的角度看，那態度倒比見吳王還謙恭三分。

十一月的揚州比起京師，不過微有冷意，連畏寒的周媛也只穿了夾衣，可那謝三公子卻在袍子外面披了鶴氅。但這身玄色鶴氅倒很合他的氣質，配著頭上戴的紫羅巾，一陣微風吹來，頗有些飄飄然、似要登仙而去的意味。

「不是說有新菜嗎？」謝三公子聲音清冷，如鳴泉淙淙流過。「在哪兒？」

周媛囧。要不要這麼直奔主題啊？你知不知道這句話多毀形象啊！明明長得一副不食人間煙火的模樣，幹麼開口就問吃的在哪裡啊?!

歐陽明卻面不改色，殷勤地側身讓開路，然後親自引謝希治上樓。「三公子這邊請。」又示意周媛跟上來。

周媛默默跟在後面，順道與謝希治身後的小僮打招呼。「你還記得我嗎？上次你們借過傘給我的。」

沒錯，這位謝三公子就是周媛在湖邊小亭躲雨時見到的美男子。

小僮聞言扭頭看了她一眼，又回頭看看自己的同伴，再抬頭看前面的主人，最後只抿嘴一笑，向著周媛點點頭，卻不敢出聲。

看來這謝三公子不是個好侍候的主子，周媛下結論。

很快，歐陽明就把謝希治引到雅室裡坐下，又命人上茶，這才有工夫介紹周媛。「這位是周家小娘子，珍味居這幾個月的點心都是周家供的，今日的新菜也是小娘子幫我出的主意。」

謝希治聞言，總算肯把目光往周媛身上稍微停留一下。這一定神，看見是個小小少女，有點驚訝，不過他一貫惜字如金，也沒有開口，只略微點頭致意。

第十一章

「見過謝三公子。」周媛上前一步行了福禮。「上次承蒙公子贈傘，還不曾好好謝過。」

謝希治有些迷茫，回頭看自己侍從，見他們都點頭，卻還是想不起來，就有一個小僮上前兩步，在他耳邊低聲說了兩句，才終於想了起來。「唔，妳是常在湖邊吹橫笛的那個？」

吹得實在有些擾人。

周媛看他神色就知道他嫌棄周祿吹得不好，這會兒也不能說那是她哥哥吹的，顯得她怪沒義氣，於是只笑了笑。

歐陽明很好奇。「怎麼，十娘認得三公子？」

「之前見過，只是不知道原來就是大名鼎鼎的謝三公子。」

謝希治挑了挑英挺的眉毛，並不搭話，低頭喝茶。

歐陽明看場面冷下去，轉頭命人上菜，自己親自給謝希治介紹菜品。周媛則立在旁邊角落，悄悄欣賞這位自她穿過來以後，見過最英俊的男子。

謝希治雖然身材高大，卻比較清瘦，尤其坐在歐陽明這樣壯碩的人身邊，更顯得似翠竹般修長。一頭黑髮全被紫羅巾束在頭頂，長長的紫色飄帶垂在挺直的背脊上，動作間，寬鬆的衣裳擺動，依稀可以看出他細瘦的腰。

唔，這一點倒跟他大哥謝希修很像。對了，他的眉毛和眼睛跟謝希修也像，怪不得上次見到謝希修覺得眼熟呢。不過謝希修沒有謝希治白皙，皮膚也沒有他嫩，又有鬍鬚擋住小半張臉，所以沒有初見謝希治時那種驚豔的感覺。

今日歐陽明要介紹給謝希治的菜品，除了風味茄子，還有在周祿指導下清炒的山藥和蛤蜊疙瘩湯，另外還有兩道珍味居的廚子自己研究的新菜。

謝希治吃了幾筷子山藥，喝了半碗疙瘩湯，又猶豫地吃了兩口茄子，才終於舒展神情，點了點頭，抬眼問周媛：「這些菜是小娘子給出的主意？」

「是。」歐陽明事先已經跟周媛商量好，不讓周祿出這個頭，只說是小娘子閒來無事的琢磨，好少些麻煩。「我平日嘴饞，沒事就自己琢磨吃食。」這倒不是假話，周家的飯食，大部分都是她想好了叫周祿做的，只能說歐陽明是歪打正著。

謝希治臉上的神情又親近了兩分。「小娘子請坐。這些菜口味較重，應是北方的風味吧？這是麵疙瘩做的羹？小娘子從哪兒來？」

周媛坐到歐陽明身邊，笑答：「謝三公子不過品了品菜，就知道我是北方來的了，真是了不起。」小女孩的天真之色又適時露了出來。

歐陽明幫著介紹。「是我上次北上在洛陽結識的知交，有緣就邀了他們做鄰居。不想他家不光點心做得好，飯食也一樣好，每每路過，都被他們家的飯香勾得邁不出腿，總要去蹭一回飯。」

「歐陽大官人真是會做生意。」謝希治似笑非笑地看了歐陽明一眼。「你是大忙人，我這裡就不用你陪著了。你放心，只要真有好東西吃，我再懶怠，也還是要來的。」

歐陽明訕訕笑了兩聲，站起身告辭。「那三公子慢用，今日我作東，十娘替我招呼一下，我就先失陪了。」

這傢伙太無恥了吧？竟然把她留在這裡陪客，自己跑了！

周媛憤憤地看著歐陽明溜了，正想著是不是也找個藉口閃人，對面的謝希治又說話了。「這麼說，這些日子外頭偶有的奇香味，是小娘子家裡傳出來的？」

周媛回頭用無辜的眼神看他。「什麼奇香？我不曾聞見。」

謝希治盯著她瞧了兩眼，那清涼專注的目光讓周媛頗不自在，無法回視，只好轉頭看桌上的菜。好在他很快便收回了目光，說道：「那倒也是，妳自家想是已聞慣了，不覺得香。」

他說完這句，就沒再說話，專心致志地吃了起來。周媛幾次想找藉口告辭，都因他吃得實在太專注，根本沒機會開口而作罷。

謝希治是世家公子，禮儀自然是無可挑剔的，整頓飯不聞一絲聲響，卻很快就把桌上的菜品吃了個乾淨，實在讓周媛嘆為觀止。

「小娘子適才說閒來喜琢磨吃食，想來與我是同道中人，不知揚州城裡有名的美食可都吃過了？」謝希治吃完飯，又漱了口，終於有空搭理周媛了。

周媛把歐陽明帶她吃過的地方一一說了出來。

「唔，那麼大明寺的齋菜，小娘子還沒嚐過了？」

周媛搖頭。歐陽明這樣的人，怎麼可能帶她去廟裡吃齋菜？

謝希治忽然一笑。「明日是十五，大明寺有人做道場，必有上等齋菜，這等時機可遇不可求，我打算一早便往大明寺去，不知小娘子可願同行？」

他不笑的時候冷傲清俊，皎皎然如天邊之月，可望而不可即；一笑起來卻又手姿瀟灑，燦燦兮似初升暖陽，雖仍不可觸及，那光與暖卻照進了人心裡。

周媛被這笑容晃花了眼，一時沒注意他說了什麼，就應了一聲。

「那好，此事就這麼定了。方才歐陽明說小娘子與他是鄰居？」謝希治直接問地方了。

周媛這才回過神來。他剛才說什麼？要帶自己去大明寺吃齋菜？可是為什麼啊？

「呃，我家就在珍味居後面。」她不得不答，還用手指了方向。「不過，此事還得回去稟明父母……」

謝希治不以為意，點頭說道：「那是應當的。若是令尊、令堂不放心，也可同去。罷了，左右我也順路，不如我與妳回去，向他們說明吧。」

周媛無力了。這個傳說中的謝三公子怎麼一點也不高冷啊？還熱情得讓人不知所措好嗎！歐陽明是怎麼給情報的？

周松見到謝希治時也很驚訝，他和周媛本來商量好，今日的事除了周媛，誰都不出面，這些上層的人，周松他們見得越少越好，以防被看出端倪來。誰能想到堂堂謝三公子會親自上門拜訪啊？

此時周媛已經冷靜，等謝希治跟周松說清緣故，就藉口要與春杏商量上了樓，然後在樓上待了一會兒，才下來說：「阿娘說，讓哥哥陪我去。」

周松知道周媛定了主意，點頭應道：「那好，就煩勞謝三公子了。」

謝希治見定下了約，便沒有多停留，起身告辭。

他一出周家的門就上了軟轎，心情十分愉悅，手指還一下一下地輕敲膝蓋。

旁邊跟著的小僮長壽跟同伴無病小聲嘀咕。「公子今日這是怎麼了？莫不是轉性了？」

無病斜了他一眼。「早就叫你多用心想想！你沒見公子聽歐陽明說常去周家蹭飯之後，眼睛就亮了嗎？」

「唔，是這樣嗎？」長壽低頭沈思，恍然大悟。「怪不得公子一進周家院子，就長吸了口氣呢！」

大明寺坐落於揚州城北郊蜀岡之上，背山面水，古木參天，是有名的古剎。

周媛等人到了大明寺的山門前時，太陽堪堪拐到了東南邊，將一片微帶溫度的日光拋灑在四面的樹葉上，也讓他們身上多了些暖意。

周媛揉了揉臉，讓自己清醒些，看見知客僧與謝希治的小僮說了幾句話，就請他們進山門，然後帶著他們直接繞向後面的禪房。

周媛看著經過的大雄寶殿，問前面的謝希治：「不進去拜拜嗎？」

謝希治頓了一下腳步，回頭問周媛：「妳要拜佛？」不是來吃齋嗎？

周媛囧。「不拜就不拜吧。」她還是第一回看見這樣，咳咳，毫不遮掩目的的人。人家來吃齋，好歹會做做樣子拜拜佛吧，這一位倒好，來了直奔主題，真是，咳咳，一點也不懂委婉和迂迴。

若是旁人聽了周媛這話，少不了要說「我陪妳進去拜一拜吧」之類的客套話，可這位謝三公子一向不理會「客套」二字，聽周媛說不拜了，很高興地扭頭繼續直奔禪房而去，連半絲停頓都沒有！

周媛摸摸自己餓扁的肚子，心裡對他的腹誹頓時飛走了。一早就被這傢伙拍門叫起來出城，連早飯都沒得吃，只拿了幾塊家裡新鮮出爐的山藥糕，吃了兩口又覺得脹氣，一路忍到現在，確實沒心情拜佛，所以還是直奔主題——吃飯去吧。

周祿比她好得多，他起得早，已經做出一鍋點心，也吃過了早飯，所以到禪房用早飯時，只喝了點清粥。

寺裡的早飯很清淡，白粥、小菜、素包子，這還是給客人吃的。不過周媛餓得緊了，吃這樣清淡的早餐倒更覺舒服。謝希治說，這只是墊一墊，午時過後就有素齋吃了。

用過飯，謝希治說要休息，若是他們想遊覽，可以讓他的侍從長壽引著在寺裡四處轉轉；若是也累了，就去隔壁歇一歇。

周媛吃飽了倦意上湧，麻溜地歇著去了。倒是周祿跟著長壽去轉了一回，回來看見睡眼惺忪醒來的周媛就笑。「洗洗臉出去轉轉吧，這大明寺還真不錯。」

他要了水進來，投了帕子遞給周媛，等她擦完臉清醒了，幫她整理好衣著，然後陪著周媛出去轉。

兩人出了禪房，從院門出去右轉向後，穿過一片竹林，沿著石板路慢悠悠晃到了西邊，迎面看見一座九層高塔，高高的塔尖似乎都要頂進雲端。

「下一局嘛，就一局定勝負！」

周媛正聽周祿介紹那座塔，冷不防前面傳來一個粗豪的聲音，兩人對視了一眼，然後一起悄悄往前走，想去瞧瞧熱鬧。

「一局？你輸了準要再來一局！一局復一局，何時了結？」

竟然是謝希治的聲音。周媛更有興趣了，躡手躡腳地湊上前，躲在一棵大樹後面偷聽。周祿也跟著躲到她身後，兩人做賊似的往前看。

只見前面樹下一老一少兩個男人相對而立，老的是個僧人，穿著舊舊的僧衣，滿臉討好地看著年少那個。年少的自然是謝希治，他冷著臉，微蹙著眉。「我是來吃齋菜的，沒空與你下棋！」

僧人憨厚地笑。「不下這局棋，我沒心思做菜。」

謝希治的臉更冷了。「那我讓你五子！你若是再輸，可不許再腆著臉要下第二局！」

僧人眼睛放光。「那自然、那自然！謝三公子這邊請。」引著謝希治往另一邊的樹下去了。

「看來謝三公子想吃頓飯也不容易。」周媛轉頭笑咪咪地跟周祿說。

周祿也笑。「謝三公子看似目無下塵，其實脾氣倒不壞呢。」

周媛搖頭。「那可未必。每個人都有命門，我猜他的命門就是吃，一遇見吃的，傲氣和脾氣就丟開了。若沒有好吃的引著他，你瞧他理不理那和尚、理不理咱們？」太愛好一件事，早晚得栽在這上面，不過這樣的人也有幾分可愛就是了。

兩人繞著塔遛達了一圈，不想剛要繞回原路，又遇見了謝希治和那僧人還在爭執。

「再下一局……」

謝希治不理。「不下不下！你再糾纏，我就讓人去告訴你們住持！」

僧人委屈地站住了腳，嘟囔：「不下就不下，可惜了我那煮了好幾個時辰的鮮菇湯……」說著轉身作勢要走。

謝希治本待開口叫他，一轉眼看見走過來的周媛和周祿，腦子轉了轉，也不叫那僧人了，只跟周媛兄妹說話。「這是從哪兒走回來的？」

「從塔那邊繞了一圈。」周媛笑著答，又問那僧人：「這位是？」

僧人忙合十行禮。「貧僧淨賢。」看見有外人來，不敢再纏著謝希治下棋，趕忙告辭走了。

謝希治也沒有再說話，率先邁步回去他們休息的小院。

路上，周媛沒話找話說。「謝三公子常來大明寺？」

「偶爾。」

唔，一定是有好吃的素齋才來！周媛覺得自己摸到了他的命脈，又問：「剛才那位淨賢師父是誰？」

「做素菜的。」

就知道！不然你絕不會理他！周媛笑著繼續問：「三公子和他很熟？」

「不熟。」

周媛挑挑眉。「我剛才聽你說他糾纏什麼，還以為你們是舊交呢。」

「不是。」

周媛：「……」你這樣還能不能好好地說話了！

誰知謝希治比她還鬱悶呢，總覺得今天這條路似乎格外長，不然怎麼跟身邊這個小丫頭說了好幾句話都還不到院子呢？比起跟這個小娘子說廢話，他還寧願去跟淨賢下棋，起碼殺得他片甲不留時，心情比較舒暢。

周媛被他噎住，安靜了一會兒，走著走著卻又忽然想起一事。「三公子，你聽過我們吹笛子，那麼湖邊總能聽見的琴聲，是你彈的嗎？」

謝希治還以為她終於安靜了呢，誰知道她又冒出一個問題，便只簡短應道：「唔。」

周媛覺得自己快得內傷了，順了順氣，又問：「你住在那附近？」

這次謝希治終於轉頭看了她一眼。「妳才知道嗎？」都能聞見妳家做飯的香氣，會住多遠嗎？

我難道早該知道嗎？你告訴過我嗎？

兩世為人第一次，周媛抓狂了，不就長得好看點、家世顯赫點嗎？踫什麼踫啊！她聽不見謝希治心裡的想法，只以為謝希治犯了高冷病，這一口氣上不來，當下就站住腳不走了。

周祿看她頭頂快冒煙，趕忙悄悄拉了拉她的袖子。

一路快走的謝希治卻絲毫不覺，走出去好遠才察覺不對，回頭看了一眼，問：「怎麼，還想走走？」

周媛忽然快步奔到謝希治面前，伸出手指著他的鼻子，剛想教育教育他，卻發現這傢伙比自己高太多，指著他倒容易，想看著他的眼睛擺出氣勢來，實在很難。

就在她愣神的工夫，周祿追了上來，一把扯住她的袖子，將她舉著的手拉下來，搶先開口解釋：「我們常在湖邊散步，聽多了公子的琴聲，很是欽服公子的琴技，真想不到今日竟有幸能與公子相識。」

謝希治低頭看看只到他肩膀高的周媛，又看了陪著笑的周祿一眼，忽然微笑了一下，然後一言不發，轉頭又繼續走了。

那笑是什麼意思？是說「你們知道幸運就好了，趕快來跪舔本公子」嗎？還是「雕蟲小技，也值得你們這麼興奮」？周媛更火大了。

其實這次她又想多了，謝希治不說話，只是因為他懶得說話。那笑麼，是他覺得這兄妹倆很有趣，有趣得都不像兄妹了。

不知是不是他的錯覺，周祿這個哥哥每次面對妹妹的時候，態度都討好到近乎恭敬，不自覺地把全副注意力都放在妹妹身上，整個人是隨時要衝上來保護妹妹的樣子。一點都不像哥哥，倒像是侍從。

不過這不關他的事，他只需要關心哪裡有好吃的，誰會做好吃的，足矣。

第十二章

周媛看著謝希治挺拔的背影，真的很想撿一塊石頭丟過去。「你說他是不是有毛病？」她憤憤地問周祿。

周祿比她淡定，笑著安撫道：「我瞧謝三公子恐怕不常與人交際，應是獨來獨往慣了。」

「他是謝家公子，怎麼可能獨來獨往、不與人交際？」

周祿就提醒她：「十娘忘了嗎？歐陽大官人說過，謝三公子幼時身體不好，常深居簡出，許是因為這個緣故，才會這般，咳咳。」想了想，沒想出適合的形容詞。謝希治並不像是不懂得禮貌和客套的人，似乎只是不屑或無意為之。

這話也有道理，周媛緩過一口氣，邁開腳步往回走。心裡則在琢磨，想不到謝三公子是這樣的人，她本以為身為揚州名士、世家公子的謝希治，就算有喜愛美食的名聲，應該也只是個幌子——名士總是有些小愛好的嘛。她今日肯來，就是為了探看這位謝三公子真實的性情。

揚州是個好地方，最好將來能在這裡養老。可是萬一吳王志向遠大，那揚州就不大安穩了。她辛辛苦苦從京師逃出來，可不是想來過朝不保夕日子的。

所以她想多方證實一下吳王到底是個什麼樣的人。謝希治的大哥在吳王府做司馬，周媛就以為謝希治應該也與吳王府有關聯，既然他愛好美食，藉此攀個關係，了解了解情況也是好的。

誰想到這位名氣很大的謝三公子，竟然是這樣一個奇葩？連話都懶得跟人說，能從他口裡套出什麼消息？趁早歇了吧！

不過話又說回來，昨日剛認識他就邀請自己來吃齋，又是為了什麼啊？

周媛想不通，想跟周祿嘀咕兩句，抬頭看見謝希治站在門口等他們，只能嚥下了，打算回去再說。

他們回到禪房裡坐下，安安靜靜的，各自飲了一盞茶。

看時辰還沒到，周媛不想這樣對坐尷尬，打算告辭去自己休息的房裡坐坐，謝希治忽然開口了。

「我聽小娘子日常吹的曲子，有許多是未曾聽過的，可是小娘子自己作的？」

周媛愣了愣，然後扯唇笑笑。「不是。」

謝希治等了一會兒，見她沒有繼續說的意思，只得扭頭叫無病拿橫笛來，自己擦了擦，運氣吹了一段，問周媛：「這曲子叫什麼？」

周媛本來答完了還在得意，心想真是報應不爽啊，謝希治也有今天。誰知他拿起笛子就吹了一段〈小白花〉，驚得她睜大了眼睛，這是傳說中的過耳不忘嗎？

周祿看周媛發呆，就出聲替她回答：「叫〈小白花〉。」說完不好意思地笑了笑。「其實那些曲子不是舍妹吹奏的，是小人胡亂吹的，有辱公子清聽，還請公子不要見怪。」

謝希治看看周祿，再看看周媛，微微笑了笑，又不說話了。

周媛覺得他神色似別有深意，可他又沒有繼續開口的意思，就轉了轉眼珠，說道：「現在還不到飯時，閒坐無聊，不知公子能不能屈尊撫琴，讓我兄妹倆當面一睹公子的丰采？」

「不曾帶琴。」謝希治頭也不抬地答道。

周媛聞言，心裡默唸：世界如此美妙，我卻如此暴躁，這樣不好，不好。

許是謝希治也覺得無聊，答完頓了一下，又開口：「不如下棋吧。」

周媛繃著臉。「我不會。」

周祿左右瞧瞧，面帶慚色。「小人棋藝不精，還是不獻醜了。」

室內又安靜好一會兒，周媛終於忍不住了。「我去院子裡走走。」也不等人回答，抬腳就出了房門。周祿抱歉地對謝希治笑笑，跟了出去。

謝希治也覺解脫，站起身伸了個懶腰，緩緩踱步到窗下，往外看了一眼，見那兄妹倆在院裡說話，就轉回去坐下，斜斜靠著椅背，舒服地嘆了口氣。「把那本《漢末英雄記》給我。」

長壽忙去把書找出來，遞到謝希治手裡，然後到門口安靜守著。

周媛跟周祿直到送齋飯的人來了，才由長壽請進去，跟謝希治一起吃了飯。

周媛懶得再開口受挫，周祿更不會主動說話，謝希治只專心在吃上，所以一頓飯吃得寂靜無聲，很快就吃飽了。

吃過飯，謝希治要午休，周媛跟周祿也各自回禪房休息，等到下午才起來，收拾好了回城。

到周家門前分開時，周媛躲到周祿後面，讓他跟謝希治道謝。謝希治滿懷期待看著周祿，不料對方只說感謝他盛情相邀，然後就道別了，竟沒提改日要回請！豈有此理，難道不知何為「來而不往非禮也」嗎？

周祿跟周媛飛快進了院子，關上門才有些不好意思地說：「我們這樣是不是有些失禮啊？」

「失禮最好！他更失禮呢！」周媛從鼻孔裡哼了一聲，率先往廳堂走。「明日單做一盒點心送去他家就是了。」

第二日，謝希治收到周家送來的棗泥山藥糕和南瓜紅豆糕時，頗有些不滿，就這麼兩樣買得到的點心便打發他了？自己破天荒「熱情」相邀，竟然沒能得到回請？謝希治鬱悶了。

當天下午，又聞到隔牆飄來的肉香時，他忍不住帶著人出去轉了一圈，都走到周家門前了，卻無論如何豁不出去臉皮，還是轉頭回了家。

說也奇怪，自從大明寺一行過後，竟再也沒聽見過那對兄妹的笛聲，一向我行我素的謝三公子終於覺得似乎有哪裡不對勁了。

他把長壽和無病叫到跟前，問：「我那日說了什麼話惹惱周家兄妹嗎？」自己的態度已經是難得的熱情有禮了，換作別人早已感激涕零了吧？

長壽和無病回想了好一會兒，一齊搖頭，然後長壽大著膽子問：「公子可是在回小院的路上說了什麼？」

「我能說什麼？」謝希治哼了一聲。「我是耐煩多話的人嗎？」

兩個小僮想想也對，他們家公子這麼懶，哪裡耐煩跟人多話啊。實想不到問題就出在他不愛說話上。

「想是周家覺得公子身分高貴，難以高攀吧。」無病從常理推測。

謝希治想不出原因，只好又去把最近覺得好吃的食肆吃了一遍。去珍味居的時候，不免又想起周家來，到底覺得意難平，不得不「屈尊」去找歐陽明，委婉地討教一下蹭飯秘訣。

歐陽明一開始根本沒明白謝三公子的意思，聽他問起自己最近有沒有去周家，就如實說：「前日楚州有雜務，去了幾天，昨日剛回揚州，倒有些日子沒去周家了。」

他還好奇謝希治跟周媛去大明寺的事呢，不過不好多問，只跟謝希治聊些楚州的美食。

謝希治也去過楚州好幾次了，對那邊的美食暫時沒什麼興趣，就拐著彎問歐陽明在周家吃過什麼。

歐陽明從刀削麵說到乾炸里脊，說得自己也有些饞了，又看出謝希治的嚮往，就提議：「不如我讓人往周家送個帖子，三公子與我去周家作客吧。」

此舉正中下懷，謝希治面上卻還是雲淡風輕，微微點頭。「也好。」

收到帖子的周松有些莫名，歐陽明什麼時候變得這麼客氣了？要來還提前送帖子。聽說謝三公子要一道來的時候，更糊塗了，他來幹什麼？自家不是跟他沒什麼來往嗎？

他拿帖子去給周媛看，周媛哼了一聲。「準是來蹭飯的。」又叫周祿：「把鴨子藏起來，明日咱們再吃。今天吃素，給他們炒個豆芽菜，拌個涼菠菜，嗯，再撥半盤水煮花生，做個疙瘩湯算了。」

周祿看著周松無奈地苦笑，周松就勸道：「上門是客。我讓四郎隨意準備幾道菜吧。妳要是不願見，就上樓跟春杏一處。」

周媛悻悻地捧著自己新淘到的傳奇小說，上樓找春杏去了。

沒多久，歐陽明陪著謝希治上門，周松父子將他們迎到廳堂裡坐了，又上了茶，連說蓬蓽生輝。

謝希治還是很少說話，場面多靠歐陽明圓著。周松是主人，自然也不好讓場面冷了，跟歐陽明一問一答，說得倒也熱鬧。

眼看到了飯時，周松要留客吃飯，問謝三公子可有什麼忌口的不吃。不等謝三公子回答，歐陽明先替他說了。「三公子的口味全城皆知，只要不是辛辣或太過寒涼之物皆可。」

周松就叫了周祿出去吩咐，很快又回來陪客，冷不防歐陽明開口問：「怎地不見十娘？」

周媛卻直到歐陽明和謝希治吃飽喝足離去，都沒有露面。

歐陽明有些疑惑，周松說十娘要陪她阿娘做針線，他是不信的。那小娘子能安靜做針線？難道是為了避嫌？可以前他們家也沒這樣啊！上次不是還跟謝希治一同去大明寺了？

謝希治則根本沒放在心上，他已經完全被鮮菇燉雞、蝦仁燴白菜心、清拌菠菜和清炒藕片給征服了。雖然有一道他不怎麼感興趣的羊肉蘿蔔湯，但完全可以忽略，不影響他吃了一頓好飯的心情。

「今日冒昧叨擾，本屬失禮，萬幸周郎君不嫌，且備辦佳餚相待，足見盛情。改日謝某定下帖回請，還望周郎君不要推辭才好。」謝希治吃得舒暢，臉上的笑容大了起來，一雙眼睛更是熠熠生輝。

他本就面容白皙如玉，此刻想是因為剛吃了飯，兩頰透出些紅潤，越發顯得英俊好看，再加上言語禮貌周到，態度親切從容，想來換成任何一個人，都難以拒絕這樣一位佳公子的邀請。

周松也不例外，點頭微笑道：「謝三公子相邀，周某怎會推辭？到時必定赴約。」

謝希治顯然很高興，還轉頭跟歐陽明說：「到時還要歐陽大官人作陪才好。」

歐陽明受寵若驚，連連說：「三公子莫取笑我了，這『大官人』三字，我可擔不起。您若不棄，與周兄一道叫我一聲『耀明』便可。」

謝希治輕笑，沒再多說，向周松告辭，跟歐陽明出了周家門。

「這謝三公子並沒什麼難相處之處啊。」周松送客後對周祿道。「上次你們到底是說了什麼惹惱十娘？」

此時周媛恰好從樓上下來，聽見了就說：「他還不難相處？」

周祿憨笑。「這位謝三公子倒不是說了什麼，恰是因為他不說，才惹得十娘不高興呢。」

周媛哼了一聲。「我也沒有不高興，就是不耐煩應酬他們這些蹭飯的。左右咱們也不想跟謝家打交道，以後還是遠著他們為好。阿爹不是說，鹽城那邊也有謝家的人嗎？」

周松點點頭。「不過不是謝家本家，是旁支。」他上次去鹽城，聽來了一些消息。朝廷先前派來想查鹽政的人，都被拉下馬，完全不是吳王這邊的對手，於是最近又派了新的欽差大臣來，周松得知是韓廣平的親信，就沒敢再往那邊去打聽。在鹽城管事的，正是謝家旁支子弟。

他悄悄去看了春杏的家人，不敢露面，見他們日子還過得下去，便回來了。

「不管本支旁支，謝家總歸是吳王船上的人。我們在京裡只聽說吳王如何不成器，可到了這裡呢，連張大嬸都說吳王府裴太妃是活菩薩，吳王雖然聲名不顯，但吳王府的聲譽可比皇室好得多。說吳王沒野心，我是不信的，咱們且慢慢看著吧。」

搭著歐陽明是不得已，有事需要靠著他。謝家麼，還是敬而遠之的好。

周松聽了覺得有理，就說：「那下次他回請，我推了吧？」

周媛有些頭痛。「今日既然都應了，還是去吧，總不好直接駁人面子。以後咱們只躲著，難道他還能次次這樣拖著歐陽明上門不成？實在不行，我寫幾份菜單給他。」

這幾日，周媛老老實實宅在家，連歐陽明要帶她出去玩也不去了，跟周祿研究起醃酸菜。她記得小時候家裡到秋天都會買好多白菜，放大鍋裡煮過了，再排到缸裡撒上鹽醃，有的時候還要壓上大石頭。

他們現在就這麼幾口人，吃不了多少，於是她準備了兩個小罈子，一共醃了十幾棵白菜，盼著酸菜酸了，燉五花肉吃。

醃完酸菜恰好到冬至，這邊習俗是吃湯圓，他們給珍味居供應的點心也是各種餡的湯圓，芝麻、砂糖、紅豆沙等等，都送了一些去。

至於自己家，則還是想吃餃子。周媛喜歡吃蒸餃，拌了蝦仁白菜肉的三鮮餡，大家齊動手，包了有半個手掌那麼大的蒸餃，蒸了兩鍋出來，還給張大嬸帶了幾個回去吃。

周媛吃兩個就飽了，可嘴上沒吃夠，硬是又吃了一個才滿足。不想嘴滿足了，胃卻撐著了，在院子裡遛達好半天，還是撐得難受，只能一邊哼唧著、一邊繼續遛達。

就在這時候，來送帖子的長壽敲響了周家的門。

周媛正好在門邊，就把門開了條縫，看見是長壽才拉開門，笑道：「是你呀。」

「是。小娘子好，周郎君在嗎？我家公子遣我來送帖子，邀周郎君明日去赴宴。」長壽生了一副秀氣的眉眼，笑起來特別可愛，像是鄰家男孩一般。

周媛對他印象不錯，側身讓他進門。「我爹在。」引著他去見周松。

長壽把帖子送到，傳達完主子的話就要走，周媛看桌上的蒸餃還沒撤下去，那孩子又偷偷往桌上看，就轉身裝了幾個蒸餃，等他到了院子裡遞給他，說：「我們北方人冬至習慣吃餃子，你拿去嚐嚐。」

長壽沒推辭，笑著道謝回去了。

周媛遛達回屋去，問周松：「謝三公子在哪兒請客？」

「說是城北常慶樓。」周松解釋道：「這是城中有名的食肆，多是招呼達官貴人的，等閒人去不起。」

哦，看來謝三公子請客也不過如此嘛。周媛不當回事，又往外溜達，卻聽周松叫她：「這帖子也邀了妳和四郎。」

「我不去，你和哥哥去吧。就說我要在家裡陪阿娘。」

第二日周松父子赴宴歸來，跟周媛轉達謝希治和歐陽明對於她沒有到場的遺憾，周媛又哼了一聲。「跟他吃飯，再好吃的東西也吃不下。」

周松卻對謝希治印象不錯，只是礙於周媛的態度，到底沒有對謝希治表現出太多熱情。

第十三章

天越來越冷，連歐陽明都少上門了。周媛懶怠出去，又覺得無聊，周祿也沒空總給她做背景音樂，為了打發空閒，就撿起笛子自己吹。

她本來就不是認真要吹，所以總是想到哪兒吹到哪兒，有時候吹一陣能換四、五首歌，把聽的人都搞亂了。

這一日，她又故態復萌，倚在二樓美人靠上胡亂吹曲子，剛把曲調轉到〈我願意〉，吹到中段時，忽然有另一道笛聲加了進來。

周媛吹的曲調略高，笛聲悠揚歡悅，那後加進來的音調卻有些低沈嗚咽，帶著如泣如訴的意味。兩股笛聲合奏，倒像是一對有情人在互訴衷情。

冷不防聽見有人相和，又確定不是周祿，把周媛嚇了一跳，她繼續吹，卻忍不住站起身往外面望，心想不會是有穿越人士在吧？

路上沒有人，視線所及範圍內也沒人吹笛子，會是誰呢？她吹到最後還是沒看見人，只能垂下手緩一口氣。

咬唇思量半晌，周媛還是忍不住飛奔下樓，去院子開了門，又回想笛聲傳來的方向，往外走了一段距離，還是一無所獲。

周媛呆立了一會兒，有些失落地轉身要走，就在這時，笛聲再度響起，吹的竟是〈一千年以後〉。她忙悄悄順著笛聲溜進一條小巷，再往右一轉，前面有座石板橋，橋上坐著一人，正側對她吹笛。

那人身穿玄色大袖披風，頭髮用逍遙巾束在頭頂，一陣風來，垂著的巾帶與大袖一同飄拂，襯得吹笛人膚白唇紅，不是謫仙勝似謫仙，正是俊逸瀟灑的謝三公子。

周媛悄悄立在牆邊聽了一會兒，發現謝希治吹的版本有些改動，幾處轉折與她教給周祿的不同，但整首曲調的意境卻沒改，種種情感充溢其中。

不得不承認，無論從技巧還是情感上來說，謝希治的吹奏都比周祿高了不止一個臺階。至於自己這種業餘玩票的，那就更不用提了，被甩好幾條街還要拐彎。

難怪他那樣清高了，家世好，長得又好，又有真本領，換個人只有比他更目無下塵的。周媛默默消除了一些對謝希治的不滿，不過也不打算出去跟他打招呼，拍拍手轉身，想悄悄回家。

「周家小娘子？」

她一轉身差點撞上人，正待道歉，那人張口就叫住她。周媛定睛一看，正是謝希治身邊的小僮長壽。

「呵呵，是你啊。」她一邊假笑打招呼、一邊默默挪動腳步，想溜回家去。

可惜事與願違，身後的笛聲適時停住，謝三公子清冷的聲音傳來。「可是我擾了小娘子吹笛的雅興？」怪不得那邊停了笛聲，原來是尋到了這裡。

他怎麼知道今天是我？周媛滿臉驚訝地轉過頭。「呵呵，沒有沒有，不是我不是我。」

謝希治已經站起身，立在橋邊，有些疑惑地看著周媛。「不是小娘子嗎？聽曲聲應不是令兄。」

周媛也不知道自己為什麼不願意承認，只能乾笑著說：「可能是別的鄰居。呵呵，我跑出來沒跟家裡人說，他們不見我回去該急了，我先走了。」說完不待謝希治反應，撒腿就跑了。

留下謝希治主僕大眼瞪小眼。「她這是怎麼了？」謝希治生平頭一遭遇上見了他就跑的人。

「公子，天冷了，該回去了。」長壽也不知道原因，只能開口勸謝希治回家去。

謝希治點點頭。又問：「九叔和大哥走了？」要不是為了躲人，他才不出來吹冷風呢。

長壽答道：「走了。其實公子何必要躲？太妃做壽，您總不能不去，大公子只是想與您商議罷了。」

謝希治搖搖頭。「你不懂，他們哪像你想的這般簡單。回去就說我染了風寒，不便見客，要閉門靜養，誰也不許放進來。唉，可惜了。」好多美食不能出去吃了。

回到家的周媛後知後覺地想起，忘了問謝希治怎麼會吹這些曲子了，不過他既然會〈小白花〉，別的聽多了自己琢磨出來，倒也正常。只是她幹麼要跑啊？不就是技不如人嗎？也不算什麼丟臉的事。又不是伶人，指著這東西吃飯，不過是閒來把玩、陶冶情操罷了。

怪就怪那個謝希治，天生一副高冷的模樣，總是讓人不自覺自慚形穢！

吹笛子這件事上，周媛受到了打擊，於是轉移興趣，又一心撲在了吃上。

上次燉的扁豆不如人意，這次她就讓周祿切成絲，用熱水焯熟，撒鹽、胡椒粉，再淋上熱油，最後拌入一點蒜汁。

周媛拿著筷子攪拌均勻，挾起一筷子嚐了一口，然後點頭。「不錯，爽脆鮮嫩，比燉的好吃。下次用這個包包子。」

折騰完豆角，又開始折騰茄子。家裡有現成調好的醬汁，她就想做一道醬茄子吃，結果做了兩次味道都不對，左思右想，終於想明白了：是醬不對！小時候吃的都是自家做的黃豆醬，根本不是他們現在用的醬汁。

周媛問了周祿，知道外面有賣黃豆的，又隱約記得前世媽媽做醬的步驟，便買了幾斤黃豆回來，煮熟做成醬塊，放到廚房房頂上曬，等它發霉去了。

這東西一時半會兒得不了，周媛按捺住期待的心情，轉頭研究火鍋和砂鍋。

這個時代已經頗流行吃火鍋，尤其是在京師，只要一落雪，御膳房幾乎每日都有小火鍋供應。周媛喜歡吃各種肉類、菌菇類，宮裡的秘製蘸料也很鮮香，可惜他們不知道御廚是怎麼調的，今年只能自己研究。

周媛叫周祿帶她去油坊，買了點人家剛磨好的芝麻醬胚，想回去試試能不能弄出後世吃火鍋蘸的芝麻醬。可是買回來以後，她對著一團黏糊糊的醬胚，實在不知該如何下手。這醬很香，可是裡面還有些碎渣，吃著沒有前世的芝麻醬口感好。

最後只能舀出來一點，加水調和，撇出浮渣，剩下的加腐乳汁、韭花醬調成一碗。又另拿蝦醬、醬油、芝麻油調了一種口味，打算比較一下味道。

這裡基本是買不到牛肉的，主要還是吃羊肉。周媛愛吃魚，特意讓周祿買了一尾草魚回來片成片，打算先煮魚，後涮肉，做魚羊鮮。

湯底用的是早起熬的骨頭湯，先放魚骨、魚頭，加入蔥段、薑片、蒜瓣同煮，周媛提著勺子邊在湯裡攪拌，邊讓周祿拿了枸杞、紅棗、桂圓等物放進去。等煮開了，再把滾了澱粉加鹽醃過的魚片下到銅鍋裡煮，然後揚聲叫大家快點過來，坐下等吃。

周祿應了一聲，把洗乾淨的白菜、蘿菜、鮮菇、冬瓜、豆腐分給周松和春杏拿進去，自己最後端了兩大盤子羊肉進屋，此時煮著魚肉的鍋已經翻滾著冒出香氣。

臘月十三是吳王府裴太妃的五十壽辰。裴太妃在揚州地界上素有賢名，一貫憐貧惜老，自嫁入吳王府做世子妃時就多有善舉，因此揚州百姓私下都稱她為活菩薩。

今年恰好是裴太妃五十整壽，吳王便在家裡連開三日壽宴，還將瓦市有名的伶人都請到家裡，演雜劇給裴太妃和客人們看，哄她高興。

歐陽明雖與吳王有私交，面上卻還是得注意身分。花銀子捐的散官出去唬唬人還可，在吳王府絡繹不絕的客人裡卻根本不夠看，所以他只能在不早不晚的臘月十二來赴宴，應酬一些中低階的地方官。

這樣的筵席，吳王本人是不會露面的，只由吳王府的長史主持安排。歐陽明入席應酬一番，略飲了幾杯酒，看著時候差不多，便起身告辭出了吳王府的門，摸著肚子想著去哪兒吃頓晚飯。

因今日是來吃酒，歐陽明便沒有騎馬，上了轎子吩咐人先走著，自己坐在轎裡尋思，還沒等他開口，就感覺坐著的轎子頓了一下，接著便聽隨從在旁稟告：「官人，是謝三公子。」

歐陽明一愣，掀開轎簾探頭望，果然從前面小巷轉出一頂青帷小轎，旁邊跟著的兩人正是長壽和無病。

他忙命停轎，出了轎子去打招呼。「三公子怎會在此？」明日才是吳王府招待親眷的家宴吧？

「唔，我去給姨母磕頭賀壽。」謝希治讓人掀開轎簾，卻因懶得下轎，只坐在轎子裡答話。

歐陽明頓了下，轉念一想，這位謝三公子從來不能以常理度之，於是也懶得追問了，只招呼道：「三公子吃了飯嗎？要不同去珍味居坐坐？」

同樣沒吃飽的謝希治淡定點頭。「也好。」他也正琢磨去哪兒吃一頓好呢。

於是歐陽明讓他先行，自己在後面跟著，結果一路走著走著，眼看快走到珍味居了，卻不知從哪兒傳來一陣香味。

歐陽明抽了抽鼻子。「誰家吃鍋子呢？」

身旁的侍從答得麻利。「好像是從周家傳出來的。」

「周家？」歐陽明肚子咕嚕一聲。「停轎！去請謝三公子下轎，咱們上周家吃去。」

周媛看著專業蹭飯二人組進門，簡直不能更無語。她煮好的魚肉才吃了沒幾片好嗎？羊肉剛下到鍋裡，她還沒吃到嘴呢！誰准他們來的？

可是那兩人沒一個看她。一個貌似和周松寒暄，實則已經用目光無數次劫掠了她的魚肉、羊肉和各種菜餚；另一個連貌似寒暄都沒有，正直接用目光鯨吞她新研製成功的魚羊鮮！

周松眼角餘光瞟見周媛要噴火了，可是當此之時，就算是客套，也得讓人家吃飯吧？他搓搓手，乾笑道：「要是不嫌棄，二位留下一道吃如何？呃，只是這鍋我們已經吃了，我叫四郎再做一鍋來吧？」先把這鍋給他們公主吃飽再說，免得她發火。

歐陽明和謝希治都有些依依不捨，彼此對視一眼，一齊說：「不用麻煩了，一起吃吧。」

「這……呃，好像不大夠……」周松看見那兩人眼冒綠光，真不知該作何表示了。

歐陽明很爽快。「我叫人去珍味居再取些肉來。」說完揚聲吩咐人去取，然後拉著周松和謝希治坐。

春杏無奈，要拉著周媛上樓，歐陽明恰好轉過頭，看見噘著嘴、悶悶不樂的周媛就笑了。「十娘還沒吃飽吧，坐下一道吃。那麼小個孩子，避什麼嫌？」

周媛正不甘心，聞言走上前，提起勺子給春杏撈了一大碗，讓她拿著上樓去吃，自己卻老實不客氣地坐下了。

他們家四個人，本來是周松和春杏面朝門坐著，周媛挨著春杏和周祿，對面是周松。等蹭飯二人組到了以後，周松讓謝希治坐了主位，自己在旁相陪，歐陽明則坐在另一面，周媛只能挨著周松坐下，然後捧著自己的碗埋頭吃肉。

周祿麻溜地奔去廚房拿了兩套乾淨碗筷送回來，然後又奔出去，到廚房準備蘸料，還想再添點菜過來，於是桌邊就剩他們四個人坐著吃。

「十娘這些日子在家裡做什麼呢？也不見妳出去。」歐陽明先笑咪咪地問周媛。

周媛嚥下口裡的魚肉，慢慢抬頭，假笑道：「在家陪我阿娘。」眼角餘光瞟見謝三公子動作舒展，如行雲流水般從小銅鍋裡撈了一筷子肉進碗，立刻按捺不住了，也伸筷子去撈羊肉來吃。

比起他們兩個，歐陽明顯得克制許多，他先吃了一塊魚肉，驚訝道：「這是什麼魚？也能放鍋子裡一同煮嗎？」

周松看周媛不打算答話，接話道：「是十娘想吃魚，就將草魚切成片，先在鍋裡汆燙，吃了大半，再加羊肉和各色菜蔬。」

謝希治也吃了兩塊魚肉，此時魚肉已經煮得有些碎了，口感並沒有一開始的滑嫩好吃，但魚肉跟羊肉混合後，竟另有一番滋味，讓他這不愛吃過於腥膻之物的人也覺滿口生香，再搭配那有些稠、泛著芝麻香的醬汁，簡直讓人停不了筷。

周松把盞給二人各倒了一杯酒，舉杯敬道：「今日倉促，沒準備什麼好吃的，實在失禮。三公子、耀明賢弟，請滿飲此杯。」說完先乾為敬，然後看著謝希治和歐陽明。

歐陽明看了看謝希治，他是沒見過謝三公子飲酒的，上次在常慶樓，謝希治藉口說要吃藥，並沒有飲酒，因此有些猶豫要不要開口解圍。

不料謝三公子竟沒推辭，居然舉起杯子向周松致意，還說：「周郎君客氣了，失禮的實為我等，不告而來，多有攪擾。」說完飲盡杯中酒，放下之前還跟周媛說：「小娘子莫要見怪。」

歐陽明有些驚訝，不過並未表現出來，跟著舉杯一飲而盡，笑道：「十娘最是爽朗，怎會見怪？十娘啊，我這次出門，帶了許多小玩意兒回來，明日我叫人送來給妳玩。」

「多謝大官人。」周媛扯動嘴角一笑，頰邊隱隱現出一個小酒窩，顯得多了幾分俏皮。

「兩位大駕光臨，我們家才真是蓬蓽生輝呢，哪敢見怪？」還打趣謝希治。「謝三公子一進門，登時讓人覺得屋裡都亮堂，我瞧連燈都不必掌了。」

說得歐陽明哈哈大笑，周松狀似無奈地斥責她。「又胡說！」

一杯酒喝下去後，謝希治臉頰染上兩抹粉意，聽了周媛的話，嘴角上翹、眼尾略彎，整個人忽然多了些可親。

「小娘子當真伶牙俐齒，又絕頂聰明、多有巧思，周郎君好福氣。」

周松聽了連說：「哪裡哪裡，讓您見笑了。」

歐陽明笑吟吟地插嘴。「我說你們這樣說話累不累？都不是外人，就不要這般客套了。三公子、周郎君都省了吧。」順路套套近乎也是好的。

「歐陽兄言之有理，周兄莫要再見外，我有一字懷仁，周兄莫再稱什麼公子了。」出人意料的，謝希治竟然先點頭贊同，還一副想熱情相交的樣子。

周松有些受寵若驚，下意識地看了周媛一眼。

周媛也很意外，盯著謝希治看了半天，見周松看自己，就笑著插嘴。「謝三公子真是愛說笑，我瞧你也比我哥哥大不了幾歲，竟要跟我爹爹平輩論交，難道還要我們下次見了你叫世叔不成？」

周松聽了，清咳一聲，說她：「十娘又亂說！」然後跟謝希治陪笑。「三公子莫見怪，這孩子被我寵壞了。」

「十娘就是這般古靈精怪，我跟妳爹爹論交久矣，怎麼也沒聽妳叫我一聲『世叔』？」歐陽明也怕謝希治惱了，忙出言打岔。

周媛嘻嘻笑。「我怕把你叫老了呀！」又開始扮天真無邪。「謝三公子這樣神仙般的人物，我就更不敢叫啦。」

謝希治被她說得哭笑不得，沒法接下去，乾脆不開口，專心涮肉吃了。

歐陽明另尋了話題跟周松說話，不一會兒，珍味居送來切好的羊肉，周祿也把東西準備好，拿著進來重新入席，再沒人提先前的話了。

第十四章

這頓飯吃完，人人臉上都紅撲撲的，透著滿足和滋潤。周松請謝希治和歐陽明到一旁喝茶，周媛則跟周祿一起把殘羹收拾出去。

「周兄，我這裡有一單生意要與你說。」歐陽明捧著茶盞，笑咪咪地看著周松。「此事說來，你還得好好謝謝咱們三公子。」

此言一出，連謝希治都有些意外。「怎麼說？」

「上次咱們在常慶樓吃飯，過後常慶樓的東家來問我，珍味居賣的點心是誰做的？我實話實說了，他就請我做個中人，想問問周兄肯不肯多做點心到常慶樓裡賣。我因出了一次門，還不曾有暇跟你說。」

常慶樓那頓飯是謝希治請的，說要謝謝他，倒也在情理之中。

周松聽了，就先謝過兩人，然後又問歐陽明的意思。「早先說好只給珍味居賣，怎好出爾反爾？賢弟看著答覆他就是了。」

歐陽明放下茶盞，正色說道：「頭先是我不知賢姪的本事，現在知道了，怎還能攔著你們生財？」說到這裡，看見進門的周媛，就笑道：「再說你家裡有個這般貪嘴愛吃的女兒，每日想的許多新花樣，不知賣點心能不能養得起她？過一、兩年孩子們也要說親了，用銀錢的地方多著。」

周媛不知前因，聽見歐陽明打趣她貪吃，就哼了一聲。「我想的新花樣也不知都便宜了誰？我能吃多少呢？大官人回回來吃飯，也不賞我些好處，只叫我擔個貪吃的名兒！」

「哈哈，這孩子果然伶牙俐齒！」歐陽明大笑。「怎麼沒有好處？我現在正與妳爹爹說好處呢！」

周媛皺皺鼻子，不理會他，轉頭上了樓，然後悄悄折回樓梯口偷聽。

「既如此，改日我與賢弟一同見見那東家吧。」是周松在應承。

接著謝希治開口：「眼看要過年了，各家往來宴請，要點心的也多，不若由珍味居傳出話去，幫周兄接些外面的預定。」

「啪」的一聲，好像是有人拍掌。

「正是呢！還是三公子想得周到。」是歐陽明。「此事我叫人去辦。周兄若是人手不夠，我再安排幾個人來幫你。」

到此，周松也只有道謝的，後面又說了幾句細節，然後謝希治就要告辭，又說改日回請，歐陽明也跟著起身。周松挽留不住，送他們走了。

周媛對擴大生意規模這事無可無不可，世上好像沒有把送上門的錢推出去不要的道理，所以還是讓周松愉快地接受了歐陽明和謝希治的好意。

珍味居一開始接單，謝三公子就先訂了幾盒，分別送去吳王府裴太妃和謝家老夫人那裡。消息傳出後，珍味居接到的預定很快就排到出正月了。

拿著珍味居給過來的單子，周松怎麼算、怎麼都忙不開，第一是人手不夠，另一是鍋灶也少。歐陽明聽說，就把周家後面的一處小院收拾出來給他們用，說把廚房挪過去，專門做點心，也免得家裡人來人往雜亂。

周松很感激，還是按市價訂了契約租下來，又另尋了幾個夥計。周媛跟他和周祿商量，看著二喜十分老實可靠，不如收他做學徒。而且搬到後院以後，春杏就不方便過去了，還是有個可靠的人幫手才好。

周松和周祿凡事唯周媛馬首是瞻，而且也覺得二喜是個不錯的少年，便同意了。張大嬸和二喜聽說此事，簡直不敢相信，張大嬸激動得直抹眼淚，拉著二喜跪下連磕了幾個頭，慌得周祿和周媛忙攔住。自此以後，張大嬸母子更加盡心盡力不提。

因新來的幾個夥計都是男子，且年齡不等，春杏和周媛都不方便過去，於是周松就每日過去盯著，這邊的小院反而只剩了春杏和周媛兩個人。

家裡冷不防安靜下來，她們都有些不適應，春杏還好，有針線活要做，周媛卻十分無聊，每日只能看看傳奇話本，或是跟春杏聊聊天。

像是知道她在家無聊，過沒兩天，忽然有個不速之客上門來訪。

「謝三公子？你這是？」家裡沒旁人，周媛只能自己跑去開門，等看清外面是穿著斗篷的謝希治和他的兩個小僮時，真的很驚訝。

謝希治往前走了一步，低聲說：「方便讓我進去躲一躲嗎？」

躲？什麼情況？周媛心裡雖狐疑，還是開了門放謝希治進來，等他們主僕進門後，還伸頭出去左右張望，卻沒發現可疑的人。

「謝三公子不會也是躲債吧？」周媛想起之前歐陽明在船上不敢出聲的樣子，笑著打趣謝希治。

謝希治站在院子裡環顧了一下，聽她這樣問，轉頭看著她，露出疑惑的神情。「也？」

周媛嘿嘿笑。「看來真是躲債。請進來坐吧，我阿爹在後院忙著呢，要不要我去叫他回來？」

謝希治跟著周媛往堂屋裡去，聞言答道：「不用麻煩，我坐一坐就好。」頓了一下，又說：「不是躲債。」

居然還認真答！周媛在心裡偷笑，帶著他們主僕進去，然後又去烹茶，連長壽和無病都給準備了一盞茶喝。「今日天冷，喝杯茶暖暖吧。」看著謝希治的臉特別白，覺得可能是外面冷的，又去燃起堂屋裡的炭盆。

「小娘子不用忙了。」謝希治頭一回得她這般熱情招待，一時有些不適應。

周媛笑道：「不忙的。對了，廚房好像還有點心。」說著出門先去西廂跟春杏說一聲，然後才去廚房找出昨日剩下的八寶年糕和紅棗糕，裝了兩盤放食盒裡，送到堂屋去。

她進去時，謝希治的茶盞已經見了底，臉上也多了點血色，兩個小僮卻都老實站著沒敢動。周媛端了一盤點心出來，放到謝希治面前，跟他說：「讓長壽他們也喝杯茶、吃點東西吧。」又覺得那兩人在主子面前不敢放肆，特意讓他們去周祿住的屋子坐。

謝希治對長壽和無病點了點頭，讓他們謝過周媛。等兩人進去了，對周媛說：「煩勞小娘子費心了。」

「謝三公子客氣了，說來此次正該我們家好好謝謝您才對。」她說的是訂點心的事。

謝希治微微一笑。「我祖母和姨母很喜歡你們家的點心，我也該謝謝你們。這般謝來謝去……」說到這裡又笑，卻沒有繼續說下去。

周媛知道他的意思，也笑道：「那就不謝了吧。我阿爹說等忙過了，要好好宴請您和歐陽大官人呢。」

謝希治聽了眼睛一亮，笑容更盛。「你們家宴請，我自然必到。」

早知道這蹭飯黨不會拒絕，周媛嘴上還是給他留了面子。「那就好。每次謝三公子一來，我們總是能更明白什麼叫『蓬蓽生輝』呢！」

她的語氣如此誠懇，讓聽多了溢美之詞的謝希治都有些不好意思，清咳了一聲說：「小娘子過譽了。」

「謝三公子莫要客氣，跟歐陽大官人一樣叫我十娘好了。」看見帥哥好像有些羞澀，自覺調戲成功的周媛心情更好了，於是言語上更加放肆起來。「謝三公子貴庚？」

謝希治無言了，只得又清咳了一聲，答道：「我六月方及冠。」

哦，今年二十了。周媛眼珠轉了轉，又問：「謝三公子是與尊夫人單獨居住在外？」謝家宅子在城外，謝希治卻住在湖邊，難道分家了？

不能再咳了。謝希治默默端起加了茶水的茶盞，淺淺飲了一口，看周媛還眼巴巴地等著他回答，只能說：「我尚未婚配。」

還沒結婚？二十歲在這個時代可是大齡了啊！周媛瞪圓了眼睛，實在很不解，謝希治這樣一個家世、品貌都好的人，為什麼到現在還沒成親？她自己虛歲才十五，都已經嫁過一次了好嗎？

謝希治低頭看著茶盞，死活不抬頭看周媛那滿是期望他繼續說下去的表情，只在心中後悔，今日實在不該敲了周家的門，他怎麼就忘了周家小娘子是個嘰嘰喳喳愛說話的小丫頭呢？

「那你今天躲的，難道是小娘子？」周媛見他不肯理自己，腦子轉了轉，忽然靈光一閃，開口問道。

謝希治有些驚訝地抬頭，看周媛一副「叫我猜中了吧」的表情，不由露出幾分無奈，決定想辦法轉移話題。

「我回去試了在銅鍋裡煮魚和羊肉，卻總覺不如那日在府上吃的味鮮，可是因湯底的緣故？」謝希治放下茶盞，一臉正經地問周媛。

周媛想了想，反問：「你不中意那個小娘子？」

哪來那麼多小娘子！小娘子果然是天底下最聒噪討嫌的！

謝希治從沒有一刻如現在這般不淡定，心裡躁動的小人兒幾次三番要占領理智的高地，跳出來把面前這個精靈古怪的小娘子乾淨俐落地嘲諷一番，以平復胸間的鬱悶。可惜，那個懶惰的主導始終高高在上，雲淡風輕地表示：何必跟凡人計較傷神呢？

周媛根本不知道面前冷漠淡定的謝三公子已經快被她逗得抓狂了，還好心提供建議：

「你要是不喜歡就直說嘛，這樣躲著也不是辦法。不過人家姑娘能這麼豁出臉面，真是不容易，你怎麼不給個面子，陪著聊聊？」

謝希治沈默了好一會兒，在周媛要再次開口之前，終於啟唇問道：「你們家今天晚上吃什麼？」

不吃一頓回來，怎麼能補償今日被這周十娘連番逼問的鬱悶？謝希治這回是徹底打定主意不走，要賴著蹭飯了。

「妳會做麵疙瘩湯嗎？我回去琢磨過了，放些雞肉和鮮菇進去，更加美味。」謝希治說起美食來，臉上終於再現笑容，眼睛裡的幽光閃爍流轉了起來。

周媛看著眼前散發光輝的俊美男子，很想直接吐槽：除了吃，您還能有點別的追求嗎？

自從多了訂單以後，周祿就沒工夫做飯了，早晚兩頓都要春杏和周媛做。春杏不大會用灶燒火，做飯的手藝也比不上周祿；周媛前世倒是幫媽媽燒過火，但是春杏不知道，根本不放心，從來不肯讓周媛接近這麼「危險」的東西。所以這幾天每頓飯都做得磕磕絆絆，基本上只能保證做熟，再保證不了別的了。

如今謝三公子厚著臉皮要蹭飯，周媛只能說：「做倒是會做，不過我們家裡沒有雞和鮮菇，好像只有早上哥哥買回來的豬肝和豆腐，唔，還有昨天沒吃的菠菜。對了，三公子，你會燒火嗎？」

這還用問嗎？堂堂謝三公子會燒火？想也知道不會啊！

周媛嘿嘿笑了兩聲，又問：「那長壽和無病會嗎？」

謝希治只得把他們叫出來問。無病是自小長在謝府的，沒幹過這個；長壽是半路進謝府的，在家裡燒過火。

「那就好了。這兩日就我和阿娘在家，我們都看不好火候，一會兒火大、一會兒火小的。」周媛琢磨了一下。「要不在疙瘩湯裡放點豬肝？」

謝希治皺眉。「我讓無病去買雞。」豬肝腥味那麼重，加在麵湯裡，怎麼想怎麼不好吃。

周媛眼睛一亮。「順便買兩根胡蘿蔔回來，我們炒肝尖吃。」

謝希治銜著無病點頭，打發他買菜去了。

周媛溜達進廚房，把泡著豬肝的水換了換，然後轉了一圈，決定簡單點，除了炒肝尖和疙瘩湯，再用鹹蛋黃做個簡易版的蟹黃豆腐。主食就讓春杏切個寬麵片，熗鍋做點熱湯麵好了。

研究完了，看著時候還早，她又溜達回廳裡跟謝希治聊天。「謝三公子平日都不在家吃飯嗎？」

「大半還是在家。」外面的菜合口味的真不多，所以周家這樣的更要珍惜。

周媛有些意外。「那府上的廚子一定有過人之處吧？」

謝希治一笑。「不及十娘多矣。」

周媛吐了吐舌頭。「三公子又取笑我吧？你們謝家可是百年世家，哪是我們這樣人家比得上的。你做什麼自己住在外面？」

這次謝希治倒回答了。「我身體不好，要靜養。」

周媛聞言，忍不住上下打量他一番。還好吧，除了瘦點，也沒看出什麼不妥啊！關鍵是這人能吃能喝的，會有什麼大毛病？

「身體不好不是該在家裡住著，有家人照顧比較好嗎？」周媛才不信他的託詞。

謝希治忍了忍，想到要在她家蹭飯，還是答了。「家父家母都在任上，祖父祖母又年事已高，不好在家裡添亂。」

哦……豪門恩怨啊。周媛想起歐陽明說過，現在謝家的老夫人不是元配，但謝希治他們這支都是元配所出，估計是兩邊不和，所以長子長媳都去了任上，孫輩也不在府中居住。

她略有些同情地說：「一個人住著很悶吧？」

「不會。」這樣才能躲清靜呢。誰像妳這個小娘子這般耐不住寂寞！

周媛卻只當他是嘴硬。不悶你會沒事出來瞎遛達，還打擾我吹笛子的興致？哼！真是傲嬌的青年。

她看謝希治身形單薄，再腦補了世家宅鬥大戲一番，對他之前那麼高冷的表現也就不計較了，他養成今日這樣的性格，估計也是環境導致。於是一時善心發作，說道：「一個人吃飯也怪無趣的。大家是鄰居，往後三公子在家若是悶了，盡可過來坐坐。」

謝希治十分驚訝，他早感覺到自上次去過大明寺後，周家這位小娘子就對他有些不滿。他不知道這不滿是從何而來，也沒意願去改善，但任何一個人知道有人不那麼欣賞自己，總會有些在意的，更何況周十娘好像很會吃。

他雖然懶得交際應酬，但遇上志同道合的，還是願意結交，不為別的，取長補短。大家接觸多了，總能多知道一些美食，多品嚐一些以前沒吃過的東西。

眼下對方主動釋出善意，謝希治焉有不接的道理？他正覺不好總厚著臉皮來蹭飯，現在有主人邀請，自然立刻應承。「那就恭敬不如從命了。」

周媛聽了，心想：好吧，這位謝三公子還有個優點，不在乎虛禮，直來直去，算是古人裡極難得的了。

第十五章

「三公子除了美食，可還有別的愛好？在家無事就彈琴？」面對一個不愛說話的客人，想話題也很辛苦的，周媛默默想。

謝希治對這個話題還算有點興趣，答道：「平日無事多是在家讀書，琴簫之物，不過閒來消遣怡情罷了。」

哼！最討厭這種嘴上說「其實我只是玩玩而已」，實際卻出類拔萃、讓人難以望其項背的人了！

周媛面容僵硬地呵呵兩聲。「是嗎？我聽公子琴聲，只覺如聆仙樂，已自慚形穢了。」她這次的稱讚頗有些言不由衷，謝希治想起上次自己貿然吹笛相和，她尋過去卻又扭頭走了的事。難道她是覺得自己有意炫技，所以才掉頭就走？

「十娘既說了大家是鄰居，這般客套話往後也免了吧。」謝希治看著周媛漆黑明亮的杏眼，一本正經地說道。「我實在是不慣奉承人，可若是坦然受了妳的稱讚，卻不有所回敬，似乎甚是失禮……」

周媛一愣，這貨的意思，難道是說他懶得誇她，要她也別費勁誇他了？

謝希治本來是不願浪費口舌解釋太多的，奈何現在人在屋簷下，為了以後的口福，還是不要討這位周十娘的嫌為好，所以又接了一句：「其實曲為心聲，只要能奏出心中所思所想，技藝都是末節。十娘能於不同曲子之間遊刃有餘地轉換，且將曲中真意吹奏出來，以妳這般年紀，已是極為難得了。」

「呵呵，哪裡，以後還要公子你多指點。」周媛雖然不大喜歡別人拿她當小孩子看，卻也知道謝希治是在示好，便應酬著笑了笑。

可到底還是覺得話不投機，這位謝三公子實在太難聊，周媛無法再找話題跟他聊下去了。

謝希治呢，覺得該說的話都已經說了，這會兒能安靜下來實在很好，也不覺得二人對坐大眼瞪小眼尷尬，反而很自在地坐著喝茶。

兩個人不說話，各自坐著發呆，這場面也太詭異了吧？周媛不自在，忍不住清咳了兩聲，引得謝希治抬頭望過來，卻只能扯嘴笑了笑。謝希治一臉莫名其妙，像看著一個傻子。

周媛想撓牆。

「謝三公子，你今日到底是躲誰啊？」

謝希治：「……」

嗯，還是這樣呆滯無語的謝三公子比較可愛。周媛心情舒暢了，笑咪咪站起身。「我再去給您添點水。」

她在高興什麼？難道自己啞口無言的樣子比較能取悅她？謝希治看著周媛的背影，眼角不受控制地跳了跳。

幸好無病很快買了半隻雞和一些胡蘿蔔回來，解救了相看瞪眼、無語凝噎的周媛和謝希治。

看著時辰不早，春杏出來跟謝希治打了個招呼，然後就進了廚房，長壽很自覺地跟進去燒火。周媛讓謝希治自便，自己也去了廚房。

春杏不讓周媛動刀，洗菜還要等水燒熱了，才讓她用溫水慢慢洗，幾乎把料理的工作都接下來，然後要周媛去叫周祿回來。「去後院看看妳哥哥忙完了沒，家裡有客人，讓他們早些回來吧。」

周媛去的時候，最後一鍋點心已經出鍋，周祿就沒耽擱，讓二喜和張大嬸看著裝好送走，自己和周松先回去招待謝希治。周媛看還要收拾廚房，就沒急著回去，留下幫忙裝好點心，又看著他們打掃完畢，跟張大嬸一起鎖了門才回家。

她從牆外往回走，遠遠就聞到從自家院子裡傳出來的香味，肚子緊跟著咕嚕一聲，不由感嘆：不怪蹭飯二人組一到她家門口就定住不動，這實在太香、太誘人了。

周媛進門時，已經有菜上桌了，冒著熱氣的炒肝尖和蟹黃豆腐色澤誘人，另有一碟小菜拼盤，是他們家日常用來下飯的。

周松正招呼謝希治入座，問了他說不喝酒，也沒勉強。

周媛去廚房，看周祿正在做疙瘩湯，便過去幫著倒水入麵碗，讓周祿一點一點攪出疙瘩來，再把疙瘩下到已經煮沸的湯裡。

然後又跟春杏說：「晚點再下麵片吧，等他們喝完疙瘩湯再說。」

春杏點頭，把麵先罩起來，拉著周媛的手出廚房，去廂房坐。

「十娘，咱們要一直住在揚州嗎？」待坐下後，春杏忽然問周媛。

周媛看著她，反問：「怎麼，妳不喜歡這裡？」想起春杏始終不愛出門，周媛開始反省，自己是不是忽略了什麼？

春杏搖頭。「揚州這地方挺好的，而且妳也喜歡這裡，只要妳過得好，我們自然沒有不喜歡的。」一邊說、一邊露出真心的笑容。「自從到了揚州，妳臉上總算長些肉了。」

周媛伸手摸摸臉，好像確實有點肉肉的了，也跟著笑。「是啊，吃胖了。」又仔細打量春杏。「妳的氣色也比從前好了呢，江南養人，我看妳好像更白皙了。」

春杏很感慨，眼睛都有些濕潤了。「要是娘娘能看到今天就好了。」

「噓！」周媛聽她失言，忙伸手阻止她，又起身往外看，見院子裡沒有人才放心。「有外人在呢，還是當心些。」

春杏忙點頭，又壓低聲音說：「我們自然都想長長久久地待在一處，可是十娘，一年、兩年還可，時日久了，總有人要給你們兄妹提親的。」

這事也是周媛心裡的隱憂，無事的時候總會想起來，可是她並沒有什麼妥當的法子，只能拖一時算一時。

「周祿也罷了，到時隨意尋個藉口搪塞就是。可是妳……」春杏殷切地看著周媛。「妳可千萬不要為往事所誤，若真有如意郎君，妳就、妳就應了吧。」

囧，原來她拉自己過來是想說這個！周媛頗有些無語，乾乾笑了兩聲。「我有什麼往事可誤的？妳別擔心了，我心裡有數。這些事都還遠著，妳別想那麼多了。人生在世，就該今朝有酒今朝醉，管得了那許多？」

春杏卻很堅持。「這是大事，妳別不放在心上。」說到這兒，又壓低聲音道：「謝三公子倒也罷了，那歐陽大官人，以後妳還是少跟他出去吧，免得沾染不好的名聲。」

周媛嘆了口氣。「咱們都走到這一步了，難道妳還要我像旁的女子般束手束腳地過一輩子？春杏姊姊，我從出了長安城那一刻起，就已經下定決心，這輩子一定要隨心所欲、自由自在地過。若有能容得了我的男子，我也對他有意，那自然皆大歡喜。可若是沒有，我為什麼要委屈自己？」

春杏被她的話直接震住，一時不知該說什麼。

周媛拉住她的手，緩和了語氣，又說：「妳也是一樣。我並沒打算讓妳和周松一輩子扮夫妻，若真遇見情投意合又可靠的，妳一定要告訴我，我還想看著妳夫妻和美、子孫滿堂地過一生呢！」

說完看春杏說不出話，又拍了拍她的手，到廚房取了春杏的飯給她送過去，然後自己跑去廳堂，跟周松、謝希治他們吃飯了。

第二日謝希治再來的時候，周媛正和春杏剪窗花。她這世的生母白婕妤進宮前，家裡是製傘的，所以白婕妤手很巧，周媛和春杏跟她學過各種手工，剪個窗花不在話下。

因來年是兔年，周媛就剪了隻小兔子，剛把外形剪出來，外面就有人叩門。她放下紙和剪刀，出去一看，又是謝希治。

「今日又要躲人？」她笑著打趣。

謝希治對這個話題已經有些麻木了，不動如山地答：「今日有家人來到，送了些外地土產，我送來給你們嚐嚐。」語氣熟稔，如同對至交親朋。

周媛嘻嘻一笑，不好意思再打趣他，開門請他進來，看見長壽和無病各提了兩大包東西，忙讓他們送到廚房。又跟謝希治說：「三公子太客氣了，拿這麼多東西來，怎麼好意思？」

「也不是什麼貴重東西。唔，裡面有一隻金華火腿，可以煨湯。」謝希治解釋道。

金華火腿？周媛沒見過這東西，有些好奇，就跑去廚房看了一眼，回來跟謝希治說：「總是聽說金華火腿的大名，今日倒是第一回見。」以前在宮裡喝過幾次湯，只是沒見過實物。

謝希治也不用周媛讓，自己尋了位子坐下，說道：「多是給久病體虛之人補身喝的。家裡有親眷在婺州為官，婺州治所就在金華，因此他們時常讓人送來。」他其實早就喝夠火腿煨湯了，所以常拿這個送人。

誰知說者無意，聽者有心，周媛一聽他說久病體虛，不由自主往他身上打量，說道：「我瞧你身體好得很哪！」

這小娘子說話也太直接了！謝希治平靜的面容忍不住抽搐了一下，然後又飛快恢復淡定，答道：「是親戚們多有擔心罷了。」

「是你自己總拿這個做藉口擋人吧？」周媛已經發現這個謝三公子只是貌似高冷而已，並不會真的發火，加上自己對他沒什麼可求的，於是說話也不那麼注意了，開始跟他開起玩笑。

謝希治清咳了兩聲，避而不答。「妳家裡就妳一個人？」也不講客套和禮貌了。

周媛一聽這話，立刻警覺地揪住自己的衣襟，懼怕道：「你想做什麼？我就說句實話，你不至於殺人滅口吧？」

誰來道雷劈死這個不著調的妖孽吧！

謝希治深深吸了一口氣，又慢慢吐出去，扯著嘴角強笑道：「妳先給我倒杯茶，我再想想要不要殺。」

周媛這才發現自己還沒給客人倒茶，有些不好意思地呵呵笑。「原來是為了沒茶喝要殺人。何必呢？不至於，我現在就去。」說著一溜小跑去找茶，還不忘對再次無語的謝希治說：「我給你沖上次歐陽大官人給的好茶。」

「你們家跟歐陽明是親戚？」謝希治喝了一盞茶，忽然有了聊天的心情。

周媛意外。「你不知道嗎？我們算是萍水相逢。當初我們家南下投親，坐了歐陽家的船，歐陽大官人十分好客，跟我阿爹又合得來，還把這處院子租給我們住，兩下就來往了起來。」

謝希治聞言，抬頭打量了這間屋子，見收拾得整潔雅靜，糊的窗紗也很透亮，使得整間屋子不顯昏暗，就笑了笑。「那你們還真是有緣。歐陽明並不是對誰都這麼樂意結交的。」

不是嗎？歐陽明明顯是個自來熟！周媛不大相信。「我看他跟誰都能說上話，是個很樂意跟人結交的人呢！」

「呵呵。」謝希治主動轉移了話題。「京師物華天寶、人傑地靈，多有聽說北上投親的，像你們這樣南下的倒少。」

他這話什麼意思？周媛有點心虛，拿出最初合計好的說詞。「可不是嘛，若是日子好過，誰想離鄉背井？奈何族人不睦，日子實在難過，也只能躲遠些了。本來我阿娘的娘家人在鹽城，來信說日子過得不壞，孰料那邊現在反而不穩當，就先跟著歐陽大官人到揚州安頓了。」

「鹽城啊。」謝希治重複了一句，俊挺的眉毛微微皺起，臉上笑容也收斂了。「那裡確實不太平，聽說京裡又要派欽差來，極有可能是韓相爺的公子韓都督……」

周媛聽到這裡，手上一鬆，捧著的茶盞直直墜落，清脆的響聲之後，瓷碗在地上跌了個粉碎。

謝希治一愣，忙站起身走過來問：「怎麼了？燙著了沒有？」

周媛也嚇得站起來，往旁邊一躲，正撞上走過來的謝希治。她個子小，被撞得晃了晃，謝希治眼疾手快，忙伸手拉她的胳膊扶住她。

「哎喲，多謝，我沒事。」周媛低頭看看碎了一地的瓷片，又看看被潑濕的裙角，抬頭說：「只濕了……」

話剛說到一半，周媛就被停留在眼前的側臉驚了一下。謝希治似乎也在觀察地面的碎片，所以低下了頭，俊美的側臉正好在周媛眼前，距離之近，周媛能看見他一根根挺翹纖長的睫毛，以及睫毛在眼底留下的陰影。

這傢伙皮膚好白好嫩啊，側面看鼻子也很挺。咦？他怎麼轉過來了？啊，對，剛才話沒說完。

「就濕了一點點，你先坐著，我去換件衣服，再回來掃地。」

謝希治點點頭，手上卻沒有鬆，扶著周媛繞過那些碎片，才鬆開道：「叫長壽進來掃吧。」

周媛道了謝，轉身出去跟長壽說一聲，然後回西廂房換衣服。

春杏看見周媛的裙子濕了，忙幫著找出乾淨裙子來，又問怎麼回事。

「他說韓肅有可能會去鹽城。」周媛往窗外看了兩眼，見長壽跟無病都在堂屋門口，便低聲迅速地跟春杏說了。

春杏也是一驚，顫聲說：「駙馬他……」不會是來尋他們的吧？

周媛快速地換好衣服，咬牙道：「應與我們無干。不是說鹽城那邊鬧得很凶嗎，也許韓廣平只是想啃掉鹽城這塊硬骨頭。吳王不會鬆手的，最好他們能鬧個你死我活！」

但她自己也知道這種期望過於理想，所以隨後又說：「我再去謝三公子那裡探聽消息，妳別擔心。」說完又回了堂屋。

第十六章

謝希治正立在堂屋門前左右打量，看見周媛回來，微微一笑，問：「無事吧？」

周媛站在門前臺階下搖頭。「茶水不太熱，只是濕了裙子。都是叫你嚇的！」

她不打算遮掩自己剛才的情緒，那樣反而容易讓人起疑，得自然點。「小小一個鹽城，也值得廟堂之上的宰相這麼費心費力？」

「鹽城雖小，卻關係國家鹽利大計。」謝希治往門邊讓了讓。「外面冷，別在這裡站著了。」

周媛跟著他回了堂屋坐下，又問：「那我們要不要往鹽城送信，讓親戚們出來避一避？」

謝希治笑著搖頭。「避什麼？現在也只是這麼說，韓都督要出京可沒那麼容易。聽說北邊幾個節度使都不大安分，韓相爺要煩惱的事多著，未必顧得上鹽城。」說完又覺得自己幹麼和這小娘子說這個，她未必能聽懂，又解釋：「暫時還憂慮不到這麼多，等開春再看也來得及。」

誰知周媛居然追問：「北邊？是平盧和範陽？」平盧節度使張勇，範陽節度使岑向貴，都是掌握一方兵權的人物，平時確實不怎麼買韓廣平的帳。

謝希治很驚訝地看向周媛，頓了頓才笑道：「原來北方的小娘子連時政之事都知道。我見朝廷邸報上說，平盧、範陽、隴右三地節度使一齊上書，要朝廷增加軍費撥付，想來韓相爺的日子不好過。」

「要軍費？那韓相爺不是更要往鹽城使力了？」國家的錢從哪兒來？稅收！看來吳王這回要失血了。不過謝希治說起韓廣平的語氣，怎麼那麼幸災樂禍呢？

這個小娘子真讓人刮目相看。謝希治不由仔仔細細打量了周媛一番，她坐在下首寬大的圈椅上，越發顯得整個人嬌小玲瓏，雖然穿了厚厚的棉衣，卻不顯臃腫，只多了些憨態。頭髮依舊是如常綁了雙鬟，除了小小的珠花並無別物。衣裳顏色都很淺淡，松花色上襦、月白裙，外面套了一件藕色棉袍，怎麼看怎麼不像一個小少女該有的打扮，倒像是為遠親服孝時圖省事穿的素服。說來見了她幾次，好像真的沒見她穿過鮮亮的衣裳呢。

周媛被他這充滿探究的目光看得有些不自在。「可是我說錯話了？」

謝希治把目光對上她，頗有深意地答道：「不曾。十娘小小年紀就有此番見解，實在讓我大開眼界，之前竟是我坐井觀天，不知天外有天了。」

「三公子此言何意？是你跟我說鹽利是國家大計，來揚州的路上，我也聽阿爹說，鹽業利大，現在有人問韓相爺要錢，韓相爺自然更想把鹽城收歸朝廷了。難道我說錯了不成？」

「沒錯沒錯，我並不是說妳錯了。」謝希治安撫她。「我只是驚奇於十娘冰雪聰明，不只於飲食之道多有鑽研，對其餘的事也能有自己的見解罷了。」

周媛不爽，扯了扯嘴角，答道：「比不上三公子。又醉心美食，又擅長音律，還通曉典籍、關心時事，謝家公子果然名不虛傳。」

她的語氣滿含悻悻，讓本來聽到「謝家公子果然名不虛傳」而有些不爽的謝希治失笑。「我是真心誇獎妳。」

「多謝，我也是真心誇獎你。」周媛又扯了扯嘴角，徹底表演了什麼叫皮笑肉不笑。

謝希治一時無語，只得端起茶盞喝了一口，然後才答：「多謝。」

周媛：「……」謝個鬼！

她沈默了一會兒，梳理一下從謝希治這裡得到的消息，正在琢磨韓肅到江南來的可能性，謝希治又開口了。

「我曾去京師遊歷過，也曾在那裡吃過湯餅，但卻與你們昨日所做的大為不同。聽歐陽明說，你們家還做過一種用刀削的麵葉兒？這些都是臨汾的吃法？」

周媛搖頭。「是我們在家沒事琢磨的。三公子何時去過京師？京師有什麼好玩的嗎？」

謝希治側頭想了想，答：「有近兩年了吧。我隨恩師一道進京，去我二哥那裡住了些日子。京師麼，總是……」

「物華天寶、人傑地靈？」周媛忽然想到他先前的形容詞，插嘴說道。

謝希治聽了一笑，點頭。「可以這麼說。京師總有兩、三個揚州那般大，名勝古蹟甚多，且有各地風味雲集，我在那裡足足耽擱了幾個月才返家。」又給周媛介紹了幾種好吃的。

這才是真吃貨！去到哪兒都是為了吃的，真好！自己在京師生活了那麼久，居然都沒吃過這些，太虧本了！周媛聽得口水氾濫，默默起身去倒了杯水喝。

謝希治說得自己也有些饞了，也喝了口茶，然後問周媛：「十娘沒去過京師？」

周媛搖頭。「我們要出來的時候，也曾想過去京師，只是那時恰好京裡不太平，說是有人謀反，就不敢去了。」

「謀反？呵呵，是啊。」謝希治露出諷刺的笑。「確實是有人謀反。」

周媛現在可以確定謝希治對韓廣平確實很不屑、很不齒了。可是為什麼呢？她爹楊琰都昏成那樣，難道現在還有忠於大秦皇室的子民？

不過這個話題很敏感，她並不想深入，所以很及時地轉移了話題，說起自己南下的見聞、洛陽的吃食，以及對揚州這邊風味的感想。

一談起吃的，謝三公子就像是完全變了一個人，滔滔不絕、口若懸河。周媛恍惚間覺得上次大明寺裡的那個人一定是另一個，要不然怎麼能把眼前這個雙眼放光、滿臉憧憬的人跟高冷的謝三公子重疊呢？完全不搭好嗎！

謝希治並沒意識到周媛的走神，正說起在蜀地吃過的魴魚，意猶未盡，便向周媛微微傾了傾身子，建議道：「咱們晚飯吃魚吧，我叫長壽去買。」

咱們？怎麼就咱們了？誰跟你咱們了？周媛無語地看著謝希治。「這裡有賣魴魚的嗎？」

「這個時節自然沒有魴魚，不過草鯇、鯰魚、鯉魚還是有的。」揚州河道眾多，因此雖到冬季，市面上也還有魚賣。

周媛聽見鯰魚，就有了主意。「好吧，那讓長壽去買兩條鯰魚回來，再買點茄子。我看家裡前些日子醃的菜也差不多可以吃了，正好早上我哥哥買了肉，弄個酸菜白肉鍋正好。」

謝希治先讓長壽去買，然後問周媛：「鯰魚怎麼吃？」

「燉茄子啊！有句老話叫『鯰魚燉茄子，撐死老爺子』，嘿嘿。」周媛想起這道菜，也覺饞得慌。

謝希治沒聽懂。「老爺子？」哪路神明？

周媛無奈地解釋：「這是土話，就是說鯰魚燉茄子好吃得都能把上了年紀的長輩撐著。」

謝希治側頭想了想，也忍不住笑了。「這比喻滿有趣。」若真能讓長者撐著的菜，那一定是極美味的。

等長壽把魚買回來，周媛到廚房指揮他把魚殺了，洗淨切塊，再加醋和酒去醃。自己和春杏則一起把茄子洗乾淨，手撕成條，又切了點五花肉，另準備香菜、蒜瓣、薑絲等物，用來調味。

「可惜醬還沒做成，這次用點豆豉試試味道吧。」周媛跟春杏商量。

春杏點頭。「要香濃的話，多放些醬油也就是了。」

想著今天要做的菜比較簡單，周媛就沒去叫周祿回來，而是請長壽幫忙燒火，她指導春杏熱油、爆鍋，加肉片、醬油、豆豉炒香，然後加水放鯰魚、茄子，讓長壽把火燒旺，等鍋開起來，用小火慢燉。

再撈出一棵酸菜，用清水洗淨，周媛掐一塊菜心嚐了嚐，已經醃得酸脆爽口，一時忍不住，乾脆把菜心都撕開吃了。

春杏切好肉片，過來看見她在吃菜心，驚了一下。「這能吃嗎？別吃壞了肚子。」

「無事，是煮熟了醃的。」周媛笑吟吟回道。「挺好吃的，妳嚐嚐？」

春杏搖頭，接過洗乾淨的酸菜開始切絲。周媛則轉頭取了砂鍋洗淨，加肉、水和各種調味料，放到小火爐上燒，水開了撇去浮沫，然後改用小火慢燉。

感覺到廚房裡越來越熱，春杏就趕周媛出去。「這裡面都是熱氣，當心燻著了臉，妳去跟謝公子說說話吧，別怠慢了客人。我看著鍋就是了。」

周媛無奈地出去。此時屋裡的謝希治已經有些坐不住，魚香味、肉香味源源不絕地傳來，讓本來還不覺餓的他腹中空虛起來。

他心不在焉，周媛本來也覺兩人不太投機，只隨意聊了幾句。看時候差不多，周媛就去後院叫周松和周祿回來吃飯。

周松對於再次看到在家裡蹭飯的謝三公子這件事頗為淡定。歐陽明跟他說過，謝三公子沒什麼別的愛好，就愛美食，勸他藉此多與謝三公子結交，自有好處。他想著謝三公子尚未娶妻，也無婚約，倒是個可以託付終身的對象，因此對於他貿然上門、不太合禮節的行為便睜隻眼、閉隻眼。

在他心裡，謝家門第再高也高不過皇家，謝三公子跟他們公主算是可堪匹配。公主雖然嫁過，但並不曾跟韓肅行周公之禮，那韓家又是亂臣賊子，早晚有自取滅亡的一天，到時他們公主還不是能可著心意的挑駙馬？

雖然不知那早晚有的一天何時來，周松還是十分堅定地相信，他們公主會有恢復尊貴身分的一天，所以心裡從未有過對謝家高攀不上的心思。

再加上謝三公子只要有得吃，態度都極其親和有禮，又不喜客套，兩下的相處便自然了不少。

周媛回來就去了廚房，見砂鍋煮得差不多了，就讓春杏把酸菜下到鍋裡，順便切了一塊鮮豆腐進去。鮮豆腐雖然不如凍豆腐好吃，奈何她弄不到凍豆腐，只能湊合了。

周祿也進來幫忙盛菜，端到廳堂裡。周媛這次沒有跟進去吃，而是與春杏單獨去了西廂吃飯。

「謝公子怎麼說？」春杏終於逮到機會問。

周媛答道：「說只是有這個意思，但北面不太平，恐怕韓肅一時半刻出不得京師，到開春再看。」

春杏有些憂愁。「咱們要不要躲一躲？」

「等晚上跟阿爹他們商量商量吧。」周媛也有些不安。

剛剛平靜的生活又起漣漪，實在讓人鬱鬱。

好不容易等廳堂裡吃完飯，周松和周祿送走了謝希治，一家人才坐下來說起今日得來的消息。

周松聽完，沈默了一會兒才開口：「妳別擔心，除非是鹽城那邊鬧得不像話了，韓肅才有可能離京南下。前幾日我還聽說，宗室諸王都對幼主當國、權相輔政不滿，韓廣平應該不至於在鹽城孤注一擲。」

「有道理。不過咱們也不能不做準備，我這些日子在想，咱們能不能也買一條小舟，不用大船，那種能在城內河道行走的烏篷船就行。這裡河道四通八達，萬一有什麼事，咱們隨時可以上船走，比坐馬車方便多了。」周媛是居安思危的個性，不做好萬全準備，總是不安心。

周松面有難色。「買船容易，可我跟四郎都不會划船……」

周媛皺眉尋思了一會兒，忽然一拍掌。「我聽張大嬸說，二喜會划船！等出正月天暖了，咱們把手上的生意停一停，你跟四郎和他學划船吧！」逃生技能很重要啊。

周松為了讓周媛安心，只得答應。「那好，等過了年，我就去打聽有沒有要賣船的。」說定此事，周媛終於鬆了口氣，略微安心。但還是先把細軟收了收，預備隨時可以上路逃跑。

謝希治還不知道自己的一句話已經讓周家有了新打算，他被醬香濃郁的鯰魚燉茄子和酸爽可口的酸菜白肉砂鍋徹底征服，從那日開始，每天都上周家報到，以至於周媛都有點煩他了。哪有人天天上別人家報到混晚飯吃的？關鍵是，他還十分不客氣地點菜啊！

眼看到了臘月二十七，這人竟然還上門來，周媛終於忍不住了。「三公子，要過年了，你們家裡不忙嗎？不是該祭祖了？」

「唔，這些事都有長輩們主理。」謝希治並沒察覺到自己不受歡迎，還很認真地說：「我今日來就是告訴妳，晚些我要出城回謝家，恐怕有些日子不能來了。近日多有叨擾，待我從城外回來，再下帖請你們來作客。」說完從身後長壽的手裡接過一只竹籃遞給周媛。

「這是我姨母給的柑橘，味道甘美，比外面賣的好些。」謝希治低頭看著周媛，臉上有淺淡的笑意。

周媛伸手接過籃子，驚呼一聲：「這麼重啊！」

謝希治一聽她喊重，就沒有鬆手，直接幫她放在地上，笑道：「總是來攪擾，不多送一些來，內心不安。」

這樣的謝希治倒讓周媛有些不好意思，也跟著笑。「三公子太客氣了，我替阿爹先謝過三公子。」說著對謝希治微微福身。

謝希治忙側了身，又後退兩步。「妳這樣倒讓我更不安了，年後如何好意思再上門？」

「早知道你受不了這個，我該早點跟你認真行禮呢！」周媛正經了沒一會兒，又忍不住半真半假地開玩笑。「那你可不是早就不來了？」

謝希治看她眼睛裡都是笑意，嘴角的笑容也顯得俏皮，只當她淘氣說笑，就跟著笑道：「正是，我最怕這些繁文縟節了。」抬頭看了看天。「時候不早，我先告辭。」

周媛並沒挽留，跟著送出門，看他上轎走了，才關門回去。

其後兩日，周媛跟春杏把家裡的灰塵清掃了一番，貼了窗花、門神像，又掛上新桃符。周松和周祿那邊的點心做到二十九日，當天下午把最後一批點心送走，收拾好廚房，給夥計們發了賞錢，就關了後院的門。

另外特意多給張大嬸和二喜發了二百文錢，讓他們回去好好過年。周媛還找了幾件自己穿不下的衣服給張大嬸，讓她拿回去改改，給他們家小姑娘穿。到了揚州以後，她已經長高了一寸多，有些衣裳不大合穿了，家裡又沒有別人可以穿，給張大嬸的女兒正好。

當初得到楊琰的死訊後，雖然覺得這個父親對她沒什麼情分，可到底是這身體的生身之父，她也不好再穿紅著綠，就讓春杏挑些素淨的布料另做了衣裳。

不過他們父女的情分也只這些罷了。除了穿衣上注意，別的周媛就不管了，該吃的吃、該玩的玩，再不以楊琰為念。反過來想想，若是她先於楊琰而死，估計楊琰聽說以後也不會有什麼話，看廢太子死的時候就知道了。所謂的父親，比旁人還不如。

第十七章

這個年他們四人過得很簡單，祭祖只祭奠了白婕妤。除夕夜守歲吃完餃子，周媛還跟周祿放了煙花，玩得筋疲力盡才睡。

第二日，一家人先去給歐陽明拜年，然後周松去了幾個相熟的客商那裡。周媛跟春杏、周祿本想在街上逛逛，不料街上多是穿著新衣往來拜年的人，那些店鋪、攤子都關門休息，竟沒什麼好看的，最後只能回家。

「歐陽大官人還真有福氣，家裡養著這麼個貌美能幹的二娘。」春杏給周媛剝了一把白瓜子，想起在歐陽家見到歐陽明的小妾，就跟周媛閒話。

周媛點頭。「看著像是好人家出身的，就不知歐陽明為何不娶為正妻。」

提著茶進來的周祿接話。「我聽珍味居的小夥計們閒話，說歐陽大官人的元配十分賢慧，這位孫二娘就是大官人先頭娘子病了以後，親自作主迎進去的。聽說孫二娘是元配的娘家遠親，父母雙亡無人依靠，多虧了那位娘子好心呢。」

周媛接過茶盞喝了一口茶，又問周祿：「你可曾聽說歐陽明到底有沒有子嗣？怎麼他有妻有妾，都不曾生下過孩子？」

「好像說先頭那位娘子曾經掉過一個孩兒，這位孫二娘進門幾年都沒動靜。外面人看著歐陽家家大業大，又沒有子嗣，想跟歐陽家做親的人可多了，只不知歐陽大官人因何到現在仍沒續娶。」周祿答道。

周媛尋思了一會兒，笑道：「還能為什麼？自然是想等一個能夠給他帶來助力和好處的唄。如今放眼揚州城，商戶裡根本沒有能及得上歐陽家的。官宦士族之家吧，恐怕又拉不下臉來跟他結親，把女兒給他做續弦，也不怕被人戳脊梁？何況歐陽明這個人，志向大得很，尋常小官還看不在眼裡呢！」

周祿不太明白。「他已是首富，還不知足嗎？」

「呵呵，你瞧他像能知足的人嗎？他既然跟吳王結交，所謀怎麼會小？這人呢，窮了就想富，富了還望貴，貴了以後呢，還想位極人臣，等做到一人之下、萬人之上了，又想那最高的位置了。」周媛抬手扔了一枚瓜子仁進嘴，嘆息一聲。「知足，哪有那麼容易。」

新年的前幾天，周家難得過得安靜。歐陽明忙著應酬，另一位蹭飯專業戶謝三公子也在城外，周媛一家四口算是安安生生地休息了幾天。

等過了初七，因有上元節的點心要做，周祿又帶著夥計們去忙。周媛則跟著春杏找衣料，準備出了正月做春裝。

「舊年的衣裳都短了些，再說，雖不好穿太鮮亮的，可春天了，也不能太素淨，外人看著不像。」春杏如是說。

周媛笑道：「都聽妳的。」正跟春杏研究要在裙角繡什麼花，外面忽然傳來拍門聲，她起身出去，揚聲問：「誰呀？」

「小娘子，是我，長壽。」外面傳來回話聲。

這謝三公子怎麼又來了？周媛慢吞吞地去開門，卻發現門外只站了一個長壽，便下意識地左右望望。

長壽先給她行禮問好，見她這樣就笑道：「我們公子沒來。」

周媛吐了吐舌頭，讓他進來，問：「你們公子可是還沒回來住？」

長壽答道：「昨日已經回來了，不過公子過年時染了風寒，這幾日要靜養。他命小的來給您和周郎君送些謝家自釀的酒，還命小的轉告，等公子病好了，就下帖宴請諸位。」

「病了？」周媛溜了長壽手上提著的兩個酒罈子一眼，有些不信地問道：「不是又在躲誰吧？」

長壽把酒送到廳裡放下，回身答道：「這回當真是染了風寒。公子連胃口都沒有了，整日在家喝白粥呢。」

周媛還是不信。「你們公子真生病，你還能這麼不當回事？少唬我！」

「小娘子怎麼不信小的？小的哪敢跟您說謊呢？」長壽有點急了。「實在是我們公子自小就常病著，身邊服侍的人都慣了，若是公子一病就愁眉苦臉，那不是觸霉頭嗎？」

呃，這樣說好像也有點道理。周媛不好意思地跟長壽道歉，又問謝希治病得重不重，看了大夫沒有？

長壽這才緩和了神色，答道：「我們公子久病成醫，自己開藥吃了，說是無大礙，只是得靜養。」

周媛想想，謝希治的父母都不在揚州，有個祖母還不是親的，生病了還自己一個人住在外面，怪可憐的。就讓長壽等一等，自己去跟春杏說一聲，換了件衣服，要跟長壽去探病。

長壽本來有些猶豫，想著要不要回去先跟公子說，聽周媛說要去後院取些點心帶著，就把張開的嘴又閉上了。公子不愛見探病的人，是因為那些人都別有目的，又只會帶藥材，公子自然不喜歡。

可是周家小娘子不同啊，她去探病乃是好意，何況又帶著新鮮出爐的點心，公子必定歡喜。

打定主意的長壽就跟著周媛去了後院，看她取了一盒點心出來，忙上前接過，然後帶路往謝家宅子去。

謝希治住的宅子就在小湖那邊的亭子北邊。他們一路向西繞過小湖，便看到了謝家的烏漆門。單從這兩扇門來看，這處宅子十分不起眼，門上的深灰瓦頂、雕了四季圖案的門簪、鐵製的門環，怎麼看都是一棟普通民宅。

周媛心裡的八卦之火又燃了起來，謝希治在揚州城這麼有名，又是長房嫡子，卻獨自在揚州城住這麼一處宅子，怎麼看都有股豪門恩怨的味道在裡面呢。

難道又是繼室迫害前妻留下的後代的戲碼？可是謝希治為什麼不跟他父母去任上呢？他大哥在吳王府任要職，看起來又不像受打壓的樣子，這到底是怎麼回事？

在周媛腦補的時候，長壽已經叫開了門，讓小廝先進去傳報，自己慢悠悠地帶著周媛繞開影壁往裡走。

「這湖水與牆外的湖水是相通的。」長壽帶著周媛走到前院敞廳前，指著下面流過的水說道。

他們家前院這三間敞廳竟是建在水上的，周媛跟著長壽踏上木製臺階，聽見底下潺潺的水聲，覺得很奇妙。「夏日在這廳裡閒坐，一定很涼爽。」

長壽笑道：「濕氣也重呢，多是待客的時候用，我們公子是不大到這裡坐的。」說完引周媛進去坐下，又親自奉茶。

還沒等周媛喝茶，先頭去通報的小廝就來回報。「公子說，請小娘子到書房坐。」

長壽有些驚訝，忙請周媛隨他從敞廳後門出去，繞過竹林，向西走了不遠，周媛就看見三間粉牆黛瓦的小小房子佇立在眼前。

這三間屋子形制精巧，門窗樸拙可愛，屋前還有一片露著土的空地。屋子正門開著，在周媛他們走到門前時，謝希治也從裡面走出來相迎。

他今日穿了一件深灰直綴，沒有戴巾帽，只把頭髮束起綰在頭頂，臉色略顯暗淡，鼻頭也有些紅，還真是生病的模樣。

「不過是偶感風寒，怎還勞動妳來探病？」謝希治一面請周媛進去、一面說道。

周媛聽他鼻音濃重，就笑道：「聽說三公子病了，胃口不佳，正巧家裡在做點心，我就帶些過來，順便拜個年也是好的。」

到了堂屋內，周媛四處打量一下，見正面牆上掛著一幅水墨山水，水邊有穿簑衣、戴斗笠的老者在垂釣，山上還有隱在白雲間的小屋，整幅畫充滿靜謐悠閒的氣息。畫上沒有題跋，只蓋了一個簡單的章，離得遠，周媛看不清是刻什麼字。

畫的下方有張案桌，上面放著一只長頸花瓶，裡面插著幾枝梅花。案桌兩邊各有圈椅。謝希治請周媛到左邊椅子上坐，周媛自然不會去坐，只在右邊下首椅上坐了。

謝希治也不勉強，自己跟著坐下，又命人上茶，接著道謝。「煩勞你們想著了。不過尋常小病，於醫道來講，本也不該多飲食，倒不全是胃口不佳。」

「這樣啊，不能吃的話，那你多喝點水。」感冒喝水總沒錯。

謝希治微笑點頭，又問周家人好，再問點心預定的情況，說到最後忽然想起來。「冬至時，妳讓長壽帶回來的蒸餃滋味很鮮美，你們怎麼不做了那個去賣？」

蒸餃？周媛尋思了半天，她好像有給過長壽，可謝希治是怎麼吃到的啊？估計是長壽知道自家公子貪吃，所以沒捨得，帶回來給他吃了，就答道：「那是自家做來吃的，要賣的話，實在有些費功夫。」

謝希治聽了沒說什麼，只又稱讚了一次蒸餃好吃。

周媛沒明白，謙虛了兩句，又問候謝家人，順道問他怎麼這麼早就進城，還是在生病的情況下。

「家裡客人多，我在家卻不出來見人，總有些失禮。倒不如回來養病清靜。」謝希治答道。

回來？看來他是把這裡當作家了呀！周媛又問：「徐州距揚州也不甚遠，三公子不去探望令尊令堂嗎？」

「祖父祖母不放心我獨自前去，要等家兄一道去。」謝希治的臉色有些尷尬。

看在他是病人的分上，周媛忍住了笑，又說了兩句閒話，就打算告辭。不料還沒等她開口，謝希治卻說話了。

「那蒸餃換了餡料，也還這般美味嗎？」

這傢伙是饞蒸餃了啊！周媛終於明白了，無奈問道：「三公子喜歡吃什麼餡的？」

謝希治答得很誠懇。「上次那個菜肉加蝦仁的就很好。」

這人怎麼過個年臉皮就薄了？想吃都不直接說。周媛試圖用目光傳達鄙視，嘴上敷衍道：「現在不好買新鮮的蝦，要做這個，只好用乾蝦米。」

謝希治被周媛那看貪吃小孩的目光看得有些不自在，耳根微微發熱，應道：「那也好。」

好什麼！周媛直接用他剛才的話堵他。「不過你現在在病中，還不適合吃這些，且好好養著吧，實在不行就淨餓兩頓。」

好狠心的小娘子……謝希治垂下頭，不說話了。

周媛恍惚中有種看到委屈小孩的感覺，一個高冷的世家公子扮什麼無辜白蓮花啊！偏偏還鬧得人怪心軟的。

不行，不能這麼慣著他。周媛下定決心，站起身告辭。「看見三公子無恙，我就放心了，回去好告訴阿爹、阿娘知曉，免得他們擔憂。你安心養病，病好了再來作客。」

她這番話，謝希治怎麼聽怎麼彆扭，這小娘子用這麼成熟穩重的口吻對自己說話，好像不大對勁吧？怎麼跟長輩安撫小孩子似的？

謝希治忍不住清咳了兩聲，說道：「多謝。待我病癒，必先宴請你們。」說完親自送周媛到敞廳，看著她走了。

周媛回去憋了兩天，到第四天才蒸了一鍋蒸餃，跟周祿提了一盒送去謝宅。

謝希治見到他們時，雙眼放光地盯著食盒，讓周媛和周祿分外無語，也讓長壽和無病有些羞愧無地。

不過看在謝三公子臉頰微微凹陷的分上，周媛並沒出言打趣，而是很識趣地直接跟周祿告辭走了，把享受的快樂留給他自己。

不知是不是那盒蒸餃治好了謝希治的饞病，第二日他就下帖子給周家，說正月十六要在家裡宴請周家一家人，請他們務必賞光。

這次周媛給面子地表示會去，又說動春杏一起去，讓長壽回去傳話。

不只如此，在十六日宴請之前，正月十五上元節的晚上，周媛還把春杏拉出門賞燈。

「早先是出不去，現在能出來了，幹麼還要在家裡悶著？今日不知明日事，且安樂一日是一日。」周媛拉著春杏往燈市走，還不忘勸她。「妳瞧，這裡多熱鬧，這才是人該過的日子，我們已經錯過那麼多，現下可不能再錯過了。」

周松和周祿一人一邊護著她們往前走，也跟著附和。「正是這個理。」

春杏一進燈市，就被各式五顏六色的燈吸引，早忘了之前的彆扭。「好好好，都聽你們的。」

一家人說說笑笑，在燈市裡走了一回，又是猜燈謎、又是看雜耍，周媛還買了許多小東西吃，玩得不亦樂乎。四個人玩累了，正要租船回去，剛跟船家搭上話，就有人在另一艘船上探頭打招呼。「那邊可是周兄？」

「是我！是于兄弟嗎？」周松揚聲回話，又轉頭解釋：「是前幾日結識的牙商，我託他打聽有沒有賣船的。」

回完話，那船慢慢划了過來，姓于的牙商邀請周松上船，周松答應了，回頭讓周祿好好送春杏和周媛回去，自己上船去了。

周媛惦記著買船的事，回去後等了好久，一心想等周松回來問問情況，可是直等到敲過二更鼓許久，他也沒有回來。

春杏催著周媛去睡。「明早再問也來得及。」

周媛確實也睏了，只得先回去睡了。

第二日早上起來，周媛見了周祿，就問周松什麼時候回來的。

「過了三更才回，喝了不少酒，還沒起來呢。」周祿低聲答。

兩人正說著話，春杏也悄悄下了樓，打水梳洗。周媛跟周祿去廚房做早飯，等飯好了，周松也起來了。

「牙商打聽到有兩家要售船。一戶是漁民，船比較結實，只是魚腥味重。另一戶是城裡常撐船載客的，那船用的時日久了，有些破舊，價錢倒便宜。我跟他說好了，明日一同去看看。」吃過飯，周松提起昨日談的細節。

「好，你去看吧，覺得哪艘合適就定哪艘。」

周松又問：「常慶樓那邊，咱們還接嗎？」

「接吧。你跟歐陽明談談，看那邊是不是每月少供應兩日，還有供應的種類有沒有需要跟珍味居分開的，聽聽他的意思。都談好了，跟常慶樓說等二月再正式開始。」

周媛把幾個細節跟周松商量一下，等周祿那邊把珍味居要的點心做好，又單獨給謝希治準備了兩盒點心當作上門的禮物，一家人便換了衣裳，出門去謝宅。

第十八章

到了謝家，謝希治親自到大門口相迎，請周家一家人到敞廳。周媛跟春杏被婢女引到了西裡間，與外面廳堂的謝希治、周松和周祿隔了槅扇門而坐。

西裡間佈置得很精雅，朝南開了兩扇軒窗，上面糊了淺綠窗紗，日光透過窗紗柔和地照進來。窗下兩邊各有高几，上面擺著插瓶梅花。北面牆上則掛了一幅花鳥畫，底下設了坐榻，婢女請春杏與周媛到那榻上坐。

謝家的菜跟歐陽明請客的很像，都是一小碟、一小碟的上，最後上了滿滿一桌。舉凡飛禽走獸、雞鴨魚肉等等，每樣都有，各類時鮮菜蔬也一樣不缺。

其中有一道鮮魚羹是周媛最喜歡的，也不知廚子是怎麼做的，那魚肉幾乎與羹湯融為一體，但吃到嘴裡又分明有魚肉的滑嫩口感，羹湯不稀不稠，每一滴都鮮香無比。喝完一碗羹，周媛再吃別的都覺無味了。

雖然只隔著槅扇門，可周媛僅能隱約聽見外面有人說話，又聽不清楚，便跟春杏品評起菜品來。

外間的談話也沒離開吃，謝希治正問周松：「四郎有此等好廚藝，十娘又有巧思，周郎君怎麼不自己開食肆？」

「我們一家初到貴寶地，一無本錢、二無人脈，哪敢貿然開鋪子？若不是有歐陽賢弟相幫，這做點心的活計也做不起來呢。」周松笑道。

謝希治聞言點頭，又說：「話雖如此，可靠人不如靠己，何不自己開了食肆，連點心一同售賣，豈不免了受制於人？至於本錢麼，我們家在揚州也有幾間鋪面，若是周郎君需要，我可以派人去招呼一聲，減免些租金。」

周松不知道他為什麼這麼積極地要自己開食肆，只是推託。「四郎平日在家做菜吃還可，若真開了食肆，未必能成。食肆那麼多繁瑣之事，我們實在忙不開。」

謝希治本想著，周家若開了食肆，自己便不用總厚著臉皮上門去蹭飯，可以名正言順地去品嚐美食。誰知周家完全沒這個意思，只能就此打住話題。

這餐飯吃得並不久，謝希治因剛病癒，沒有飲酒，周松前日又宿醉，更不想喝酒，只吃飯談天，自然很快就結束了。

吃完飯又坐著喝了一會兒茶，謝希治起身邀請，帶著周家人在宅子裡遊覽一番。周媛這才知道，原來在那書房東面，穿過竹林，才是謝希治居住的小樓。

在小樓和書房之間，還有一座小花園，一直延伸到後院，此時花園裡梅花開得正盛。一行人觀賞了一會兒，又原路回去坐下喝茶。待到天色將晚，周家人起身告辭，順便邀請謝希治再來家裡作客。

謝希治自然不會客氣，第二天就帶著梅花，又去周家蹭飯了。

去的時候周松不在家，他帶著二喜去看船了。當日看過後，周松很快就定了那艘載客船，接著請人修繕，重新漆了，暫時放到後院裡。接著他又去跟歐陽明談了常慶樓的事。歐陽明提起他二月裡要北上，問周松有沒有信需要傳回去？

周松嘆息一聲。「傳給誰呢？如今都跟仇人似的。若給他們知道我們在揚州安家，還不得以為先父單給了我們多少銀錢。」

歐陽明拍拍他的肩。「也罷。如今世風日下，為了錢財反目成仇的親人也多，你別太放在心上了。」

「該傷的心早就傷完了。」周松苦笑，打起精神邀請歐陽明。「自到揚州之後，我們一家多承耀明照應，我正想找個日子請你與謝三公子，耀明北上之前，可能撥冗一聚？」

歐陽明應得爽快。「周兄太客氣。這些日子我事忙，一直沒去府上拜訪，連飯香味都沒聞見，嘴裡正覺味淡，如今周兄相請，哪有不去的道理？」

跟歐陽明定下約，周松回去又跟謝希治說了，並正經下了帖子相請。

周媛聽說歐陽明要北上，還特意問自家要不要捎信，就蹙眉問周松：「咱們的戶籍？」

「十娘放心，經辦此事的人十分可靠，他本也是周家族人。何況周家爭產的事在當地十分有名，就算有心打聽，也打聽不出什麼端倪來。」周松答道。

周媛這才放了心，又提起另一個隱憂。「咱們在揚州落腳，恐怕過不了多久，就有人要來問我們兄妹的親事。我是這樣想的，若有人問，不妨先以哥哥曾訂過親，但親家早年南下，有幾年沒聯絡上為由，拖上一拖。這樣萬一有什麼事，我們要離開揚州，也可以拿尋到親家作為藉口，免得突然要走，引人起疑。」

周松想了想，點頭。「也好。」猶豫了一下，又問：「咱們要不要與信王那邊通個信？」

「暫時還是不要，也不知道七哥現下處境如何。對了，最近外面有沒有京裡的消息？」周媛想起信王去的窮鄉僻壤，有些為他擔憂，所以更不願去給他添亂。

這兩天還真有些北方的消息傳來，周松把跟時局有關的都與周媛說了。「聽說小皇上生了病，韓廣平召幾位節度使進京，但他們都沒有奉召，朝廷就遣了宦官和御史前去。」說到這裡停頓一下，看了看周媛的臉色，最後道：「年前尚書令告老致仕，由韓肅升任。」

周媛驚訝地瞪大眼睛。「韓廣平動作挺快的嘛！前任尚書令不是一直巴結他嗎，怎麼被他趕下來了？哦，是給他兒子讓位嗎？」

看周媛並不在意韓肅，周松放心地說出下一個消息。「聽說韓肅臘月裡喜獲麟兒，這次真是雙喜臨門呢。」

「唔，鄭三娘生的？這回鄭家真要再次發跡了。」周媛想起曾見過的韓肅前妻留下的兩個孩子，不由有了看笑話的心思。「前有元配所留嫡子，她自己又身為妾室，這個孩子，呵呵，還真有福氣。」

周松也跟著笑。「這就是自食惡果了。」巴巴地送上門做妾，孩子生下來就低人一等，就算後來扶正了又怎樣？還是出身不正。

周媛卻已經想到了另一件事上。「鄭三娘生了兒子，恐怕鄭家要按捺不住。朝雲公主……活不了多久了。」其實她一直不明白，為什麼韓廣平不立刻宣佈自己病死了呢？那樣多一了百了啊，自己也少了一樁心事。

「十娘！」周松有些急了。「這等不吉利的話不要說了。」

周媛吐了吐舌頭，笑道：「我早已不是朝雲公主了。對了，這次宴請謝希治和歐陽明，你打算怎麼辦？」

周松知道她有心轉移話題，想起現況，確實沒辦法再勸她，於是就順著她的意思討論起筵席菜單，把這事混過去了。

周家定的宴請日子是在正月二十八，一家人商量之後，決定這次還是要做得像樣點，挑些謝希治與歐陽明沒吃過的菜做，所以提前幾天就開始準備。周媛跟春杏研究著，先熬了皮凍，又炖了一個肘子，最後定了八涼八熱十六道菜。酒是在珍味居打的陳年花雕，酒杯則是特意去買的琉璃杯。

周祿提前跟珍味居調了休息日期，二十八這日給夥計們都放了假，只留張大嬸和二喜打下手。他帶著那母子倆從一早起來就在廚房忙活，再加上春杏和周媛，還是直到謝希治跟歐陽明都到了，才堪堪把菜準備好。

一桌子美食慢慢擺上去，周松又主持了三巡酒，氣氛漸漸熱了，說話也隨意了起來。

「我聽說周兄買了一艘船？」歐陽明敬完周松一杯酒，一面挾了排骨吃、一面問道。

周松點頭笑道：「十娘那孩子在家裡閒不住，讓她自己出去，我們又不放心，恰好有人要賣船，價錢也便宜，就買下來，想等天暖了，讓孩子們坐船出去玩玩。」

謝希治第一次聽說此事，聞言接道：「四郎會划船？」

「得了空讓他去學就是了。」周松親自給歐陽明滿上酒，又讓謝希治吃新端上來的羊肉酸菜鍋。

歐陽明聽他這樣說，忍不住笑。「不是兄弟我說你，周兄也太偏心。雖說女兒就是要嬌養，可咱們四郎已夠辛苦了，又要做點心、又要做飯，還要看著妹妹，哪裡忙得過來？若是嫂夫人不方便出門，不如你早些娶個兒媳婦進來，也好有人陪著十娘。」

這倒是個說清楚的好機會。周松順著他的話點頭。「可不是嗎？我們也想著早些讓他娶妻，當年他母親還在時，就給他定下了一門親事。後來親家南下，漸漸失了消息，如今正想辦法打聽他們下落呢。」

「竟有此事？周兄怎不開口與我說？兄弟不才，在外面結交的朋友卻不少，尋人之事，就該問我才對！」歐陽明一聽就伸手攀住周松的肩，激動地說道。

周松忙解釋：「自搭了耀明賢弟的船開始，愚兄已不知煩了你多少回，這樣沒頭沒尾的事，怎好再煩你？早年我那親家本說要去青州投親，後來又說去婺州，再後來說溫州，連番輾轉，我竟不知該往哪裡去尋。奈何兩家本是至交，這親事又是他母親定下的，我不能不顧，只有慢慢打聽了。」

謝希治一直靜靜聽著，這時才又插了一句嘴。「四郎今年多大了？」

「今年十五了。訂親的那家女兒比他還小兩歲，正與十娘同年。也是因此，我們才不曾過分著急，左右女孩兒還小呢。」周松答道。

聽他這麼說，歐陽明才罷了，只囑咐：「若有用得著兄弟的地方，儘管開口。」周松連連應聲，又舉杯敬了他們。

這餐飯直吃到戌時才散，歐陽明走的時候，已經有些腳步虛浮，謝希治也面紅過耳、眼神迷離，周媛不放心，讓周祿跟著長壽、無病一同送了他回去。

三日後，歐陽明率船隊再次北上，聽說這次又有不少江南客商跟著他販貨去北方賣。他們這麼一走，揚州城許多娛樂之處都冷清了不少。

謝希治卻仍舊隔幾日就帶著東西上周家蹭飯，偶爾還邀請周媛去他那裡作客，他的理由是：你們家裡人都忙，聽妳爹說，妳喜歡出去玩，不如我勉為其難帶著妳吧。

當然，這只是周媛理解來的潛臺詞，謝希治說的時候，還是很誠懇有禮的。

其實謝希治這個人，只要話題讓他感興趣，還是可以交流的。比如音律，周媛吹了曲子請他指正，或是教他前世學過的曲子，他都很認真，往往練習一首曲子，兩人就可以練一個下午。再比如吃，兩個吃貨相遇，會說什麼無須贅言。

謝希治還教周媛下圍棋。以前周媛覺得這是耗費腦力的活動，所以懶得學，反正在宮裡也沒人跟她下。不過跟謝希治學著下以後，她又發現了別的樂趣。

謝希治的棋路屬於步步為營、穩紮穩打類型；周媛呢，本就是初學者，又不耐煩布局，往往是劍走偏鋒，搞偷襲。謝希治一開始不適應這種亂拳打死老師傅的節奏，幾次被她弄亂了思路，眼看著自己辛苦布的局亂了，總忍不住懊惱。

周媛一見他懊惱就開心，淡定美男什麼的多沒趣，有些氣急敗壞的樣子才可愛嘛！等發現周媛的意圖以後，謝希治就不理她了，隨便她亂出殺招，只按自己的布局走，不與她短兵相接。反正她這樣也成不了氣候，最後還是要輸。

如此一來，周媛就沒有樂趣了，下了兩局就扔棋子不玩，連說無趣。

「其實棋局一如天下，越平淡無奇，才越是正道。」謝希治仔細地分開黑白子，一顆一顆收了起來。「妳想想，要是上位者都像妳一樣揮拳亂打一氣，他治下的子民——就是妳手中的棋子，可得有多苦呢？」

咦？他這是要講道理？周媛眼珠轉了轉，反駁：「那得看是亂世還是盛世。盛世像你這樣還行，亂世自然就該用重典。」

謝希治搖頭。「既已是亂世，再用重典，豈不是官逼民反？」

歪理！周媛哼了一聲。「那就看上位者能力夠不夠了，恩威並施，總能安得了天下。」

謝希治不贊同。「為上者，只需有識人之明，能任用賢臣、虛心納諫，君臣各行其職，天下百姓自安。」

「照你那麼說，便是先帝那樣的皇帝在位，也於百姓無礙了？」周媛反駁道。

謝希治頓了頓，搖頭嘆道：「先帝聽信讒言，任用奸佞，如今大秦已是積重難返……」說到這裡忽覺失言，立刻停下來，回到先前的話題。「妳把我繞糊塗了。我的本意是，仁義方為正道。行詭道者，或可一時成事，若為長久計，早晚還是要回歸仁義之道，否則，終是自取滅亡。」

呀，這話怎麼那麼像沽名釣譽的偽君子呢！不過面對她，謝希治應該沒有偽裝的必要。周媛越聊越覺得自己以前對他的了解有偏差，側頭又問：「那你說韓相爺行的是正道還是詭道？」

「對此人，我無話可說。」一提起韓廣平，謝希治的臉色就冷了，埋頭收拾棋子，再不出聲。

周媛噎了一下，瞪著他，也說不出話。

直到謝希治把棋子撿完給長壽收起來，才冷哼道：「視天下為成就他一人野心的名利場，實乃禍國殃民之輩！」

要不要這麼氣憤？周媛驚訝地看著他，低聲說：「我聽你言談中，對他似乎有些不齒，還以為你是為楊氏鳴不平，不想竟是為了天下。」

謝希治對上周媛黑白分明的眼睛，正好從她清亮的眸子裡看到自己的身影，醒覺自己態度有些嚴肅，再看周媛表情無辜，小小的臉上似乎還帶著點委屈，心中一軟，便展顏笑道：「我只是對此人深惡痛絕，與旁人無干。居心險惡，意圖竊國，偏還裝模作樣邀名。」

「可是我在家裡時，也曾聽人提起韓相爺，說多虧了有他在，不然以先帝的作為，大秦早已亡國了。」周媛作懵懂狀繼續追問。

謝希治的眉頭不由自主地皺起，剛綻開的笑容再次消失無蹤，反問：「臣子有此名聲，還能稱得上忠臣嗎？」

第十九章

這話說得一針見血，周媛伸出雙手拍了下，笑道：「聽君一席話，勝讀十年書。這樣說來，韓相爺豈不是另一個王莽？」

「他哪裡及得上王莽。」謝希治端起身旁的茶盞喝了口茶，又繼續說：「他不過比董卓略強些，連曹孟德都差得遠。」

得，全是亂臣賊子，看來他也認為韓廣平早晚要取楊氏而代之了。周媛猶豫再三，最後還是問了一句：「那依你看，天下將要大亂了嗎？」

謝希治聞言，看了周媛半晌，嘆口氣才答：「我也不知。咱們身處偏遠，有些詳情並不知曉，不過觀韓相爺其人，應不會貿然有動作。聖上……還小呢。」

那倒也是，那個小傢伙才一歲多，離懂事都還早呢，更不用說親政了，韓廣平有的是時日慢慢布局折騰。那麼說，大家還有十幾年好日子過？

「咱們大可不必杞人憂天，有太平日子就過太平日子；不太平了，還有不太平的活法。」謝希治看周媛收住笑沈思，以為自己說多了嚇到她，忙把這話題收住。「過兩日大明寺有素齋，一同去嚐嚐？」

大明寺？你不知道我對那裡有陰影嗎？周媛皺皺鼻子，還沒等說話，謝希治又加了一句：「聽說大明寺後山的桃花開了，我有一幅桃花圖畫了一半，總是不成，正想去瞧瞧，看能不能畫下去。」

今日他們倆是在謝希治書房的西間裡坐著，周媛聽見這話，忽然想起一事，起身跑到堂屋，特意仔細看了牆上掛著的那幅山水畫，終於看清印章蓋上的字：幽蘭居主人。

周媛奔了回去，問謝希治：「那幅畫也是你畫的？」手指指著堂屋北牆。

謝希治正奇怪她跑出去幹麼，聽見她問才明白，搖頭笑道：「那是我祖父早年畫的。」

「他號稱『幽蘭居主人』？」

謝希治不明白她為什麼問這些，但還是認真答道：「是。此號取自屈原〈離騷〉的『結幽蘭而延佇』一句。不過祖父近些年已經不用此號了。」

原來如此。周媛忽然又對謝岷現在的別號有了些好奇，就問謝希治：「令祖父現在用哪個號？」

謝希治有些莫名，上下打量了她一番，才答：「祖父現今用的別號叫做靜齋老人。」

嗯，這個謝太傅的品味實在……想想謝希治兄弟的名字，連起來正是修齊治平，顯然謝家家長並沒有做隱士的心思。明明熱中名利，卻偏偏自比屈原；畫個隱士垂釣圖，又號稱靜齋，只怕是掩耳盜鈴、齋靜人不靜吧。

謝希治聽不見周媛心裡的吐槽，只覺得她臉上表情有些扭曲，等了半天卻又不見她再說什麼，想著這小娘子別再冒出什麼驚人之語，還是打岔吧。

「到時我去妳家接妳一道去？四郎可有空？」

周媛好半天才回過神，笑著點頭。「也好，不過得先給我看看你畫的那半幅畫。」

謝希治沒有藏私，帶周媛去看了他畫好的半幅桃花。

周媛在謝希治這裡一直待到晚飯時分，本來想回家去，謝希治卻要留她吃飯，說有鮮魚羹。周媛聽了口水氾濫，當即決定吃完了再走。

吃完飯，天已經有些黑了，謝希治說順路散散步消食，要送周媛回去。周媛也沒客氣，跟他一起慢悠悠地往家裡走。

後面跟著的長壽卻一直跟無病使眼色。快看！公子飯後居然肯出來消食?!那可是能躺著絕不坐著的公子啊！

無病斜瞟他一眼。淡定！你也看看今天陪著的是誰！

長壽探頭看看前面，心領神會，公子這是徹底被周家的美食收服了啊！

等到去大明寺那天，看到他們家公子一早起來去周家接人，還殷勤地備了點心，長壽已經不覺驚異了。

可過沒幾天，他們公子就又讓他驚掉了下巴。

懶散愛靜的三公子，居然跟著周家小娘子坐船去了夜市！那可是人來人往、摩肩接踵的夜市啊！他們家公子在揚州長到這麼大，可從來沒去過啊！

那街邊攤子的東西真的能給公子吃嗎？長壽心驚膽戰地看著自家公子品嚐各式小吃，欲哭無淚地回頭跟無病嘀咕：「這些東西也不知乾不乾淨，萬一公子吃壞了可怎麼好？」

無病也在咬牙。「我先請大夫去家裡等著吧。」

沒想到這次三公子倒爭氣，回到家竟沒有任何不適，還早早就入睡了。第二日一早，又跟周家小娘子約著去了瓦市看雜劇。

瓦市……公子上次不是說再也不想去那種地方了嗎？還嫌大公子誆了他，好些日子都不理睬大公子呢！這次居然要跟周家小娘子去看谷東來、劉一文的新劇！

長壽真的很想問一句：公子，你怎麼了？

謝希治倒沒想那麼多，覺得自己跟著周媛出門，彷彿體驗了另一種活法，雖然不是他習慣的，卻新奇有趣、熱鬧鮮活。也許這就是入世的感覺吧。

劉一文看見謝三公子跟周家小娘子連袂而來，十分意外，快步上前相迎，將他們送到二樓雅室。他不敢跟謝希治多話，只問周媛：「可有些日子沒見十娘了。前些日子妳怎都不跟著大官人出來了？」

「家裡事忙，走不開。」周媛笑咪咪地答。「等我能出門，大官人又北上了。」

劉一文很好奇她為什麼跟著謝三公子一起來，可又不好當面問，只能問了幾句周家的事。剛將他們引至雅室門口，前面隔間雅室的門忽然打開，從內走出兩名男子，其中一名還說：「我說是懷仁吧，你還說絕不會是！」

周媛聞聲，定睛一看，那兩人竟不是別人，正是吳王楊宇和謝希治的大哥謝希修。

謝希修非常驚訝，問謝希治：「你怎麼來了？」問完把目光轉向周媛，盯著她看了半天，才認出是周家的小娘子，眉頭不由皺了起來。

謝希治沒理他，先跟楊宇抱拳行禮，口稱王爺，絲毫沒有表兄弟之間的親密，然後才跟他大哥問好，回答：「來瞧瞧新戲。」

楊宇笑咪咪地應了，又跟周媛打招呼。「這是周家小娘子吧？幾個月不見，好像長高了，我都認不出了。」

周媛只得上前行禮問好。

旁邊的謝希治本來打算給他們雙方引見，不料吳王竟然認得周媛，頗有些意外，目光忍不住在周媛和楊宇之間轉了幾個來回。

「有話進來說吧。」謝希修看又有人要上樓，伸手比了比身後，邀請謝希治和周媛進去。

不想謝希治卻搖頭，指了指身邊的門。「我們坐這裡。」

謝希修的臉色更加難看，剛要開口，身旁的楊宇就一把拉住他，插嘴說道：「也好，你不愛熱鬧，我們不吵你。」硬把謝希修拉回他們的雅室。

劉一文鬆了口氣，忙請謝希治和周媛進去坐，又安排人上茶，然後告辭出了雅室的門。

不想他才出來，就被等在門口的楊宇隨從給拉了去。

「懷仁怎麼會跟周家小娘子一同來？」楊宇見了劉一文，就開門見山問道。

劉一文苦笑搖頭。「我也不知。」他本來以為再也見不到謝三公子來這裡了呢。

謝希修眉頭緊鎖，跟劉一文說：「你讓人聽著他們說什麼。」

劉一文看了看楊宇的臉色，點頭答應了。

楊宇又道：「當心些，別惹了懷仁不快。」囑咐劉一文幾句才放他去了。

隔間雅室裡，周媛正跟謝希治說起舊事。「咱們在這裡見過的，你記得嗎？」看謝希治一臉茫然，忍不住哼了一聲。「就知道謝三公子貴人多忘事。上次歐陽大官人請我們一家來瓦市看戲，我在外面走廊遇過你。」

謝希治回想半天，終於緩緩點頭。「啊，是我被我大哥誆來的時候？他與我說得了一本古籍，要我請他看戲吃酒才肯給我。我來了瓦市才知道，他還請了一些『名士』……」想起那個場面，就覺得不愉快，於是轉回話題。「我們那次真的見過？」

信不信我掀桌啊！我那麼沒特色嗎？

謝希治看周媛表情悲憤，便安撫地笑了笑，將一雙黑眸笑得彎彎，又抓了把白瓜子放到她面前，討好道：「我那時十分不快，並不曾在意別的，只想快點回去。」

被一個美貌度爆表的人用這樣討好的笑容對著，周媛可恥地屈服了，收回瞪著謝希治的目光，低頭開始剝瓜子吃。

「妳怎麼會認得吳王？」停了一會兒，謝希治忽然開口問道。

周媛吃瓜子吃得有些口渴，喝了口茶才回答：「有一次在『月皎』見到的。」

謝希治知道月皎是歐陽明開的，明白了周媛為什麼會認識吳王。想到這裡，不由皺起眉，猶豫半晌，還是遣走服侍的人，讓長壽在門外守著，只留下無病，自己低聲跟周媛說了幾句話。

謝希修聽說謝希治遣了服侍的人出來，要不是有楊宇拉著，幾乎就要衝進去看看他弟弟在做什麼了。「他自小孤僻，如今竟然願意親近一名來歷不明的女子，這事必有蹊蹺！表兄你別攔著我！」

「孟誠，你先別急，且聽我說。你想想，若是這時候衝進去，懷仁會怎麼反應？你們必然又會鬧得不歡而散。若鬧開了給人知道，於你們有何好處？」楊宇將謝希修按在椅子上，勸道：「不若等晚些時候你去他住所尋他，兄弟二人單獨談談為好。」

謝希修尋思半晌，聽了楊宇的建議。「我真不知他這麼個怪脾氣是怎麼養成的！」想起自家三弟的難搞，不由長長嘆了口氣。「除了母親和阿平，他跟誰都不大親近。之前二弟在家，他還能聽聽二弟的話，如今卻連祖父的話也當耳旁風一般，動不動就裝病。」

楊宇只是笑。「這才是懷仁的率真可愛處。他呀，是不曾被俗事沾染過，因此才能這般不同凡俗，與你我這般蠅營狗苟的凡人如何能說到一處去？不過你也別懊惱，兄弟手足，有今生沒來世，這是幾輩子才能修來的緣分。我倒是羨慕你們，一家同胞四兄弟，何等難得？哪像我，孤零零一個，什麼事都得自己擔著。」

聽他話中有些自憐之意，謝希修只能暫時放下自己的不滿，轉頭安慰楊宇幾句。

兩人慢慢平復了情緒，樓下的新劇也終於開演，謝希修暫時拋開煩惱，好好看了一齣劇。看完又跟楊宇去食肆應酬了一些官員，直到晚上才脫身。

謝希修想起白天的事，總覺得氣難平。那周家小娘子如今已不再是年幼怯怯的模樣，反而頗有些少女的亭亭玉立，他深怕晚了會出什麼岔子，所以直接去了謝希治那裡。不料他到了以後，府內下人竟說三公子還不曾回來！

謝希修不相信，謝希治一貫懶散，這個時辰必定是在家裡待著，怎麼可能出去？可他再三逼問，下人仍說公子自早上出門就沒回來，中間長壽來取了披風，說公子不回來吃晚飯，別的就不知道了。

他在敞廳裡轉了幾個圈，又問下人最近三公子在做什麼？

府內下人都是謝希治自己安排的，並不敢隨意答話，只說一切如常，把謝希修氣得半死。

「如常？他跟著周家那個小娘子去瓦市也是如常？」謝希修怒極，當場就叫隨從把回話的下人拉出去打。

還不等下人討饒，院裡傳來了謝希治的聲音。「大哥擺威風擺到我這裡來了。」

謝希修起身去門口，看著長壽提燈陪謝希治進來，冷笑道：「在你面前，我哪敢擺什麼威風？」

謝希治攏了攏披風，先讓下人下去，自己招呼謝希修。「到書房坐吧。」

兄弟二人一路無話進了書房，等到茶端上來，謝希修的怒火也消了些，懶得再跟謝希治講道理，直接說道：「本來你如何行事，我也管不了，不過我前兩日回去看祖父祖母，聽兩位老人家的口氣，似是有意為你訂親，且已經寫信問父親母親的意思了。」

這一晚，周媛和謝希治都有些睡不著。

周媛一直在想謝希治跟她說的話。「我本不該背後說人，不過你們一家都是厚道人，咱們又如此相熟，有些事我知道了卻不說，總是內心不安。

「歐陽明實非一般商戶，他交遊廣闊，上自吳王，下至販夫走卒，沒有結交不上的。商人自來無利不起早，他花了這麼多工夫跟人結交，自然有所圖。妳回去不妨勸妳父親多想一想，自家可有什麼是值得歐陽明圖謀的。」

其實這個話題，周媛跟周松已經討論過不止一次。周媛從不相信世上會有人無緣無故地對自己好，所以對歐陽明始終懷有防備，買船的事就沒讓周松找他，不想讓他提前知道，做什麼手腳。

可他們一家要在揚州立足，卻又少不得背靠大樹好乘涼。沒有歐陽明，他們不可能過得這麼舒服，所以在自己的底牌沒有翻開前，她並不介意讓歐陽明利用他們。所謂的人際關係，說好聽了是交情；說難聽了，不就是互相利用嗎？

也因為她有這樣的想法，當初歐陽明特意安排了她跟楊宇和謝希修見面，她才沒有表現出不悅和反感。既然他們對自己的來歷有所懷疑，索性站出去讓他們好好打量就是了，反正沒幾個人見過她的真面目，她跟楊琰長得又不像，看就看嘛，能打消他們的疑慮也是好的。

她今日失眠的原因並不是謝希治的這番話，而是謝希治為什麼要跟她說這番話。

就像他自己說的，他根本不是背後說人壞話的人，之前提到歐陽明時，雖然言談中似乎有所保留，可也沒有直接表示過對歐陽明的看法。那這一次是為了什麼呢？

回想起來，最近這段日子他好像變得多話了，要不是刻意回想，周媛根本記不起當初那個高冷寡言的謝三公子。不知從什麼時候起，高冷的謝三公子忽然變身成現在這個呆萌樣子，還跟她組成「吃遍揚州美食」組合……

算了，還是睡覺吧，這些都不重要，吃得好才重要。周媛想不出個所以然，乾脆翻身拉好被子，沒心沒肺地夢周公去了。

第二十章

與此同時，那位呆萌的謝三公子正在燈下字斟句酌地寫信。

他剛才躺在床上輾轉反側了好一會兒，越想越覺得大哥說的事可能是真的。雖然自己一直託病，可身體越來越好，卻是大家都看得見的。過年時姑母看自己的眼神確實有些不對勁，好像還真的特意叫李家表妹過來相見。

不過他當時謹守禮儀，眼觀鼻鼻觀心，根本沒有抬頭看人，不知道那李家表妹長得什麼樣子。他無論如何也想不到，這位繼祖母竟然有意讓自己娶她的外孫女。

父親應該不會答應的，他與祖母一向淡淡的，母親對祖母也只是面上情。可今日聽大哥的意思，姑母母女竟然說動了祖父，這事就有些難辦了。

如果祖父開口，父親再不願，恐怕也難以回絕。他思來想去睡不著，乾脆起來給父親母親和杜先生寫信。

這一晚，他房裡的燭火直亮到了三更。

第二日早上，謝希治沒有起來，只吩咐無病把信送出去。

無病午間回來，聽說公子還沒起身，忙進去探看，過了半晌又飛奔出去請相熟的大夫來。大夫診過脈後，說謝希治是虛火上升，開了藥，讓他在家靜養。

於是謝希治又開始閉門養病了。

周媛聽說謝希治病了，不免要上門去探病。這次，她破天荒地被引到了謝希治居住的小樓。

眼看著長壽要帶她上樓，周媛忙叫住他。「若三公子在歇著，就不用上去打擾了，我改日再來便是。」

「公子已經起來了，小娘子請跟我來。」長壽忙解釋，又引著她上去。

周媛只得跟他上了二樓，發現一上樓就是一座平臺，對面窗邊有張躺椅，兩邊則各有房間。

長壽帶她進了右手邊的門。「公子，周家小娘子來了。」

周媛一進門就看見了歪靠在藤椅上的謝希治，過去打量了兩眼，笑道：「氣色還不錯嘛。」這傢伙又裝病！

「坐。」謝希治笑笑，讓周媛坐到他旁邊的椅子上，等長壽上了茶，便讓他關門出去。

「別忘了熬藥。」

周媛就笑。「演得還挺真的。」

謝希治伸手揉揉自己的額頭，嘆道：「也不全是演，我這兩日還真是虛火上升。」

「那可好，要去火。先淨餓吧，什麼也別吃了。」周媛取笑他。

謝希治搖搖頭。「我一直盼著妳來，妳倒好，來了就取笑我。」坐直了身子，很誠懇地跟周媛說：「我就是想當面跟妳說，你們吃什麼好的，可別忘了我。若是再做春餅了，一定想著給我送些來。」

周媛翻了個白眼，故意饞他。「過了端午就是我的生辰，哥哥他們正琢磨給我做好東西吃呢。等我吃完了，必定寫信來告訴你。」

謝希治就是在躲端午，不想回去過節，聽祖父祖母當面提起親事，所以就哀嘆：「生不逢時。」

周媛笑嘻嘻的，伸手說道：「你要是送我一份好禮，興許我會記著給你留一些送過來。」

謝希治雙眼一亮。「要什麼？妳說。」

周媛在屋子裡左右環視，書、古琴、花瓶、筆墨紙硯，這些她都不感興趣。看著看著，目光忽然停駐在牆上。「我要那個！」手指著一柄掛在牆上的短劍。

「妳一個小娘子，要那個做什麼？」謝希治臉一僵，忙要打消周媛的念頭。「我送妳一枝玉笛吧！」

周媛哼了一聲，鼓起腮幫子。「不稀罕，玉笛有什麼好的，一跌就碎了。還不如短劍能防身。」

這個小娘子真是刁鑽。謝希治只得說：「這柄不好看，我另尋一柄送妳。」

「算了，君子不奪人所好，我不要了。」周媛故作不捨地看了那柄短劍一眼，慢悠悠地說：「趕明兒讓我爹爹託歐陽大官人尋一柄去！」

謝希治：「……」上次的話白說了是嗎？

周媛本來只是想逗逗謝希治，不料探病回去後，在端午節前日，長壽來送時鮮節禮，竟然把那柄短劍帶來了，悄悄塞給她說：「公子說了，請小娘子留著防身，別拿給人看。不為別的，小娘子還小，怕給人看見，於小娘子聲名有礙。」

周媛聽得莫名其妙，等回房拔開短劍看時，才發現那劍身上刻了「懷仁」二字，一時深悔自己莽撞，心想幸虧謝三公子心胸磊落如光風霽月，這要是別人，還不得以為自己有別的意思啊！

但這時再還回去也不像回事，周媛只能悄悄把短劍跟她那些身家寶貝藏在一起。

其實謝三公子並沒有周媛想的那麼光風霽月。在長壽出發以後，他就後悔了，自己交代的那兩句話實屬多餘，萬一十娘拔開劍看到劍身上刻了他的字，再惱了怎麼辦？惱了以後，再不理會他，不讓他去蹭飯了怎麼辦？

這一糾結就是兩、三天，直到周媛親自帶了醬茄子、紅燒魴魚來看他，心中一顆大石才落下來。

同時，楊宇聽說了謝家兩老對謝希治婚事的打算，笑著安撫謝希修。「我瞧周家未必不及李家好。來歷不明，查一查不就明瞭？歐陽明不是去了嗎？你回去勸勸太傅，讓他先不用急著定下來，等一等再說。」

楊宇等人的打算，周媛雖不知道，卻沒忘了準備隨時逃跑。

這個春天，周松和周祿一直在學划船，但因學的時日有限，兩人的水準都很一般，勉強能划船帶著周媛出去玩，卻總少不了在河中打轉、靠不了岸的情況，所以常要二喜跟著。

周媛看著他們練習，思前想後還是覺得不妥，便想多了解一些航海、造船之事。她安排了周松等人分別打聽，又想起謝希治藏書甚多，就帶了剛烙好的春餅和幾樣小菜去謝家，不料去的時候，正好趕上謝希治有客人。

「是我們公子的先生，聽說公子病了，特來探病的。小娘子請稍待片刻。」長壽請周媛到敞廳坐。

另一邊，被遣進去通報的小廝跟謝希治回報時，著重提了一句：「周家小娘子帶了吃食來探病。」

杜允昇聽了，會心一笑。「你這病來得真好，既能躲清閒，又能哄著人給你送吃的來。」

謝希治並不在意先生的打趣，還自嘲：「這不都是在師母那裡得來的經驗。」

杜允昇哼了一聲。「你還敢說！這麼久也不去瞧瞧你師母，還要勞動我老人家來給你解圍！你們兩家姑舅表親不是挺好？你年紀不小了，再躲還能躲到什麼時候？」

「先生有所不知，我那姑母心高氣傲，早年一直想把女兒許給我二哥。」謝希治說到這裡，看著杜允昇笑。「卻不料被先生捷足先登，搶了這個乘龍快婿。現在於我，不過是退而求其次。學生不才，卻也不甘心做那其次。」

杜允昇橫了他一眼。「胡說！仲和成親的時候，你表妹才多大？再不正經說話，我可走了！」仲和是謝希齊的字。

謝希治忙站起身來，行禮認錯。「先生勿怪，學生久不見先生，乍一見面，就忍不住想跟您說笑幾句。」

他們師生一向亦師亦友，從不似旁人那般一板一眼講規矩，所以杜允昇倒也不是真生氣，只蹺了腿問他：「那你到底打算怎麼辦？總不能一輩子不成婚！」

謝希治端正臉色，答道：「學生何嘗不想成婚？可結髮為夫妻，總要兩心相知、志同道合才好。不奢望如先生和師母一般恩愛，總得比得過我父母。」

「兩心相知、志同道合，這還叫不奢望？我與你師母也不敢說志同道合呢！你如今可是有了人選？」

不知為何，謝希治腦子裡忽然想起一個人，然後很快就被這個想法驚出一身冷汗，忙擺手。「沒有沒有。」她、她跟自己勉強算相知，可與志同道合實在挨不上。不對，怎麼會想起她？她還是個小姑娘呢！

杜允昇看他臉色微變，擺手的幅度也有些大，立刻察覺了不對勁，笑咪咪地起身，又問：「當真沒有？那我請你師母給你物色物色如何？其實給你娶妻也簡單，只要找個能下廚做得一鍋好飯的，你自然就不挑了！」

謝希治在自己剛剛冒出來的荒誕想法和杜允昇言語的雙重打擊下，連著乾咳了好幾聲，忙喝了兩口水，才說得出話。「先生且坐下等等，我去見客，回來咱們再商議。」說完就以迅雷不及掩耳之勢奔下樓，去了敞廳。

謝希治一路快步行到敞廳後門門口，卻又忽地站住腳，平復了呼吸，告訴自己把那荒誕的念頭拋諸腦後，然後才神態自然地進去。

周媛正站在前門那裡往腳下看。謝希治在敞廳下面的池塘裡養了一些魚，不過都不是觀賞魚類，所以周媛在看的時候，想的是這魚怎麼做才好吃。

謝希治進門的腳步很輕，周媛並沒有察覺，長壽也不知跑去哪裡，此時廳內並沒有其他人。謝希治本想開口叫周媛，可是他站定以後，忽然發現站在霞光裡的周媛有些陌生。

她今日穿了一套淺碧色襦裙，頭髮在頭頂兩邊各結了一個髻，兩耳邊都垂下一綹頭髮，正隨著她的動作飄來蕩去，十分俏皮。

長長的碧色襦裙直拖到地面，讓周媛看起來比平時高眺纖細，少女的曲線也顯露無遺。謝希治看得恍惚，鬼使神差地想：原來她已經不是小女孩了……

「欸，你來了！」周媛看得脖子有些累，直起身活動一下脖頸，一回頭就看見了立在後門處的謝希治。

謝希治回過神，只覺臉轟地就熱了，掩飾地清咳一聲，應道：「嗯。」然後再說不出別的話，默默往前走了幾步。

周媛並沒發現他的異常，也往回走，指指放在桌上的食盒，說道：「喏，給你帶的春餅。我看你愛吃肉絲炒豆角和梅菜筍絲，就給你帶了這兩道菜，還有一點肉醬和黃瓜絲，你自己捲著吃吧。」

「嗯。」謝希治又應了一聲，停了一會兒，說：「多謝。」

怎麼突然客氣起來了？周媛有些驚訝地看著他。「怎麼了？見了你先生，人也變得多禮了？」

她說話的語調帶著親暱調皮，讓謝希治僵硬的神情放鬆了些，終於扯動嘴角露出微笑，說道：「妳這樣說，是嫌我平日無禮嗎？」

「哼，是誰說不慣於客套的？」周媛皺皺鼻子撇撇嘴。「就沒見過你這樣難侍候的人！」

周媛的鼻子生得十分小巧，這樣一皺，讓整個鼻尖都翹了起來。謝希治看得心裡癢癢，很想伸手去刮上一刮，順便再摸一摸……等等！

謝希治立刻收回目光，飛快接道：「那我便不客氣了。杜先生還在等著我，今日就不送妳了。」

「欸，你等一下！」周媛忙叫住他。「我還有事求你呢！」

謝希治頗覺狼狽，鎮定心神之後，才故作輕鬆地調侃道：「我還當妳真是來探病的，原來是有所為而來，怪不得這麼周到呢！」

周媛鄙視地看了他一眼。「您的病在哪兒呢？看著都比我健壯，好意思說生病？我想問你借幾本書，你有沒有關於水利、船工之類的書？」

「應該有幾本，妳找這個做什麼？」謝希治好奇地問。

周媛不答，只伸手說：「借過來瞧瞧。」

謝希治不應聲，只盯著她看，周媛不甘示弱，也盯著他的眼睛回視，最後還是謝希治敗下陣來。「我讓無病找給妳。妳拿回去慢慢翻看，但千萬小心別弄髒了。」

「知道了，早就聽說你是書癡，最見不得書上添一丁點污跡。我會小心的，必焚香沐浴之後再潛心拜讀。」周媛一臉無奈地連連保證。

謝希治聞言一笑，說道：「妳自己看，我自然是放心的。」當下吩咐無病去書房尋來幾本書，然後親手交給周媛，又叫長壽送她回家，自己目送著他們出了院子，才回去小樓。

杜允昇看見謝希治提著食盒上來，笑咪咪地問：「這麼快就回來了？周家小娘子，是哪個周家？」

謝希治先叫人打了水上來洗手，又擺好碗筷，把食盒裡的春餅和幾樣小菜拿出來，才慢悠悠地答：「是去年才到揚州落腳的一戶人家，就住在巷外不遠。您嚐嚐這個春餅。」

說著親手揭開一張薄薄軟軟的麵餅，捲了些豆角絲、筍絲和肉絲，捲好餅之後，送到杜允昇手裡。

杜允昇接過來咬了一口，發覺外面的餅皮雖然輕薄，卻很筋道，裡面的小菜爽脆鮮嫩，這樣捲在一起吃，別有一種滋味。

「這是周家做的？」他很快就把捲餅吃了個乾淨，擦了擦手問道。

謝希治點頭。「這家的小娘子也是個喜愛美食的，閒來無事就琢磨這些吃食，幸得他們家小郎君手巧，都能一一做出來。」又說了周家給珍味居供點心的事。

杜允昇又捲一張餅吃了，然後滿足地喝了一盞茶，嘆道：「你就該娶個這樣的妻子，什麼相知不相知的，都不及一餐美味。」

這番話說出來，謝希治當即就被嗆著，忙喝了兩口水壓下去，才接上話。「總之，這回要煩先生先去與我祖父商談，我已寫信給我父母，他們應會有所應對。無論如何，我都不能娶李家女。」

「行了，我知道。」杜允昇懶洋洋地站起身往門口走，走出了門又站住，回頭說：「你若真有了心儀之人，也該早些打算，莫要拖延，待來日才追悔莫及。」說完不等謝希治回答，揮袖下樓去了。

謝希治在原位呆坐良久，才重新拾筷，把剩下的春餅都吃了。吃完以後也不似平日般滿足，反而覺得有些茫然，一個人到窗邊躺椅上躺了一會兒。直到天漸漸黑了，被來尋的無病叫起，他才起身回房去睡。

第二十一章

第二日，杜允昇直接去了城外謝家拜訪，謝希治自己在家裡待了大半日。

下午的時候，杜允昇還沒回來，謝希修卻突然來了。

「你二哥來信了。」謝希修的神色有些奇怪，似乎是激動，但又帶著不安，也不管謝希治有沒有在看信，來回踱了兩圈之後，忽然站定說道：「朝廷派去範陽的御史上個月忽然暴斃，同去的內侍前幾日才回到京師回報，說範陽節度使有意謀反！」說完就用熱切的目光盯著謝希治。

謝希治還在看信，他二哥的信裡並沒有提及此事，只說了最近的讀書心得。他看到會心處，不由笑了笑，一抬頭發現大哥還在盯著自己，就有些無奈地說：「岑向貴雖然草莽出身，可也不是有勇無謀之輩，無緣無故的，他為什麼要謀反？」

謝希修恨鐵不成鋼地瞪了他一眼。「現在他是不是真有意謀反，還有人在意嗎？是韓廣平終於忍不住要對他們這些一方權貴動手了！這個所謂的賢相，終於裝不下去了！」說完又開始在廳裡踱步。

謝希治不明白他激動什麼，也不接話，低頭繼續看信。

可是謝希修卻還沒說夠。「他自己是離不得京城的，那必然是派韓肅去。不過韓肅身上事情也不少，聽說鄭家最近鬧騰得厲害，他已經許久沒去公主府探過朝雲公主了，外面都傳說朝雲公主已經病入膏肓。若在這個關頭，韓肅去跟岑向貴交手，家裡的公主卻病死了……」

那可不可以散布傳言，說韓家怠慢公主，以至於公主鬱鬱而終呢？再加上逼反忠臣，夠不夠扯開韓廣平的真面目，讓那些愚民們相信他是個亂臣賊子？

他一時想住了，腳步不由停下來，立在廳中苦苦思索，卻沒發現他的三弟在他還沒說完的時候，就已經悄悄走了出去。

節度使謀反是大事，過沒多久，此事就傳得街知巷聞，連韓肅掛帥出征的事也傳開了。

周媛綜合了聽來的各種消息，對周松笑道：「看來吳王做了些手腳，外面同情岑向貴的人居然不在少數。」

「十娘，妳打聽造船匠人，究竟是為了什麼？」周松這段時日如願識得了幾個匠人，又聽十娘的安排，跟他們談了些話。他越來越覺得，自家公主好像有什麼打算，此刻聽說京裡的大變故，終於忍不住問出來。

周媛也不瞞他。「我擔心過兩年天下會大亂，咱們若能尋到避亂的桃花源自然最好。若是尋不到，懂得造船的法子，最後走投無路時，好歹能造船出海。」

造船出海？這想法也太驚世駭俗了吧！海上波濤洶湧，只有活不下去的人才去海上討生活，他們幾個人都沒見過風浪，如何能出海？

看周松臉色都變了，周媛忙笑著寬慰他。「只是為了走投無路時還能有個退路而已。我也不信這天大地大的，就找不出一個安頓我們四人的容身之處來。」
周松這才放心，不過眼下的局勢也讓他頗為憂慮。「韓氏父子膽子越來越大，萬一他們真的謀逆，那可……」
「這倒無妨。我們現在天高地遠，這裡又是吳王的地界，應該暫時波及不到，且耐心看吧。」
北方要亂起來，韓廣平父子就更沒有精力管江南了，她還是做自己的事吧，繼續研究那些書去。
到了六月，謝希治終於「病癒」，卻沒有再如先前一般常來尋周媛。周松和春杏都覺得奇怪，還問周媛是不是惹惱了他？
「是他先生來了，好像帶著他一起去拜訪了一些故交。我昨日去還書，聽長壽說，這幾日他們都沒有白日在家的時候。」
周松聽了終於放心，又笑了笑說：「謝三公子還真是難得的好脾氣。」
周媛聽著這話不對味，側頭疑惑地問：「你這是想說誰脾氣不好嗎？」
周松搖頭。「沒有沒有。」不再多說，起身去後院看著做點心了。
周媛莫名其妙，回頭看春杏，春杏銜著她笑了笑，也不說話，上樓去了。
不想隔了三、四天的傍晚，謝希治忽然提著一籃新鮮的杏子來拍門。
周祿開門看見是他，有些驚訝。「三公子來了。這大熱天的，暑氣還沒散盡呢，您怎麼還自己走了來？」

「唔，家裡杏林的杏子熟了，我今日無事，順路送些過來。」

周祿忙把謝希治讓進來，接過籃子，又請他進堂屋坐。「裡面涼快。」

謝希治點頭，一面往堂屋裡走、一面左右打量，見西廂窗下晾了兩件女子衣裳，剛想收回目光時，西廂裡忽然閃出一個披散著頭髮的人。

那人手裡拿著一塊乾布，邊走邊擦拭頭髮，還往他這邊嚷：「哥哥，你幫我把水倒了吧。」正是剛洗好頭髮的周媛。

她話一說完，順勢發現了站在堂屋門口的謝希治，呆怔在原地，有些尷尬地跟他大眼瞪小眼。

謝希治看見她這頭髮還滴水的模樣，先是想笑，接著看到她只穿了一件鵝黃交領半臂就走出來，不由一怔。

周媛還維持著舉手擦頭髮的姿勢，兩截白玉般的小臂就這麼毫無遮擋地露了出來。謝希治的臉由白轉紅，很快收回了視線，也沒跟周媛打招呼，逕自先進了廳堂。

周祿也被這場面驚了一下，等謝希治有了動作才回神，顧不上招呼他，忙跑到周媛跟前說：「妳怎麼就這麼跑了出來，沒聽見外面有人叫門嗎？」

「我在洗頭髮，水嘩啦嘩啦的，哪聽得見啊！」周媛也有點窘了，擦著頭髮回西廂，嘟囔著：「誰知道這時候還有人來呀！」她熱了一天，剛才飯後洗衣裳，想著要洗頭髮，又想圖涼快，換衣服時，就只在抹胸外面穿了一件半臂。

周祿跟著進來倒水，聽見她的嘟囔，也有些無奈。「原來他還不是這時候也來？妳要倒水，站門口叫我一聲就完了，怎麼還走出來？」

周媛哼唧兩聲，最後說道：「我這不是想叫阿娘幫我按按頭皮嘛。」

「這可怎麼好？」周祿倒完水回來還跟周媛嘀咕。「怎麼偏就給他看見了呢！」

周媛還在胡亂擦頭髮，聞言很不當回事。「看見就看見了唄，不就露出一點胳膊嘛！」有什麼呀，前世穿的短袖衣服比這還短呢，還有無袖的呢，還有露背的呢，還有迷你裙和熱褲呢，哼！

不過剛才謝希治好像臉紅了，真是太純情了，等會兒還是不出去見他吧，免得尷尬。周媛打定主意，又囑咐周祿，不許他把這事說給周松和春杏聽，然後就把他趕去招待謝希治了。

謝希治連喝了四盞茶水，把能跟周祿說的話都說了，但還是沒見到周媛。眼看天色已經黑下來，再待下去也不合適，只能起身告辭，臨走還邀請周祿和周媛去他那裡作客。

回去的路上，謝希治很是不安，今日的場面實在有些尷尬，被自己撞見衣衫不整，十娘不會惱羞成怒吧？明日要不要再來呢？

他這些日子聽杜先生的安排，幾乎天天跟著他出門，既沒有偷空往周家來，也沒遣人過來傳話、送東西，甚至在周媛還了書之後，也沒有回過話，可是周媛卻一直在他的腦子裡。

謝希治從沒有經歷過這種狀況，他一向很隨興，喜歡的就去嘗試，不喜歡的果斷遠離。

周媛是個很好的小娘子，他們能說得上話，有共同的愛好，她又沒有一般小娘子的嬌氣，做個玩伴是十分好的，所以他很樂意與她來往。

可是那個荒謬的念頭一起，他竟然再也無法自然面對周媛，一見到那張小巧精緻的臉，心裡就覺羞愧，為自己曾有過的念頭而無地自容。

今日是他的生辰，一早起來他就跟杜先生回了謝家，用過晚飯之後才回城。杜先生又邀了幾個舊友出去吃酒，他不願去，留在家裡翻書，可是翻來翻去總是覺得心浮氣躁，撥了幾下琴弦，也覺無味，最後還是找了由頭去周家。

他心想：何必管那許多？不過就是一時想岔罷了，若是就此無故疏遠，那自己也太心胸狹隘了，人家一個小娘子都比他大方。

好不容易下定決心拍門，卻怎麼也沒想到竟是這麼個場面，謝希治覺得很煩惱。

周媛根本不知道謝希治有這麼多糾結，聽了周祿轉述的邀請後，還鬆了口氣，心想幸虧謝三公子不拘小節，並不在意今天有些尷尬的情景。等過兩天大家都忘了這事，自己就可以上門去向他請教那些書裡的內容了。

幾日後的一個雨天，周媛帶著蓮子糕去謝家，主人謝希治簡直喜出望外。客人周媛感覺到主人的熱情，也覺得自己所料不錯，心裡略存的一點尷尬消失無蹤。兩個根本沒搭上線的人，居然都覺心滿意足、心舒意暢，就此皆大歡喜了。

周媛跟謝希治請教了書上不懂的內容，謝希治於船工並無太深了解，但水利上卻能聊得來，給周媛講了許多這方面的見解，還順道介紹了杜先生給她認識。周媛秉承著三人行必有我師的原則，又把跟船工有關的問題拿去問杜允昇。

杜允昇本人頗通各類雜學，又有閱歷，比謝希治懂得要多，還真給周媛解了不少疑惑，且給她開了書單，告訴她什麼書裡有這些內容。

其時印刷術還沒有風行，尤其這類雜學專著，更是很難在書肆裡買到。謝希治主動提出要幫忙，先在自家幫周媛找書，還體貼地沒有問她為什麼對這些感興趣。

周媛為表感激，親自去指導了謝宅裡的廚子，教了兩道新菜，讓他們做給謝希治和杜允昇吃。隔日再來時，還帶了特意在家蒸的茄子肉和筍丁肉的包子給他們。

杜允昇看周媛很順眼，私底下問謝希治：「你心裡可是中意這個小娘子？」見謝希治避而不答，又笑話他：「所謂『知好色則慕少艾』，這有什麼不便出口的？你不是聲稱要尋個志同道合的妻子嗎？我看這小娘子跟你志同道合得緊！」

「先生，十娘年方荳蔻……」謝希治皺了眉辯解。

杜允昇瞥他一眼，哼了一聲。「荳蔻年華不是正好可以議親了？夫妻兩個年紀上有些差距也好，這樣才能互敬互愛。這次你祖父不過是暫且答應等你父親回來商議，你的親事拖不過今年，總是要定下來的。不過他們家到底門第低了些，你們謝家是無論如何也難屈就。」

謝希治本來有些不耐煩聽杜允昇講這個話題，還尋出十娘年紀尚小的藉口。可當他說起兩家門第不配的時候，卻又莫名覺得心中不悅，於是不再搭腔了。

杜允昇也沒再提起此事，之後又常出去會友，不再摻和謝希治跟周媛之間的事。

這一日，周媛又去謝希治那裡取了兩本新書，由謝希治一路送著回家。兩人邊走邊聊，走到周家門前時，才發現竟然有許多從人候著。

有識得他們的就上前來行禮問好，周媛認得是常跟歐陽明出門的人，有些意外地問：「可是大官人回來了？」

「正是，大官人今日剛下船，第一個就先來給小娘子送吃食，小娘子快進去吧。」那下人滿臉帶笑地說道。

周媛回頭看了謝希治一眼，見他微蹙眉頭，似乎若有所思，便笑道：「三公子若是事忙，就先回吧。」

她想的是，謝三公子估計不耐煩應酬歐陽明，所以給他找藉口，讓他先走。不料謝希治卻以為她這是下逐客令，眉頭皺得更緊了些。

「既然遇見了，還是打聲招呼為好。」謝希治本想就這麼拂袖而去，最後卻不知為何，還是淡定地留下來，跟周媛一起進去見歐陽明。

歐陽明臉上曬黑了，鬍子也長長，人卻瘦了點。他跟謝希治打過招呼後，就笑著對周媛說：「等妳一會兒了。我這一路凡是看見好吃的、好玩的，總免不了想起妳，索性都給妳帶了一些。」指了指院子裡堆的一大堆東西。「妳自己慢慢挑吧。」

周媛看見那大大小小的包裹與盒子，真是不知該做何表情，只能上前兩步行禮道謝。

「多謝大官人想著十娘，十娘真是受寵若驚呢！」

歐陽明哈哈大笑。「我這也是為了禮尚往來罷了。以後家裡再做好吃的，可不能忘了我！」

「賢弟太客氣了。」周松接過話頭。「我們一家在揚州，事事都少不了要你照應，哪還能要這些東西？倒讓我不安得很。」

歐陽明笑道：「周兄才是太客氣呢，這些不過是我給十娘帶的吃喝玩物，當不得什麼。你若當我是兄弟，就安心收下。」

周松再三道謝推拒，最後還是推不過，不得不全數收下了。

「對了，周兄，我這次恰好路過臨汾，在那裡停留了兩日。這兒有一封令族兄給你捎的信。」歐陽明從袖中掏出一封信遞給周松。「周兄別嫌我多管閒事，我瞧你本家的幾個兄弟都頗有後悔之意，多次問起你們近況。不過你放心，我沒說實話，只說你們去了鹽城，倚靠舅兄度日。」

周松接過信道了謝，又看了周媛一眼。周媛聽了歐陽明的話，又看見周松的眼神，略略放心，順勢起身告退。

一直作壁上觀的謝希治也跟著站起來告辭，歐陽明和周松送了他出去。周媛反而沒有再送，自己回房去了。

晚上歐陽明走了之後，周松來找周媛。

「放心，他沒瞧出什麼端倪。信是經手人寫的，除了歐陽明之外，並無別人去問過我們的事，且經手人也不知我們的來歷。」

「那就好。不然以你和哥哥現在划船的功夫，恐怕我們想走都不好走呢！」周媛心情一輕鬆，跟周松開起玩笑。

周松搖頭。「四郎比我好得多，我現在連鳧水都還不大會呢。」自嘲完又說了自歐陽明那裡聽來的消息。「韓肅已經到了範陽，正跟岑向貴擺開陣勢邀戰。岑向貴向皇上上書，自稱從未有二心，但國有奸佞，迫害忠臣，他不能引頸待戮，因此只能固守城池……」

第二十二章

在周松向周媛回報消息的同時，歐陽明也正在月皎跟楊宇把酒閒話。

「這次小人特意進了京師一趟。」歐陽明跟楊宇對坐，臉色是平時少有的嚴肅。「京師表面看起來並無異常，可小人四處走動，跟許多人見了面，卻聽他們說，如今在京師不同往日，有許多話都不敢說了。

「韓廣平大力排除異己，又肆無忌憚出入宮廷，已經讓京師百姓頗為側目。加上朝雲公主一直病著不出來見人，暗地裡傳言不少，都說韓家在等著公主死了，好給鄭氏騰位。韓廣平為了平息非議，親自去邀請誠王入朝。不過誠王也不是傻子，先帝子女所剩無幾，他能活到今日，自然是不敢蹚這趟渾水的。」

楊宇一直靜靜聽著，並不插話，也不發表評論。

歐陽明就繼續說：「小人還打聽到，韓肅出征之前，似乎與韓廣平有爭執。有個去求見韓廣平的小官，在門房外看見韓肅滿面怒容地衝出相府，然後裡面就傳出消息，說韓相爺無暇見客，把他們都打發走了。」

說完這些，歐陽明又說了此次見到的幾個沒落世家的情況。「真是不見不知道，早先換了誰來跟我說，那些世家大族如何落魄，我必是不信的，所謂瘦死的駱駝比馬大，總是會比尋常人家好些。可如今見著了，才知道竟還有更落魄不堪的。」

「是啊，裡面故步自封、自高自大，外面又緊緊相逼、連消帶打，也由不得他們不落魄。」楊宇嘆息了一聲。「像謝家那般的，畢竟是少數。」嘆息完，話鋒一轉。「這麼說來，竟沒有可用的了？」

歐陽明從袖子裡掏出一個信封遞過去。「也不是都不可用。小人不敢擅專，將所見之人都羅列在上，請王爺定奪。」

楊宇伸手接了，笑道：「就你我二人在，耀明不必如此。」並沒有看那個信封，只隨意擱在一旁，然後跟歐陽明喝了一杯酒，最後問：「可打聽到周家的事？」

「小人到臨汾，得知周家在當地還算大族，就打發人去尋了幾個不同年紀的周家族人說話，倒都與周松所說對上了。周家這些年因為爭產的事，留在原籍的極少，大多都像周松一家這般出來投親了。」

楊宇聽了很是失望，喃喃說了一句：「那周家小娘子實在不像是市戶的女兒。」

歐陽明笑道：「可小人看十娘也實在不像世家女，膽子大，又牙尖嘴利，性子更像市井裡長大的呢！」

「嗯，你與他們常來往，想來知道得更多些。也罷，原就是我多想了，以韓廣平的性子，對盧家必會趕盡殺絕，絕難有人逃得出來。」楊宇又舉杯喝了口酒，然後搖頭自嘲。「我本還想著，若是這小娘子有些來歷，倒可促成她與懷仁一門好姻緣。如今看來，倒是我想多了。」

歐陽明一愣。謝三和十娘？這也太不搭了吧！

楊宇並沒有繼續這個話題，吃了兩口菜之後，又說：「這次辛苦你了。我還有件喜事想與你說，我想給你作個大媒……」湊近歐陽明低聲說了起來。

這一晚歐陽明躊躇滿志，送走了吳王，自己在房間裡獨坐良久，心想：我歐陽家，終將會在這天下闖出一番名堂！

與歐陽明相比，謝希治卻很不高興，最讓他鬱悶的是，他竟然想不明白到底是為了什麼不高興。坐下嫌氣悶，起來走走又覺得累，躺下睡覺吧，腦子裡又滿是歐陽明堆在周家院子裡的東西，無論如何睡不著。

這樣翻來覆去，許多煩心事就一齊兜上了心頭。

家裡人不聽他的想法，現在連十娘也聽不進他的話。他都把話說得那麼清楚了，她竟然還要跟歐陽明結交，歐陽明的東西是好拿的嗎？

他越想越氣，再想到這個小娘子見了歐陽明就不似往日，竟然要趕自己走，之後又沒有出門來送，更是氣得睡不著，索性起來吹了半夜笛子，直到更深露重才睡。

誰承想這麼一折騰，第二日起來就有些鼻塞，頭也覺得重，昏昏沈沈了一天，到傍晚索性躺倒，左右他「病」慣了。

杜允昇給他把脈，問：「這樣的天你都能風寒入體？我教你的那套拳法，你有多久沒練了？」

「前些日子還練了。」謝希治無精打采地答。

杜允昇聞言，又仔細給他診了一回脈，最後說：「你一向豁達通透，提得起放得下，如今些許小事就讓你鬱結於心了？不就是成婚嗎？又不是叫你娶一隻母老虎回來！」

謝希治微微合眼，不答話。杜允昇看他這樣子也無奈，轉頭出去吩咐長壽。「去尋周家小娘子，說你家公子病了，問她可有什麼適合染上風寒之人吃的東西，最好能請了她來探病。」

周媛是第二日去謝家的，到的時候謝希治還在睡，卻恰好遇見了要出門的杜允昇。

杜允昇看見周媛又提著食盒來，就笑咪咪地問：「帶了什麼東西啊？」

「就帶了些清粥小菜。」周媛也笑咪咪地答。

杜允昇仔細打量了周媛幾眼，見這小娘子舉止從容大方，雖然面容尚顯青澀，可行動作派卻表現出與年紀不符的穩重周到，要是忽略外表，還真不覺得她年紀小，可惜出身差了些。

「懷仁還沒起來呢，十娘先坐下等等吧。」杜允昇也不忙著走了，請周媛坐下，與她說了好一會兒的話，直到謝希治起來了，他才出門。

謝希治聽說先生跟十娘在敞廳裡談天，就有些著急，他這位先生興致來的時候不拘小節，不知有沒有說什麼不該說的，萬一說了不合適的話，他們再見面豈不尷尬？

他穿好衣裳下樓來見周媛，第一句話就是：「先生喜歡說笑，他若是說了什麼不當言語，妳別放在心上。」

周媛眨眨眼。「杜先生人很好，怎麼會說什麼不當言語？」

謝希治長吁了一口氣。「沒說就好。你們談什麼了？」還是不放心。

「說了幾句家常。」周媛一臉好奇地盯著謝希治。「原來杜先生的女婿是你二哥啊！明明你才是杜先生的學生，怎麼反倒是你二哥娶了你先生的女兒？」

謝希治被周媛這奇怪的思路驚了一下，頓了頓才答道：「我拜入先生門下的時候，二哥、二嫂已經訂親了。」

唔，原來如此。周媛想起杜允昇說的話，忍不住又笑起來。「看來你是生不逢時，杜先生很喜歡你呢，還說要是再有一個女兒，一定把女兒許給你。」

謝希治：「……」就知道他會亂說話！

說了一會兒閒話，周媛才終於想起自己是來探病的，看謝希治精神不太好，身上衣服穿得也多，就問：「怎麼好好的又染了風寒？」

謝希治回過神，想起自己生病的原因，順帶想起了那晚生的氣，慢慢冷下臉，簡短答道：「不小心著涼了。」

「哦，那你吃了粥就上去好好歇著吧，多休息，很快就會好。我不打擾你了。」周媛看他確實不是很舒服的樣子，臉色也不大好看，就乾脆地起身告辭。

謝希治聽了前面的囑咐，還覺得心中略暖，臉色也有所緩和。等聽到最後一句，只覺有一股鬱氣直衝胸口，好半天都說不出話。

周媛見謝希治臉色難看地坐在原地不說話，不明所以，以為他更加難受了，問了一句：

「你怎麼了？哪裡不舒服嗎？要不要請大夫來看看？」

沒等謝希治答話，長壽忽然一路小跑著從前面過來，還大聲稟報。「公子！李夫人和李家小娘子來了！」

謝希治一愣，站起身問：「姑母怎麼會來？」

「小的也不知，李夫人聽說您病了，非要進來探病，小的們不敢攔著，李夫人已在半路了。」長壽說著話進了門，猶自喘息不止。

謝希治眉頭微微皺起，低頭看看自己的衣著，又摸了摸頭髮，叫長壽去取逍遙巾來給他戴好。

其間周媛一直插不上話，直到謝希治坐下來讓長壽給他戴逍遙巾時，才有機會開口。「那我先走了。」

謝希治答道：「妳這時候出去也免不了要碰見她們，就在這裡打個招呼吧。是我姑母和表妹。」

等長壽給謝希治戴好逍遙巾，已經可以聽見外面女子的說話聲，他起身出門去迎，周媛不得已，也跟了出去。

等到門外站定，從竹林那邊轉出一行人，當先一名前呼後擁的女子身著朱紅大袖衫、頭梳高髻，還未等走近就說：「哎喲，阿鵗怎麼還起來了？不是說染了風寒嗎？怎不好好躺著？」一面說、一面快步走了過來。

「勞姑母惦記了，姪兒無礙，不過尋常小病，不想倒驚動了姑母。」謝希治回答，行了晚輩禮。

李夫人快步走到謝希治跟前，一把扶住他的胳膊，說道：「都是一家人，這麼客氣做什麼？」又轉向周媛和長壽斥道：「還不扶公子進去歇息！」

周媛囧，她正在琢磨這位李夫人對謝希治的稱呼，沒想到躺著也中槍。她哪裡像丫鬟了？不就梳了個丫髻嘛！

謝希治立即幫她解圍。「姑母莫急，這位是姪兒的鄰居周家小娘子，聽說姪兒病了，奉父母之命過來送些吃食。十娘，這位是我姑母。」又介紹李夫人身後的明豔少女。「這是我表妹。」

周媛適時擠出個微笑，行了福禮說道：「見過李夫人、小娘子。」

李夫人上上下下地打量周媛不說話，謝希治的表妹李卿蓉倒規規矩矩回了一禮。

感覺到李夫人刀子般的目光，周媛覺得渾身不自在，當下也不耽擱，直接告辭。「阿娘還等著我呢，三公子，我先回去了。」

謝希治點頭，讓長壽送周媛出去，自己請姑母和表妹進來坐。

直到拐過了竹林，周媛那如芒刺在背的感覺才消失，悄悄鬆了口氣，跟長壽說：「你們家這位李夫人好厲害呀。」

長壽偷偷回了個笑容，不敢多說，一路送著周媛到謝宅門口，本來還想送她到家，被周媛婉拒了。「你們家有客人，你還是回去幫著照應吧，又不遠，我自己回去就行。」

長壽有些歉意地一笑，也就沒有再堅持。

周媛沿著樹蔭走，慢慢遛達回了家，進門才發現歐陽明來了，正跟周松對坐喝茶。

「大官人今日怎麼有空？」

歐陽明笑道：「我日日都空著。」又問周媛：「這大熱天的，妳怎麼還出門了？」

周媛自己倒了杯溫茶喝了，才答：「謝三公子病了，我送些吃食過去。」

「三公子又病了？」歐陽明臉上的笑容變得有些奇怪。「妳這孩子呀，有時也太過實心，這病與平時不同，該讓人靜養的，妳就不要去添亂。再一個，妳也不小了，獨自上門去探視成年男子，傳出去總不好聽。他們謝家門第高，旁人不敢說三道四；咱們這樣人家的，卻免不了被人說攀龍附鳳。」

他冷不防拿長輩口吻來教訓人，倒把周媛說得一愣，完全反應不過來，竟也沒駁回去。

歐陽明訓完，還跟周松說：「周兄別怪我無禮多嘴，小弟知道你們夫婦鍾愛十娘，捨不得多管教，可孩子一天大似一天，有些話也真得告訴她。尤其今時不同往日，我昨日聽說謝家正給謝三公子說親，這個時候，咱們還是遠著謝三公子為好。」

周松聽聞此言一愣，轉頭看周媛，見她也是呆呆的沒反應過來，就清咳了一聲，跟歐陽明說道：「賢弟所言極是，多虧你提醒了！」又故意粗聲說周媛：「上樓去見妳阿娘，待會兒我再說妳！」

歐陽明忙勸阻。「周兄這是做什麼？她還小呢，哪裡懂得這些，咱們慢慢說給她聽也就是了。」

周媛回過神來，也沒有接話，默默行了一禮就上樓去了。

等送走歐陽明，周松上樓，看周媛一個人坐在書房裡發呆，在門外徘徊半天，終於還是走進去，說道：「這個歐陽明也忒多管閒事了。」

「他有沒有說謝家要和誰家結親？」周媛沒接話，而是抬頭反問。

周松訝異於周媛的鎮靜，有些忐忑地答：「好像是要中表做親，就是謝三公子的姑母家李家。」

怪不得……那個李家小娘子，她今日仔細看了兩眼，是個美貌的小娘子。當初在打聽謝家和吳王時，周媛也曾聽過李家的事，上元李氏是江南本地世族，不過算不上頂級世家，總是處於不上不下的位置。

難怪李夫人今日那樣熱情，李家女兒嫁為謝家婦，那可真是高嫁了。

但乘龍快婿病了在家休養，竟有一個不知哪裡來的小娘子登堂入室探望，這場面怎麼看都有些不對勁。李夫人沒當場發作，還算是有涵養的呢。

周松看她一直不說話，有些擔心，就轉頭出去尋春杏，把這事跟她說了，讓她看著周媛，適時勸一勸。

春杏出來看時，周媛已經起身下樓，她忙跟著下去。周媛回頭看見她，笑道：「有點睏了，我去睡一會兒。午後再叫我起來，咱們刨冰吃。」

她的神態、語氣都與平時一般無二，春杏略略放心，點頭應道：「好，妳去睡吧。」

周媛並沒有睡著。她躺在床上翻來覆去的，想起了許多事。

那遙遠的、自以為早已忘卻的前生，為什麼這時又想起了呢？難道是因為今天心裡突然湧起了似曾相識的酸疼感嗎？

好像也是在一個悶熱的夏天，那個朝氣蓬勃的男生快步奔到她面前，異常興奮地跟她說：「她同意跟我在一起了！我明天約了她去看電影，妳說看什麼電影好？」

她的笑容僵在臉上，心裡的酸疼緩慢而強勢地向四處侵襲，讓她只能維持面上僵硬的笑意，卻無法說出任何一句話。

這種酸疼還曾出現過一次，那是他跟她宣佈——「我們要結婚了，妳來當伴郎好嗎？哈哈，別打別打，開玩笑的，只要妳來就好了！」

那是周媛前世唯一暗戀過的人，也是她最好的朋友。

她沒去參加他的婚禮，不是因為心裡的疼，而是因為她穿越了。她穿得沒什麼技術，一場車禍，臨死前連句完整的話都沒能和父母說。

第二十三章

也許是在穿越的過程中發生了她不知道的變化，她在這一世有了意識後，並不怎麼會記起前世的事情。就算偶爾想起，那些悲傷和痛苦卻彷彿隔了一層，讓她有種恍惚感，好似旁觀者般，傷痛也不那麼真切。

周媛有些遲疑地捂住胸口，酸疼還在，雖然不及以前那麼疼，也沒有大肆蔓延，卻頑固地籠在胸腔裡，讓她覺得鬱鬱難舒。

謝希治要訂親了，定的還是姑母家的表妹，親上加親，門當戶對。

乍然聽到這樣的消息，作為酒肉朋友，應該替他欣喜，然後上門祝賀，順便大吃一頓才對吧？

可是她居然連吃東西的慾望都沒有了！只覺得心裡酸疼，疼得她想躲起來，再也不見這些人，一如上輩子那樣。

但躲也不是那麼容易躲的，她還沒在床上滾夠，春杏就來叫她，要跟她一起做刨冰吃。

周媛憤憤地坐了起來，化悲憤為食量，跟春杏做了一大盤子刨冰吃個夠。

心裡剛舒服了，長壽上門來求見，替他們家公子婉轉表達歉意，主要是抱歉他姑母的無禮，還說等他病好了，再親自向周媛賠罪。

「不用了，沒什麼好抱歉的，我這樣的身分，在李夫人眼裡，估計也就跟你們家的丫頭差不多。」周媛笑咪咪地自嘲。「請你們家公子安心養病吧。」說完也不讓長壽再多說，直接開門讓他走了。

周松和春杏聽見這話，都皺起了眉，關切地看著周媛。

周媛回頭，皮笑肉不笑地說：「其實歐陽明說得也對，咱們現在這身分，還真不適宜跟謝三公子結交。」

「鄉野村婦，有眼不識泰山也是有的，妳別放在心上。」周松心中很不悅，開口安慰周媛。

他這形容詞讓周媛忍不住噗哧一笑。「什麼鄉野村婦？人家是謝家女、李家婦，我們如今算什麼？以後這話不要說了。我去看看哥哥忙完了沒，該做飯吃了。」說完不等周松與春杏回話，自己溜達著去後院了。

另一邊，謝希治聽了長壽的回報，煩惱地扶額嘆息。「我知道了，你去吧。」

「公子。」長壽有些遲疑。「小娘子好像有些惱了……」

謝希治看了他一眼。「我知道。你先下去吧。」揉著額頭往後一倒，躺在躺椅上往窗外看，可是整個腦子裡亂紛紛的，什麼景致都沒看進眼裡。

與此同時，乘車出城去謝家大宅的李夫人正在安慰女兒。「……妳不用多想，凡事自有阿娘和妳外祖母給妳作主。妳三表哥因幼時體弱，少見外人，才這般冷淡自持，並不是有意冷淡妳。」

李卿蓉低著頭默然不語，心裡對母親的話不以為然，可因涉及婚事，她實在不好開口，只能不出聲。

李夫人生了兩個兒子才得了此女，一向寵愛備至，捨不得女兒受一丁點委屈。放眼江南，比謝家門第高的只有吳王府，吳王又早已娶妻，因此她才鐵了心，想把女兒嫁回謝家。之前好不容易說得父親動意，誰知這個三姪兒竟又病了。她一時猶豫，想再看一看，父親那裡也說要跟兄長商議，此事就耽擱了下來。

上次謝希治過生辰，恰好她也帶著女兒回來探望母親，眼見這個姪兒人品出眾，雖然比一般人清瘦些許，但身體看著倒沒什麼大毛病。又見一向心高氣傲的女兒也留意姪兒，就又開始磨著父親和母親，要定下這門親事。

不料這次父親竟然不應聲，還說她：「哪有女家這般心急的？等九月妳大哥回來再說。」

她不明白出了什麼變故，母親答應替她探探父親心意，可卻一直沒有準話。李夫人心裡不踏實，這次回揚州，乾脆直接來探望三姪兒，順便讓他們表兄妹親近親近。

誰料這個不聲不響的三姪兒，家裡竟然還有個小娘子在！不是一向深居簡出、不與人來往嗎？怎麼會跟鄰家小娘子這般親近？那可是他自己居住的小樓，要是不熟識的，怎會請到那裡去相見？

最讓她不高興的是，自那小娘子走後，這個姪兒對自己母女竟十分冷淡，寒暄後就一直沈默，不問不說話，問多了還總作病弱不堪狀，她只得早早告辭。

李夫人看女兒興致不高，一副鬱鬱模樣，心裡也覺堵得慌，到了謝家見過母親朱氏，就打發女兒先去歇著，又屏退下人，問母親有沒有從父親那裡聽到什麼消息。

「事已至此，妳也別心急了，我瞧妳阿爹就是想等妳大哥回來，當面再談。上次杜允昇來過，好像吳王也打了招呼，妳大哥又有信來，三郎的婚事恐怕不會那麼輕易定下。」朱氏慈眉善目，保養得宜的臉上只有些淺淺的皺紋，看起來淑婉可親。

李夫人從小就是想要什麼就要得到，哪聽得進這些？當下就說道：「杜允昇？關他什麼事？沒聽說父母俱在，婚事倒要先生來管的！吳王也可笑，論親他只是表兄，論公他也不是皇……啊！阿娘！」話沒說完就被朱氏伸手打了一下，不由委屈地驚叫。

朱氏斂了臉上的笑容，冷聲教訓女兒。「妳這些年的歲數都白長了！什麼話該說、什麼話不該說，都忘了嗎？妳要是再這樣，以後別叫我來管妳的事，我沒妳這樣的女兒！」以前真是太寵她了，這般年紀還這麼不知天高地厚。

李夫人看母親真的生了氣，忙起身跪下請母親息怒，又扶著朱氏的膝蓋撒嬌。「阿娘，不是女兒不懂事，女兒實在是一時情急。」把今日在謝希治那裡見到周媛的事情說了。「那孩子一個人在外面住著，萬一被不知羞恥的勾引上了，可怎麼好？」

朱氏聽了，沈吟半晌，才伸手拉了女兒起來。「待會兒等妳阿爹回來，妳把今日的事說給他聽聽，不許加油添醋，有什麼說什麼就是。」

李夫人乖乖答應，等謝岷回來，就把今日去探病的事說了。

謝岷聽了，沒說什麼，第二日才打發親信去探謝希治，又把謝希修叫回來，跟他仔細細問了一些事。

謝希修一向敬畏祖父，所以有問必答，把自己知道的有關周媛一家的事都說了，甚至連吳王的猜測也提了提。「……不過此次歐陽明自北方回來，已經查明周家確是臨汾人，倒是王爺想得多了。」說到這裡有些遲疑，但還是大著膽子問了一句：「既然要給歐陽明牽線娶李家女，那三郎是不是不適合……再娶表妹了？」

「唔，三郎的事，等你父親回來再說。」謝岷撫著長鬚來回踱步，嘴裡喃喃自語。「臨汾、周家，呵呵，還是年輕啊，既然要查，就該查個清楚。再說，也不是你們這種查法……」心裡漸漸有了想法，也不與謝希修多說，只讓他去見過朱氏就回城，得空去看看謝希治。

等謝希修走後，謝岷寫了幾封信，分別交給親信送出去，又尋管家來吩咐，讓他去打聽打聽周家。

朱氏在謝家當家也有二十年，沒多久就聽說了丈夫對管家的安排，再聯想到今日見的謝希修和他後面的吳王，自己盤算一番，大概猜到了一些因由。

「恐怕是吳王懷疑這周家有什麼來頭，想用他們，只是眼下還不知值不值當，要去查一查。」朱氏叫來女兒吩咐。「妳父親的為人，妳也知道，不值得的事，他是斷不會花費精力的。蓉娘是個好孩子，嫁到謝家對她未必是好事，再留意留意旁的人家吧。」

李夫人料不到是這麼個結果，氣得胸口直疼，又不敢在父母跟前發作，第二日帶著女兒回了家。

不想剛到家，丈夫就來跟她說庶女的婚事，李夫人甩手摔了茶盞，指著丈夫罵：「你們李家這是哪裡的規矩？嫡長女的婚事還沒定，倒先來說庶女了！怎麼，家裡缺錢使是不是？上趕著賣庶女給商戶換錢？」

還沒走出院子的李卿蓉和庶妹聽到這串話，都是一愣，身後跟著的下人顧不得別的，忙簇擁著兩個小娘子出了院門。

李卿蓉看庶妹頭垂得低低的，好像恨不得垂到地上去，忙拉了她的手，到自己房裡安慰去了。

就在李夫人發火的當兒，揚州城裡，謝三公子正在周家門外聽著笛聲遊蕩。

他已經連著兩日吃了閉門羹。每次去叫門，來開門的都是春杏，得到的答覆都是周松不在家，周祿在後院。至於周媛麼，這兩日不舒服，不便見客。

謝希治對春杏無可奈何，只能禮貌告辭，下次再來。

今天一早又吃了閉門羹之後，謝希治回去獨坐良久，提筆寫了一封信，寫完左右看看，又燒掉了。在家裡怎麼也坐不住，又起身出來，一路繞過小湖，到了周家後院，想著找周祿傳話，說明自己登門道歉的意思。

他剛到了周家牆外，沒等他去敲後院的門，周家小院裡卻忽然傳出了笛聲。還是那首叫做〈一千年以後〉的曲子，可這次的感覺少了漫不經心，似乎多了許多懷戀感傷，聽得他都心酸起來。

不知何時，一曲吹畢，四下安靜下來，謝希治等了良久，裡面卻沒有再傳出笛聲。

「公子。」陪著他出來的無病忍不住叫他。「咱們找個地方坐會兒吧？這裡沒有蔭涼地，暑氣重，您身子剛好，可別再中暑。」

謝希治回過神，跟著他往巷子裡走，到一棵大槐樹底下站定，正躊躇到底是去敲門還是回家，無病卻忽然摸出了一根長笛。

「公子也吹一曲吧。」無病把笛子外面的套子取下來，將笛子送到謝希治手裡。

謝希治無語地盯著無病，無病往周家那邊看了一眼，謝希治明白了他的意思，伸手接過笛子思量半天，終於放到唇邊吹起來。

周媛吹完〈一千年以後〉，覺得心情鬱鬱無法排解，沒了再吹的心思，乾脆撂下笛子，撿起書桌上的書翻起來。

因為心神不定，她翻書翻得也快，不一時就把書翻完了，卻覺得什麼都沒看進去，起身想去再換一本時，外面忽然傳來悠揚笛聲。

這是一首她沒聽過的曲子，曲調聽起來頗有古意，曲音清正平和，在這個躁熱的夏日，讓人心裡多了幾分清涼。

周媛不由站住了腳細聽，這曲子前半部分十分輕快，讓人感覺如在溪邊看水、林中採花，沒一會兒便悠然自得、煩惱盡消，心情慢慢寧定下來。

雖然沒聽他吹過這支曲，但周媛知道是謝希治。他這人無論是撫琴還是吹笛，永遠是意在曲外，立即就能抓住人心，讓人不由自主地沈醉進去。

她慢慢坐下來，心裡亦喜亦嗔，正想不理會他繼續聽下去，那曲調卻忽地一轉，多了些傾訴之意。

是想道歉嗎？周媛緩緩趴在身旁小几上，腦中突然想起了第一次去大明寺的情景。那時的謝三公子多傲嬌啊，可他好像變了很多。不對，應該說，他對自己變了很多……

周媛忽然覺得臉慢慢燒了起來，這樣想是不是太自作多情了？反正謝三公子跟小孩子差不多，小孩子有奶就是娘，他是有好吃的就是好朋友。哼，說白了，他們還不就是酒肉朋友嘛！

不過杜先生上次跟她說過，謝希治因為自小身體不好，總是獨居養病，所以養成了冷淡孤僻的性子，和誰是都不親近的。自他年長，傳出名聲之後，知道他喜愛美食，專門投其所好的人也不少，卻沒見他跟誰親近，可見也不是單有美食就能收買他的。

要是杜先生所言都是真話，那謝希治還真是謝家養出來的異類。

杜先生說他一身才華不亞於名滿天下的謝希齊，而且他不像謝希齊那般為盛名所擾，更能潛心向學，舉凡經史子集、琴棋書畫等等皆有涉獵，有些方面更比謝希齊精熟。

按理說，這樣一個人是不會甘心籍籍無名於鄉里的，可他偏就玉韞珠藏。據杜先生說，是因他所求與家族期望不符，他不願做個整日活在勾心鬥角、陰謀詭計中的人，所以乾脆託病躲了出來。

這世上竟真有這樣的人嗎？

周媛一直出神想事，沒留意曲聲，等到回神時，才發現那曲調已經越來越哀怨。

你有什麼好委屈的？被當丫鬟的又不是你，真是的！哎？怎麼好像開始中氣不足了？這個笨蛋！這麼熱的天，他不會是一直站在太陽底下吹了這半天笛子吧？感冒也不知好了沒有，大熱天的就在外面站著，真是……

周媛忍了又忍，最後還是忍不住，換了件衣服就跑出去，順著笛聲一路找到謝希治。

「你這是還沒病夠啊?!」

謝希治在看見她的一剎那，就收起笛子不吹了。不過是兩日不見，他竟然覺得好似隔了很久，心中似有千言萬語，一時卻說不出口，只含笑沈默地看著近在咫尺的周媛。

眼前的青年穿了一身青衫，如青松般挺拔而立，笑容溫煦，漆黑明亮的雙眸一眨也不眨地盯著她看。周媛被這樣專注的眸光注視著，只覺渾身上下都不自在，故意皺了眉問他：「怎麼不說話？」

「妳沒事吧？」謝希治終於開口，卻不是回答周媛的話。「妳母親說妳身體不適。」說完上下打量了她，見她臉頰紅潤、眼珠明亮，整個人一如平時，半點不適的模樣都沒有，心裡鬆了口氣，竟沒有因周媛找藉口不見他而惱怒。

周媛這才想起先前的藉口，哼了兩聲，扭開頭說：「就是不習慣這邊的熱。」想起自己為什麼跑出來，又轉回頭說謝希治：「你身體不好，還是回家待著吧。要出來散心，也等晚上暑氣散了再出來。」

謝希治笑著搖頭。「我沒事。」想當面跟周媛道歉，於是又說：「我姑母……」

不料周媛卻不想聽，直接打斷他。「我也沒事。我本來就生得像小丫鬟嘛。」

這還說沒事？謝希治英挺好看的眉頭微微皺起，低頭看著周媛說道：「胡說，妳哪裡像小丫鬟了？」

囧，這對話好奇怪。周媛默默反省，把話題拉回來。「反正我沒有真的生氣，你也不用道歉。你姑母本與我不相干，不相干的人如何看我，我是不在意的。」

「那妳為何不肯見我？」這句話衝口而出，話一說完，謝希治自己也愣住了。

這幽怨的口氣，真是他說出來的嗎？周媛有些傻眼，瞪著謝希治說不出話。

第二十四章

謝希治狼狽地躲開周嫒滿是驚訝的目光，感覺耳根和臉上都開始發燒，一時更加窘迫了。他也不知道這句話為什麼會這麼自然地就衝口而出，但奇怪的是，他並不覺後悔和難堪，反倒怕周嫒嫌他莽撞，忙轉回目光，有些忐忑地看著她。

周嫒見他如此，電光石火之間，好像明白了什麼，心裡喜悅，想起現況又覺前路艱難，這般冰火兩重天的煎熬著，好半天才憋出一句：「我阿爹聽說你們家要為你訂親，說我也大了，不適合再跟你同進同出……」

謝希治聽說他們已經知道自己家裡的事，心中一急，搶先道：「我是不會娶李家表妹的！」

周嫒聽了這話，第一個反應是先四下查看，眼見無病躲得夠遠，他們周圍也無人經過，才鬆了口氣。「不管你要娶誰，我們再這樣來往，總歸不合適。人言可畏，我們不想給人當作攀龍附鳳之輩……」

周嫒覺得心裡有些苦澀，不管是朝雲公主，還是市井中的周嫒，她和謝希治都注定不可能的，話便說不下去了。

「若我不娶妻呢？」謝希治忽然問。

周嫒茫然。「啊？」

「若我不娶妻呢？」謝希治又問。

周媛看著他的眼睛，發現他神情認真、目光堅定，一時有些呆滯，不知該如何答話。

兩人就這麼對視良久，謝希治忽然目光微閃，漾開一抹苦笑。「即便我不娶，妳早晚也要嫁人……」

他本來是想嘲笑自己又異想天開，以為自己不娶妻，兩人就可以如之前一樣自由自在地來往，卻在話說完的一刻突然領悟。

對啊！他們男未娶、女未嫁，十娘早晚有長大的一日，那麼他們何不……

他的心跳聲越來越大，眼睛也越來越亮，困擾他良久的問題有了答案，讓他豁然開朗，頓覺天高雲淡，一切煩惱都不在了。

「十娘，我……」謝希治的呼吸有些急促。「我們……」

一陣微風吹來，槐樹枝隨風輕擺，斑駁的樹影移動，像一枝只能畫明暗色調的筆，在兩人臉上留下或明或暗的印記。

就在這時，一道日光落在了周媛的眉眼間，她微微眯眼，好像不能承受日光的照射。謝希治看著她顫動的睫毛，只覺那睫毛如同掃在自己心上一樣，讓他整顆心柔軟得化成一灘水。

他只顧癡癡地看著周媛，冷不防她忽然挪動身子，謝希治一驚，以為她轉身要走，手飛快地伸出去，拉住了她的袖子。

周媛只是側身想躲太陽，順便躲開謝希治越來越熾熱的目光，不料他竟忽然伸手拉住自己，也是一驚。她抬頭看看謝希治，又看看扯在自己袖子上的修長手指，用眼神示意他鬆手。

謝希治手指鬆了鬆，想起自己還有話要說，又忍不住握緊，目光依舊牢牢地盯著她，任憑心跳如擂鼓，將湧到嘴邊的話反覆咀嚼挑剔，想找出最適合的來表達。

其實周媛大概知道他想說什麼了，他從沒有過的熾烈目光、欲言又止的忐忑，還有那幾乎算是聲聲入耳的心跳，都讓周媛證實她剛剛就感覺到的事實。

她也像是著了魔，居然任謝希治這樣拎著自己的袖子，跟他默然相對站了好一會兒，只覺心中微甜，又期待、又不安，一顆心撲通撲通跳得飛快，原來這就是兩情相悅的滋味。

等周媛意識到這個想法時，悚然一驚，手上用力抽回自己的袖子，微微低頭定了定心神，又悄悄深呼吸了一下，然後鼓起勇氣抬頭，說道：「別在這裡站著了，怪熱的。」說完轉身就走。

謝希治只覺手上一空，剛想好的話頓時消散無蹤，以為周媛是惱了要走，心裡一沈，如有一桶冷水直接澆在他火熱的心上，渾身都冷了。

周媛走出幾步，發現謝希治根本沒動，當下頓足，回身嗔道：「你真想中暑啊？還不快來！」

好似春回大地冰雪消融，謝希治身上的暖意瞬間回歸，整個人像重新活過來一樣。眼見周媛露出從未見過的少女嬌態，精緻的眉眼間似乎還有些羞澀之意，心又一次飛快地跳了起來，難道她……

「再不來，我可要關門了！」周媛看他還是不走，忍不住又衝他嗔了一句。

謝希治綻開笑容，連一雙眼睛也笑得彎起來，晃得人眼睛都要花了。見他終於邁開腳步跟過來，周媛才又轉身往自家去。

等他們主僕進來，周媛將門關好，帶謝希治進了堂屋，無病識趣地留在外面，坐在桂樹下的凳子上。

周媛也不說話，默默給謝希治倒了一碗溫著的綠豆水，然後自己坐在下首，假裝感受不到那人一直追著她的目光。

謝希治確實渴了，端起綠豆水來喝了半碗，喝完放下碗，又默默看著周媛不說話。

周媛被這目光看得十分不自在，把手指扭了好半天，終於決定打破沈默。剛抬頭要開口，就發現那傢伙的眼睛正直直地盯著自己的手。

周媛不由也低頭看了一眼，見自己已經把手指扭得紅了，忙撒開手，清咳了一聲，說：「涼快涼快就回去吧。」

謝希治一怔，把目光轉到周媛的臉上，發現她臉頰透紅，似乎有些不自在，忙溫聲說道：「妳別怕，我會和周郎君談的。」

周媛驚疑地看向他。「談什麼？」

「李家的事只是我姑母自己的意思，我父母並無此意。待九月祖父做壽，我再向他們二老稟明、稟明詳情，妳、妳等一等我。」

最後五個字說得非常輕，可周媛還是聽見了，話音落地的一刻，兩個人都紅了臉。

怪不得都說甜言蜜語，這樣輕飄飄的一句話，竟就讓她心裡充滿了難以言說的喜悅和甜蜜。聽他話裡的意思，難道是要向他父母稟明情況，來迎娶她嗎？

可是她憑什麼嫁給他？甜意和喜悅慢慢褪去，酸澀緩緩湧上來，周媛低下頭，不知該怎麼回答，只能沈默不語。

謝希治見她又低了頭，臉上的紅潤慢慢褪去，膚色漸漸蒼白起來，有些無措，反省自己是不是太過孟浪，剛才的話說得過於心急，忙又解釋：「妳別生氣，我……」

他的話剛說到一半，外面忽然傳來開門聲，接著是無病在打招呼。「周郎君回來了。」房內的兩人驚了一下，周媛先站了起來，謝希治也忙跟著起身，到門口去迎。

周松在院子裡看見無病，非常驚訝，等看到謝希治和周媛時，便立刻收起了驚訝的神情，笑著跟謝希治打招呼。「謝三公子來了。」請謝希治進去坐。

謝希治尋回自己的風度，笑著回道：「冒昧登門，多有攪擾。上次讓十娘受了委屈，我這次是專程來賠禮道歉的。」

「三公子太客氣了，也沒什麼委屈的。」周松笑得很憨厚。「我們商戶人家，在貴人眼中原不算什麼。」

這話和周媛所說如出一轍，謝希治聞言不再多說，只起身向周松深深作了一個揖。「此事皆乃希治之過，還請周郎君看在往日相交面上，寬宥希治這一回。」

周松一愣，沒料到謝三公子會這麼認真誠懇地賠罪，忙站起側身往旁邊一躲，又伸長手臂去扶謝希治。「謝三公子這是幹什麼？行此大禮，豈不是折煞我了？」

他一邊說、一邊悄悄看向周媛，見她也滿是驚訝地看著謝希治，目光中有著顯而易見的動容，心中不由嘆息一聲，跟謝希治說：「不是什麼大事，我們並沒有放在心上。」

謝希治聽他語氣有所緩和，略略鬆了口氣，直起身，又轉向周媛，再次深深行了一禮。「替我姑母賠罪了。」

一向高冷不耐俗禮的謝三公子，竟然如此誠懇真摯地接連向周松和她賠罪，實在由不得周媛不動容。她的心情十分複雜，側身往旁邊閃，也沒有受謝希治的禮，又扯動嘴角低聲說：「三公子太客氣了。」說完看周松一眼，示意他打發謝希治走，然後告退出了堂屋，回西廂房裡。

周媛一回去就力氣盡失地躺在床上，心裡有兩個小人在言語交鋒。一個是理智冷靜的她，正條理清晰地講道理。「妳一個隱姓埋名逃出來的已婚公主，這會兒本該夾起尾巴做人，難道還有心思談戀愛？更何況對方還是家庭背景複雜、對自己有威脅的人。」

另一個則是很少出現、感性任性的她。「為什麼不能談戀愛？當初出逃，不就是為了過更美好的生活嗎？要是這也怕、那也怕，日子過得有什麼意義？他家裡是他家裡，他本人和他家人又不一樣，為什麼不能試一試呢？」

兩個小人你一言、我一語爭得不可開交，將周媛平靜的心攪得一團亂，完全理不出任何頭緒。她越想頭越痛，正想快刀斬亂麻，決定再也不見謝希治，外面卻又有了聲響。

她以為是謝希治要走，不知為何，忽然動作迅速地從床上彈起來，飛快地竄到窗下偷偷往外看，卻發現是周祿開門回來，正跟院子裡的無病說話。她莫名鬆了口氣，在窗邊的椅子上坐下，繼續往外面看。

眼見周祿進了堂屋，不一會兒換了身衣服走出來，向她這裡來了。

周媛一時心虛，嗖地離了窗下，整理好頭髮和衣裳，坐到桌邊去，假裝要喝茶。

「十娘。」周祿進來。「阿爹說要留三公子吃飯，妳說吃什麼好？」

啊？留他吃飯？我不是叫他把謝希治趕走嗎？周媛有點糊塗。「怎麼又留他吃飯了？」

周祿更糊塗，他還以為謝希治這次來是兩方關係恢復如常了呢，就遲疑地問：「妳不想留他吃飯？」

看看外面依舊火辣的太陽，周媛有些猶豫了。「阿爹說留就留唄。」讓周祿擀麵條，再弄點滷豆角肉末和肉炸醬，順便拌個涼菜。

飯做好以後，周媛卻沒有進去堂屋，而是自己端了一碗麵回房去吃。下來幫忙的春杏看見，也跟著去了她房裡，陪她一起沈默地吃完麵，收拾的時候忽然說：「我瞧謝三公子是很真心的。」

周媛神情一窘，抬眼看看春杏，不知該如何回答，只輕輕嘆了一口氣。

春杏欲言又止，猶豫了好一會兒，最後還是沒有再說什麼，端著碗盤出去了。

周媛在房裡呆坐了一會兒，也不知心裡在想什麼，只知道耳朵一直努力地想伸長去聽聽堂屋裡到底在說什麼，最後被自己這無聊的行為鬧得苦笑。

好不容易熬到堂屋裡也吃完了飯，周祿跟無病收拾碗盤出來。過了一會兒，周松送謝希治出了門。

周媛再一次忍不住趴到窗下悄悄往外看，也許是最後一次看見了呢，她心裡這樣想。

「四郎，十娘！」

周媛被周松這一聲叫得險些跌下椅子。他叫她是想幹麼？

「這會兒天也涼快了，你們兄妹別光悶在家裡，出去走走，順便送送三公子。」周松笑咪咪地說道。

這一定是個陰謀！

周媛跟謝希治並肩走在去小湖的路上，心中憤憤地如此想道。

什麼讓她和周祿出來走走，順便送送謝希治？明明是要她和謝希治出來走走，順便讓周祿送送吧！看那傢伙落得那個遠，跟無病離他們都快有五十尺了！這兩個傢伙搞什麼鬼，居然這麼賣了她！

謝希治感覺周媛在生悶氣，將心裡打好的腹稿又過了一遍，走到湖邊時，終於開口：「十娘。」

周媛腳步頓了一下，抬頭瞟他一眼，低低應了聲。

「我今日太唐突了，妳別生氣。」謝希治低聲下氣地說道。

周媛一怔。唐突？什麼時候？有些不解地看向謝希治。

謝希治對上她澄澈不解的目光，想起周松的話，心中更覺慚愧，解釋道：「是我一時情急……總之，妳若是惱了，叫我怎麼賠罪都好，可別、可別不讓我再來了。」

這要叫她怎麼答？現在不提別的，只說別不讓他上門。周媛只能說：「我沒有惱啊，就是你姑母那句話，我也沒有真的生氣。」

謝希治鬆了口氣，臉上綻開笑容，晚霞的霞光照到他臉上，越發顯得他的笑容燦爛無比。「那就好。」

周媛覺得眼睛被晃得有瞬間的失明，忙收回目光，繼續慢慢往前走。「你今日忽然行大禮，倒嚇了我一跳。」

「應該的。不管換了誰，自家女兒被人當成丫鬟，都是莫大難堪。我是真心希望能求得你們原諒。」謝希治側頭看周媛，臉上有著十足的歉意和懊惱。

周媛不太喜歡看到他這個表情，也不喜歡總聽他說這些，就說：「好了，都過去了。你賠罪也賠過了，我們都不計較，你也別再提了吧。」

謝希治從善如流。「好。」腳步不停，帶周媛沿著湖邊往涼亭走，還邀請她：「我新得了一本曲譜，妳何時得閒去我那裡看看？」

「唔……」周媛本想說不大方便，孰料還沒等她說完，謝希治就開口：「要不我帶來與妳參詳？」

「……好吧。」

第二日一早，謝希治就帶著曲譜來周家報到了。

周松一早就出去了，周祿還是在後院做點心，春杏跟張大嬸出門尋人做秋裝。就那麼巧，家裡只剩周媛在。

她憤怒了。昨天回來以後，她就跑去問周松，為什麼要留謝希治吃飯，還要讓她送他回去？

周松滿臉堆笑。「謝三公子如此誠懇賠罪，我怎好失禮？且他再三解釋，說親事本是子虛烏有。我本想說妳也不小了，恐怕不適合再跟男子出去，他卻搶先說與妳是君子之交，志同道合，甚是難得。我想著妳跟他也確實談得來，若因一些無稽之談就斷了往來，實在可惜。」

接著說了一堆他們三個不願看她悶在家裡的話。「妳說過，既然出來了，就是盼著自由自在地過日子，如今又為何在意起旁人的看法了？」

我哪是在意別人的看法啊？那是找藉口讓謝希治別來好嗎！

周媛要掀桌了，又不好意思說謝希治好像看上她了，只說萬一引起誤會不好。

周松就說：「我看謝三公子光風霽月，應該沒有他意，妳是不是想多了？」

周媛咬牙。你們是想造反啊！

第二十五章

若說昨天周媛還不確定，等今日她自己接待謝希治時，已完全可以確定，那仨是想造反了！這幫傢伙一面說她想多了、一面卻創造機會給她和謝希治，當她是傻子看不出來嗎？

還有謝希治，昨天還一副忐忐忑忑、欲言又止、脈脈此情誰訴的模樣，今天居然又裝回往日萬事不縈於懷的德行了！

算你們狠！討論曲譜是嗎？好哇，奉陪！

周媛冷下心腸，一本正經地跟謝希治討論曲譜，研究該怎麼吹奏。謝希治很敬業地帶了琴過來，想與周媛合奏，可是兩個人試了幾回，總是不成。最後謝希治蹙眉道：「看來這曲子不適合用笛子吹奏，應是琴簫合奏。」讓長壽回家去取洞簫來。

「我可不會吹洞簫。」周媛翻著曲譜，頭也不抬地說道。

謝希治悄悄盯著周媛纖細柔嫩的雙手，低聲說道：「我會。」又補了一句：「我教妳撫琴可好？」

他的聲音低緩動聽，落在周媛耳裡，莫名生出些纏綿曖昧之意，心裡微微一顫，假裝輕快地說：「我可笨呢，不一定學得會。」

謝希治輕笑出聲，目光落在周媛耳側垂著的髮絲上，只覺她的側臉如此沈靜美好，只這樣簡單地看著，就讓他心裡滿滿的，似有什麼要溢出來，連開口說話的腔調也無法控制地變得輕柔。「妳說自己笨，那這世上可哪有聰明的人了。」

周媛能感覺到一股熱氣正從耳側升起，並慢慢向臉上蔓延。她清了清嗓子，忽然轉頭去看謝希治，本是想嚇他一嚇，叫他別盯著自己看。不料一轉過去就迎上了他專注而溫柔的目光，心裡的防線頓時被這目光擊潰，想說的話也卡在嗓子眼裡，再說不出來了。

兩人默默對視良久，最後還是謝希治先低下頭。「妳過來坐。」穩定心神，當真開始教周媛撫琴。

周媛起初並沒想太多，能有個琴技高超的人來教她撫琴，她自然沒什麼不願意的。可開始學之後，她不由有些懷疑謝希治的用心了。

這可是教琴啊，兩人不可避免坐得很近，周媛眼角餘光所見，她與謝希治的兩肩之間似乎只能放下一個拳頭，還是她的小拳頭！

「一弦屬土為宮……」耳邊清潤的聲音響起，是謝希治開始講述了，周媛忙拋開胡思亂想，凝神細聽。等聽謝希治正正經經講了一段之後，她有些慚愧，看來確實是自己想多了，人家謝三公子哪會像她想的那樣啊。

不一會兒，講完古琴的知識，謝希治開始演示指法，又指導周媛嘗試。

「不對，左手要這樣按下去，右手在這裡挑。對，再使力一點……」謝希治看周媛按的弦位不對，伸手扶著她的手指往旁邊滑，又輕推她的右手向上。

他的手指比周媛的皮膚溫熱，指腹上還有些薄薄的繭，搭在周媛細嫩的手上，帶來粗糙的觸感。周媛照他的要求按挑琴弦，心裡卻有些走神，暗想：這人真的不是故意藉機占便宜嗎？

取了洞簫回來的長壽本要進門去送，卻被守在外面的無病一把拉住。「你且等一等，沒聽裡面試琴嗎？」

長壽悄悄探頭往屋裡看了一眼，見自家公子嘴角含笑，眸光閃動，正一臉專注地看著身旁的周家十娘，好像除了身邊那個人，外面的萬事萬物都與他無關。

他偷偷咧嘴笑，跟無病嘀咕：「公子這是走火入魔了吧？」

無病伸手拍了他後腦勺一下。「就你話多！」

裡面斷斷續續的撥琴聲一直響到春杏回來。她帶張大嬸抱著一包衣料進門，跟謝希治打了招呼便直接上樓，讓周媛繼續招呼謝三公子，然後就沒動靜了。

周媛深深地覺得，自己是被賣了。

當晚在謝希治蹭過飯走了之後，她終於忍不住把三人叫齊開會。「你們到底什麼意思？」

三個人目露茫然。「啊？」

還裝！周媛從左看到右，又從右看到左，然後一拍桌子。「幹麼把我一個人留在家裡！」讓我自己面對那個長得好看又用笑容和聲音蠱惑人的妖孽！

周松答：「常慶樓的掌櫃約我過去談事，想讓咱們多供應點心，我見過他又去尋歐陽明，歐陽明卻不在家，足足找了他半日。」

春杏笑。「妳不是叫我多出去走走，與人多來往嗎？我與張大嬸去了後街李家，跟李家娘子學學怎麼繡那個燕雙飛。」

周祿最無辜。「我一直在後院啊。」

周媛找不到可以指責的話，只能氣呼呼回了自己房裡，打算第二日起來就守在家門口，不許他們出去！

誰料第二日一早，歐陽明就派人來找周松，說有個好友自溫州來，要介紹給他認識，順便看看能不能幫周家尋人。

周媛心中一緊，再顧不得別的，讓周松見機行事，有些擔心地放他出去了。

這麼一來，她也顧不上看著春杏了，春杏趁她不備，帶著針線又溜去了李家。於是謝希治帶著琴再來的時候，家裡還是只有周媛。

練習時，謝希治發現周媛心不在焉，幾次三番都按錯了弦，便想叫她停下來歇歇。不料剛開口叫她，就把她嚇得顫了一下，正在按弦的手一沈，細細的琴弦瞬間割破了她的手指。

謝希治一驚，眼疾手快地拉起周媛的手，眼看殷紅的血從她白玉般的指上湧出來，忙從袖子裡抽出絹帕，在傷口前端紮緊了，讓血止住。又扶著她的胳膊站起，叫無病取乾淨的水來給周媛清洗傷口，等把血跡沖掉，看著傷口只有淺淺一痕，才長吁一口氣，略略放心。

整個過程中，周媛一直呆呆地看著謝希治，驚訝、痛惜、安心等等情緒在他臉上一覽無遺，讓周媛的心漲得滿滿的，有些酸澀，也有些滿足。

謝希治把目光從周媛的傷口轉到她的臉上，見她神色奇異、目光矇矓地望著自己，心裡一震，似乎在瞬間讀懂了她眼中的涵義。洶湧的情感奔流而過，一時好似心神相通，已經明白彼此的心意。

兩個人執手相看，也不知過了多久，只覺怦怦的心跳聲越來越劇烈，卻分不清到底是誰的。周媛臉上越來越熱，感覺握著自己手腕的那雙手越來越緊，讓她的心越跳越快，簡直都要跳出胸口了。

站在她對面的謝希治也好不到哪裡去，看著周媛眼裡的迷濛漸漸散去，露出澄澈的水光，那水光裡都是他的身影，讓他心旌搖曳，恨不能就此投入，再不出來。

周媛驚覺謝希治慢慢低頭，離她越來越近，終於醒過神，將左手用力抽回來，又扭頭低聲說：「只是小傷，沒事的。」轉身坐到旁邊的椅子上，用右手去解那絹帕。

謝希治心裡有些失落，平復了心跳，走到周媛跟前，緩緩蹲下，推開她的右手，自己去解絹帕，又把絹帕用力撕開，挑了一半給周媛裹傷口。

他的動作十分小心，像是生怕弄疼了她，就那樣一層又一層地把周媛的手指裹了個嚴實，最後用餘下的部分給她打了個結，叮囑道：「小心別沾水，晚上睡前解開了透透氣。」

「嗯。」周媛低低應了一聲，悄悄把手往回抽了抽。

謝希治順勢放手，緩緩起身，故作輕鬆地笑道：「妳是想偷懶吧？好好的居然就把手割破了。」

見他迴避剛剛的曖昧，只若無其事地開玩笑，周媛也鬆了口氣，抬頭瞥他一眼，淺笑道：「還不都是叫你嚇的。人家正練得專心，誰叫你突然開口說話？」

謝希治失笑。「妳練得專心？我是瞧妳一直按錯了弦，想叫妳停下來歇一歇。這下可好，這兩日都不用練了。」

周媛回想起自己剛才走神，有些心虛，但還是故意對著謝希治做了個不服氣的鬼臉。

謝希治看她把一張小臉皺在一起，最後還調皮地吐了吐舌頭，整個人有種說不出的俏皮可愛，心裡頓時軟成一片，無奈說道：「妳若真不想學，那就不學了，等我學會了那曲譜，再彈給妳聽也一樣。」

「誰不想學了？」第一次被人用這種包容寵溺的語氣說話，周媛不自在了，低下頭，不敢再看謝希治，只噘著嘴喃喃地說：「就是一時走神嘛。」

謝希治聞言只是笑笑，沒有再說什麼，讓周媛在旁坐著，他照曲譜演奏，間或停下來與周媛研究曲音高低銜接。

兩個人有志一同地把剛才的曖昧迷亂拋諸腦後，假裝沒有發生過的繼續如常相處。

當晚周松沒回來吃飯，周媛跟謝希治研究完曲譜就研究食譜，最後決定做絲瓜炒蝦仁、涼拌焯水豆角絲、清炒藕片，再蒸一條鰱魚，煮個冬瓜排骨湯。

周媛的手不能沾水，本來要在廚房指揮，可是周祿跟春杏趕她出來，只好去陪謝希治。這一陪就陪到了吃完晚飯，接著又被春杏打發出來跟周祿一起送謝希治回家。

主僕三個人一起走，住得又這麼近，到底有什麼可送的？周媛心中腹誹，一路上也不說話，只默默跟在謝希治身後一步遠的地方。

謝希治想說點什麼來打破沈默，可是跟周媛這樣默默走著，他又覺得心裡滿足而愉快，於是也沒說話，在湖邊繞了一圈，就跟周媛兄妹分手了。

兩人各自回家以後，都早早上床休息，可卻不約而同地想起白日那番執手對視，然後齊齊輾轉反側，夜不能寐。

周媛從前世起就性格獨立，自小早早離家住校，一應事務都是自己打理，偶爾有些小病小痛，卻從來不會多哼一聲，多半就是默默忍過去了。像今日這樣的小傷口，於前世的她來說，根本不值一提。

所以今日被謝希治如此珍而重之地對待，讓她頗不習慣，她還從沒被父母以外的人這樣呵護過。即便是父母，這樣的小傷口也多半不會放在心上吧，貼個OK繃，過幾天就好了，有什麼大不了的呢？

可是被人放在心上珍視的感覺，真的很好。

周媛幽幽嘆了口氣，生平第一次，對一個人有了無可奈何的感受。

這跟前世的暗戀不一樣，那個混蛋不喜歡她，另有心上人，她就有足夠的理由遠離他，減少跟他的來往，不見面，不想念。

可是謝希治不給她機會遠離他。他不開口表達感情，她就沒辦法主動拒絕；他笑臉迎人，拿毫無破綻的藉口來找她，再加上有周松幾個幫忙，她連躲都沒處躲。

要是他不是謝家子就好了，要是他不是楊宇的表弟就好了，要是他……

可那還是他了嗎？他本來就是獨一無二、超群絕倫的謝三公子啊！

周媛懊惱地翻了個身，決定不想了，就這麼聽天由命，先睡一覺再說。可是隱隱約約還覺得似有心事未解，迷迷糊糊正要睡去時，忽然一個念頭躍進腦海：對了，周松怎麼還沒回來？

這個念頭不過一閃，她就不敵睏意，沈沈睡去了。

第二日早上周媛睡醒時，周松已經在院子裡跟周祿說話了。

周媛梳洗打扮好出去，問：「昨夜幾時回來的？怎麼那麼晚？」

「子時前後。」周松神色如常，很淡定地跟周媛說話。「歐陽明一再要我留宿，我說放心不下家裡，兩廂推託，就回來晚了。」

周媛皺眉。「好好的做什麼讓你留宿？見了溫州來的人了？」

周松示意她進堂屋說話，等兩人都走進去了才答：「昨日是在他家裡吃飯的，他看時候晚了，說何必折騰回來，才非要我留宿的。溫州來的是一個大客商，姓莫，是做錢莊生意的，好像有意與歐陽明聯手，想把錢莊開到京師去。」

錢莊？野心不小啊。周媛鬆開眉頭，繼續追問：「那你怎麼說的？」

「還是按咱們商量好的說。」他們虛構了一個親家，把名姓編得齊全，又說他們並非臨汾人，而是祖籍涼州，兩家也不是在臨汾交好，而是在周媛和周祿的生母娘家那裡定下親事的，後續的行蹤更是說得凌亂，根本無處可查。

周媛聽完沈默半晌，最後搖頭嘆氣。「撒了一個謊就要無數的謊去圓。」忽然覺得有些累。

可是謝希治登門的時候，她又不得不打起精神，繼續去維持這個謊言。

不能學琴了，謝希治就自己練了半天曲子，又說教周媛寫草書。謝希治的字，周媛見過幾次，下筆端凝嚴謹，每一筆都似傾盡全力，落筆之後再看，字卻飄逸靈動，總有要躍紙而出、騰空飛去之感。

周媛對他這個提議很無語，心想不是教琴就是教寫字，這貌似謫仙的人鬼心眼還挺多！不過她在宮裡時，一心偷懶，不想有惹人注目的地方，所以上學不很用心，字只能勉強算工整，實在不太見得了人，現在有人要教，她便沒推辭。

謝希治讓無病侍候筆墨，然後叫周媛先寫兩個字來看看。周媛提筆蘸墨，尋思半天，最後在紙上寫了「謝希治」三個字。

謝希治看看紙上工工整整的三個字，又看看周媛，沈默一下，忍不住笑了笑，誇獎她。

「寫得很好。」

周媛囧，還真把自己當老師了啊！

不過謝三公子其實很有做老師的天分，他非常有耐心，又不吝傳授獨門技巧，所以周媛長進得很快。有鑑於謝老師表現得專業，周媛在心裡默默給他摘下了那頂鬼心眼多的帽子，這人除了偶爾挨得近了耳根透粉，還真沒有別的踰矩動作，算是標準的君子了。

沒幾日，周媛手上的傷口結痂，又可以開始慢慢練習指法，於是行程就改為上午練字、下午練琴，傍晚吃完飯再出去散步，「順便」送謝老師回家。

第二十六章

日子靜悄悄地流淌，不知不覺間，酷夏悄然遠走，秋意緩緩蔓延浸染，雖然炎熱沒怎麼消滅，可是天卻黑得早了。

這天周媛送謝希治出來的時候，太陽已經落到天邊，紅色的霞光將四周鍍上一層緋色，連周媛的頭髮也染上一抹紅，看起來格外豔麗。

「過幾日，我就不能常來了。」謝希治一直側頭看身邊的周媛，猶豫良久，走到湖邊才說出思量許久的話。「我父母來信，說會在中秋前到家。祖父要做壽，家裡有許多事要我回去幫忙。」

周媛腳步停了停，隨即又恢復如常，嘴裡簡短應了一聲。「喔。」

謝希治停住腳，轉過身看著周媛。「祖父的壽辰是九月初五，等忙過他老人家的壽辰，我恐怕也難再像如今這般悠閒了。」

為爭取自己真正想要的，總得付出代價。杜先生說得對，他一直躲著，也還是躲不掉被家裡擺布的命運。他想對自己的親事作主，就要有底氣跟長輩去談。

濃濃的失落侵入周媛心裡，她跟著停下腳步，卻沒有轉過來看謝希治，只目視前方，又低低「喔」了一聲。

「十娘。」謝希治看了後面跟著停下腳步的周祿和無病一眼，又把目光轉回注視周媛。

「我們相交雖短，妳也應該知道我的為人，我生平最厭惡勾心鬥角、心機謀算，本想獨善其身，但時至今日，卻不得不參與其間。先生說得對，冷眼旁觀並不比機關算盡乾淨，我決心出來做些實事。」

周媛被他這番話所驚，不由轉過身迎向他的目光，心中驚疑不定。謝希治說他不得不參與其間是什麼意思？他也要幫著楊宇造反嗎？

看出周媛的不安，謝希治忙露出安撫的笑容。「妳放心，我會不忘初心，以萬千百姓為念的。」

「你跟我說這些做什麼？」周媛終於問出了口。

這些日子，他們如同知交般相處，謝希治不曾越雷池一步，也不曾提起跟婚事有關的事，周媛也就裝傻，只安心享受這難得的溫馨時光。可是眼下，她終究還是忍不住，開口問了。

謝希治的眸光一點一點亮起來。「以後無論遇到什麼事，我都會與妳說的。」

乍聽到這句話，周媛呆了一下，緊接著就覺整張臉燒了起來。這傢伙說的什麼話啊？還有前面的話，她有什麼不放心的？關她什麼事？

眼看周媛的臉忽地變紅，整個人呆在原地，謝希治終於反應過來，自己一時情動，說了情意外露的話。

他的臉跟著紅起來，忙張口解釋：「妳別急，我、我的意思是，這些事本來就該與妳商量。不是，我只是想說給妳聽……十娘！」

周媛聽他語無倫次地解釋，越發覺得窘迫，想轉身回去。不料他忽然慌張起來，最後那聲呼喚直叫得她心裡一顫，不由停下腳步不走了。

「對不住。」謝希治鬆了口氣，趕上來兩步，低聲賠禮。「我太心急了，總忘了妳還小。可我不告訴妳這些，又怕妳……」又怕妳不明白，以為我放下了妳。

不知為什麼，周媛忽然平靜了下來，臉上的熱度緩緩消減，慢慢轉過頭看著謝希治，咬了咬唇，說道：「我明白的。」

這樣急切小心的謝希治，實在太讓人心疼，想到是自己的退縮讓他這樣為難和煎熬，周媛有些自責。何必呢，動情的不只他一個，就算有錯，也是兩個人的錯，她又不是真的小女孩，把這一切都交給他背負，也太自私了些。

她想說「可我承受不起」，還想說「我配不上你」，但接連張了兩次嘴，卻無論如何說不出口。她捨不得，不忍心，不甘心。

「又不是明日不來了，有話明日再說吧。」最後她只說出了這句話。臨走前，看著從欣喜到失落的謝希治，不忍心了，又加一句：「明日一早我跟哥哥去買菜，你想吃什麼？」

謝希治重新綻開笑容。「我跟你們一道去。」

謝三公子逛菜市場？開玩笑吧？周媛呆在原地，眼睜睜看著心滿意足的謝三公子揮袖走了。

第二日，周媛跟周祿出門買菜時，本以為這麼早，一向懶散的謝希治起不來。誰料一開門，謝希治就帶著無病和長壽守在門外，眼珠亮晶晶的，活像是要出門郊遊的孩子。

於是周家買菜的隊伍就破天荒地壯大起來。

謝希治很稀奇地跟在周媛身後，看她左挑右揀，又親手幫她提籃子，毫無世家公子的架子。

揚州城並不大，因此這個消息傳到吳王府和謝家時，還沒到午間。

謝岷掐指算了算日子，派人把管家尋來，問他可查到什麼。

「周松為人十分謹慎，雖然擺出熱中交際的模樣，可去的都是正經食肆，席間就算有歌舞姬陪侍，他也不動聲色。據歐陽家的管家說，周松從沒有在外留宿過。」管家先回稟自己查到的消息，又說：「觀他往來之人，多是當初一同南下的行商，這些商人走南闖北，帶回來的新鮮消息也多。據說周松十分關注北方的事，想來與他家鄉在臨汾脫不開關係。」

謝岷從鎮紙下尋出兩封信，又仔細看了一遍，才問管家：「周家的長子呢？他那個繼妻呢？」

管家躬身答道：「周松的長子周祿平日鮮少出門，多是在家做點心，只有早上出門採買，還有晚間、晚間……」

晚間跟周家小娘子一同送謝希治回家。這事謝岷早已知道，他擺擺手。「繼續說。」

「是。下面人去打探過幾回，都摸不著門路，據說只有周家那個學徒張二喜才與周祿親近。小的已經另想法子了，想來不日就有回報。至於周松的繼妻羅氏，早先周家南下，原是為了投奔鹽城的羅家，可小的派人去鹽城查過，並沒查到什麼有名頭的羅家。小的命人去尋歐陽家的管家問，他們也不知詳情。」

謝岷聽了，沈默半晌，忽然又問：「王爺說哪日跟歐陽明來？」

管家小心答道：「回太傅，後日。」

謝岷緩緩點頭，吩咐道：「好，你現在就派人去接姑爺一家回來，吩咐廚下後日好好備一桌酒席。」

管家躬身答應，又等了一會兒，見主人真沒別的吩咐了，才悄悄退出去。

此時的吳王府裡，謝希修正跟吳王發牢騷。「懷仁不知喝了什麼迷魂湯，竟然連身分也不顧了……」

「好了，孟誠，你我都是打少年時過來的，少年人一旦動心，自然難以自持。你是做兄長的，此時正該多去與他談心，好好匡正他才是。」楊宇笑咪咪地安撫謝希修。

謝希修哼了一聲。「我匡正他？他不匡正我就算不壞！我反正管不了，過些日子等父親回來，我再稟明父親，讓他老人家管吧！」

楊宇一笑，沒就這個話題繼續談，直接轉了話頭。「依你看，李家對歐陽家這門親事可還滿意？我雖有心作個大媒，但也不想促成一對怨偶，總要雙方你情我願才好。」

「有表兄開口，我姑丈自是沒有不願意的。只是到底是庶女，婚事經了你的口，憑空多了些體面，我姑母臉上不大好看罷了。不過這是後宅婦人的小心思，無關大局。」謝希修提起這個姑母來，語氣中並無多少尊敬。

楊宇對謝家的事很了解，當下就笑道：「那就好。我可不想後日去了你們府上，讓歐陽明難堪。」

謝希修跟著楊宇日久，對他的了解也很深，一聽這話就明白，楊宇這是不希望謝家怠慢歐陽明。換句話說，現在的歐陽明是楊宇的左膀右臂，他的體面就是楊宇的體面。

於是謝希修認真答道：「王爺放心，我已經都與祖父說了。」

楊宇滿意地一笑，又把話題轉回來。「懷仁的事，你也不能真的撒手不管，你是長兄，有些話該說還是要說。不說別的，他若再這麼下去，恐怕太傅就先容不下周家了。」

周媛思來想去，終於決定順從自己的心意，去搏這兩情相悅的幸福。再面對謝希治時，態度改變許多，把原先故意表現的矜持都收了起來。

感受到她的隨意自然，謝希治心中也安定下來。

這天練字到最後，他終於鼓起勇氣問周媛：「向來光聽妳家人叫妳十娘，妳可有旁的乳名沒有？」

周媛搖搖頭，忽然想起李夫人對謝希治的稱呼，就問他：「那日你姑母叫你阿豨，是哪個字？乳名嗎？」

謝希治有些窘，但還是提筆寫了「豨」字，解釋道：「我自小體弱，是我母親取了這個乳名，盼著我能好好長大，已經有幾年不曾叫過了。」

周媛不認識這個字，看他窘了，也沒有追問，自己提筆在紙上寫了「周媛」兩個字，一面寫、一面說：「我沒有別的乳名，自小家人就叫我十娘，這是我的閨名。」

謝希治沒想到周媛竟然會直接告訴他名字，被這舉動後面的深意震住，定定看了周媛好半晌。直到周媛寫完那兩個字，還退後欣賞了一回，再轉頭問他寫得好不好的時候，他才回過神。

「好，很好。」謝希治低頭深深凝視那兩個字，就像在看另一個周媛。

第二日謝希治來時，給周媛帶了一支他親手製作的竹笛。

「略有些匆忙，做得不夠精緻，妳暫且用著，待來日有暇，再給妳做一支更好的。」

周媛接過磨得光潤的竹笛，放在唇邊試音，發現笛音清越悠揚，很是好聽，就笑道：「已經很好了，多謝你。」

晚間謝希治走了以後，臨睡前，周媛摸出笛子，想再吹一吹，看看外面天色已晚，擾民不好，於是只慢慢摩挲笛子，腦子裡想著他到底花了多少工夫做。

他整日都耗在她家，怎麼還會有空閒做這個？忽然覺得手下有些不對，她停下手，把有粗糙觸感的地方送到眼前細看，這才發現，笛尾刻著一個「媛」字。

怪不得他要問她可有乳名，周媛想著想著，嘴角慢慢翹了起來。他已經送了她兩件禮物，她是不是也該禮尚往來，有所回贈呢？

她想著想著，有了睏意，就把笛子往枕下一塞，打算睡覺。剛朦朦朧朧睡去，忽然聽見有人在外拍門，一驚醒來，剛坐起身子，就聽見周祿應聲出來開門。

周媛起身湊到窗邊，推開了一條縫往外看，見有人跟周祿一起攙著周松進來，似乎是周松喝醉了。

她這才想起，周松今日也沒回來吃晚飯，這兩日他還是日日出去。因心裡掛著謝希治，她也沒多問他去哪裡，這會兒見他這麼晚回來，似乎還醉得不省人事，就有些擔心，乾脆披衣起床，去了堂屋探看。

穿好衣裳出門，周媛碰見送周松的人跟周祿從堂屋出來。那人見了她就行禮問好，她這才認出來，他是歐陽明的長隨。

「我阿爹今日是跟大官人一道吃酒嗎？」周媛站住問了一句。

長隨很恭敬地回話。「並不是，是我們大官人路過看見周郎君，見他似乎醉了，有些不放心，特意讓小的去扶周郎君回來的。」

周媛心中更加疑惑，但也不好多問，道了謝，讓周祿送他出去。自己進堂屋看，並沒有人，就轉身上樓，結果一上去就碰見打著哈欠的春杏端著盆子走過來。

「也把妳吵醒了？沒事，就是喝醉了，我去打點水給他擦擦臉，妳去睡吧。」春杏低聲說道。

周媛搖頭。「我進去瞧瞧。妳讓哥哥弄點解酒湯來吧。」說完就進裡間去看周松。

周松四仰八叉地躺在床上，屋子裡是濃濃的酒氣，他臉上脹得通紅，看來真的喝了很多。最讓周媛覺得驚心的是，他黏上的鬍子好像有點歪了。

周媛走上前去，扶了扶他的鬍子，發現只是稍微歪了點，並沒有脫落，不由鬆了口氣。

不料周松忽然睜開眼睛，又把她嚇了一跳。

「唔，是妳啊。」周松含糊著開口，又慢慢四顧一圈。「終於回家了？」

周媛感覺他有些不對勁，忙問：「醒了？怎麼喝了這麼多酒？是和誰喝的？」

周松似乎想坐起來，但沒有力氣，伸手揉了揉額頭，含含糊糊地說：「劉靜介紹了幾個人與我認識，說那些人有房產、田地要賣。我說沒有閒錢去買，他說只當交個朋友……」

這時春杏與周祿也進來了，跟周媛一起扶著周松坐起身。周媛一靠近，就聞見他身上有股脂粉味，不由皺眉。「去了那種地方？」

周松糊裡糊塗地點頭。他喝多了酒，剛才撐著精神說了那幾句話，已是極限，現在只能憑本能配合著春杏和周媛，讓她們幫他擦臉擦手，又被灌了一碗醒酒湯。

把周松安頓好了，周媛跟周祿一道下樓，問他：「阿爹這幾日出去都是見誰，你知道嗎？」

「好像是常有人尋他……」周祿說到這裡，欲言又止。

周媛急了。「到底有什麼事？吞吞吐吐的。」

周祿搓了搓手，答道：「就是白辛那群人，劉靜偶爾也來尋阿爹。聽阿爹說，近些日子常去、常去那些地方，所以回來得晚。」

周媛明白了，是這群人又拉著周松去青樓了。本來周松去不去青樓也沒什麼，可是青樓裡那些女子不懂矜持，萬一隨處亂摸，摸出個什麼來，那可不妙，所以周松一直儘量避免跟他們去。

「劉靜總尋阿爹做什麼？聽剛才那人的意思，並不是歐陽明讓他辦事，他一個管家，怎麼這麼閒？他想做什麼？」周媛越想越覺得不對勁。「你最近見過歐陽明嗎？」

周祿搖頭。「他好像也有些日子沒去珍味居了，聽說忙得很。」又勸周媛。「妳別苦惱了，等明日阿爹醒酒再問他不就好了？」

周媛還在尋思歐陽明是忙什麼，聽周祿這樣說，只得答應一聲，回房去睡了。

第二十七章

第二日白天，謝希治沒有來，周媛正好有空問周松昨天喝醉酒的事。

周松回想昨日的場面，也有些後怕。「劉靜新引薦的那幾個人太熱情，喝起酒來就不放人走，還叫了青樓女子陪侍，我推託不過，就多喝了幾杯。最後他們還不放我走，非要一同去幾個妓女那裡留宿，幸虧歐陽大官人撞見了。」

他本來不想跟周媛說這些，奈何她一直追問，只得揀能說的說了，不過到底還是隱瞞了差點被妓女摸進褲襠的事。

「既然如此，以後還是遠著劉靜吧，咱們也沒什麼求他的事。他不過一個管家，也作不了歐陽明的主。」周媛看著周松的臉。「我昨日看見你鬍子都歪了，當真嚇得不行。」

周松下意識地摸了摸唇邊鬍子，連連點頭。「我就說喝酒喝傷了身體，在家裡躲他們一躲。」

周媛這才鬆了口氣，又問：「哥哥那裡也該當心，幾個夥計都還可靠嗎？」

周松本來立刻就要開口答話，可話在腦子裡轉了一圈，忽然覺出不對，拍了桌子一下，騰地站起來。「不對，不對……」

周媛一驚，也跟著站起來。「怎麼了？出什麼事了？」

「前兩日四郎跟我說，有個小夥計鬼鬼祟祟，被二喜撞見了兩回。他看那夥計手腳不夠勤快，就跟我說了，要把他打發走。」

又想起二喜的原話。「……他總是賊眉鼠眼四處探看，連師傅去茅房，他都要多看幾眼，實在不像個好人……」

去茅房也探看，這難道是……周松手腳冰涼，後背出了一層冷汗，表情凝重地轉頭看向周媛，把二喜的原話告訴她，又想起自己最近遇見的事。「說起來，這些日子我新認識的各色人等，竟快趕上這一年結識的了。會是誰呢？」忍不住開始在房子裡來回踱步，腦子裡飛快搜尋人選。

「那個夥計打發了嗎？他什麼時候來的？家裡原是做什麼的？」周媛的心也跟著怦怦亂跳起來。剛聽到周松的推測時，她也是手腳冰涼、如遭雷擊，可是很快的，她就冷靜下來，現在只有冷靜地分析狀況，才是最正確的做法。

周松被她感染，也定了心神，站住腳回想。「已經打發了。這個孩子十三、四歲，剛來不到兩個月，那時有個夥計被徵召入府軍，臨走央求四郎，讓他表弟來替他，就是這個孩子了。這孩子有點小機靈，但是好吃懶做，四郎跟二喜都訓斥過他。他家裡只有個寡母，除了那個夥計家，並沒有別的親人。」

周媛仔細回想，對被打發的小夥計沒什麼深刻的印象。又問了周松幾個問題，坐著思量半晌，便跟他去了後院。

不接訂做點心的時候，除了張大嬸和二喜，他們只雇三個夥計。之前那三個都是老實本分、知根知底的，周松和周媛都很放心，誰也沒想到後來的竟然是這麼個人。

周媛把二喜叫過來，跟周松細細問了他有關小夥計的事。

「那個人平日有些好吃懶做，我們看在他表哥面上，會說他兩句。誰知這小子面上應了，心裡卻不服氣，還跟其他夥計說我和師傅的壞話。發工錢的時候，看著旁人比他多，他又眼熱，出去說些不三不四的，一來二去的，我們就不喜與他來往了。」自從二喜做了學徒，就管周祿叫師傅。

二喜不是愛嚼舌根的人，看在小夥計表哥的面上，更不會跟周祿說他的壞話。誰料小夥計看沒人理他，近來越發變本加厲，有幾次都在周祿做點心的時候偷偷溜進廚房，雖然被張大嬸及時發現趕了出來，卻也惹惱了周祿，說他再這樣，就要趕他走了。

小夥計消停了兩天，大夥兒還以為他長了教訓，誰知道隔日就被二喜看見他鬼鬼祟祟跟在周祿後面。揪住他問，他說想跟著周祿去看看前院的茅房有什麼不同，為何周祿每次都回前院去方便，從不與大夥兒一處。

此事徹底惹惱了周祿，他跟周松商量，將小夥計打發走，不許他再來了。

周松考慮到周媛正跟謝希治相處愉快，不欲她操心，也沒想得太深，就沒有向她提及此事。要不是有了今日的事，他也不會想到別處去。

謝希治是傍晚才去周家的，一進門，就發現氣氛有些不對勁。

周家全家都在，但面上的神情都不似往日輕鬆。周祿開門看見他，硬擠出來的笑容難看得讓謝希治差點以為那是哭。

周松倒還好，依舊笑容滿面，除了面色蒼白，沒什麼別的。還笑著給謝希治讓座，跟他寒暄了兩句，然後就推說昨日喝多了酒不舒坦，跟春杏上樓歇著了，留周媛和周祿招待他。

周祿出去燒水煮茶，留下周媛和謝希治。

「家裡出了什麼事嗎？」謝希治看周媛也不似往日活潑，就壓下自己的心事，先問她發生什麼事。

周媛抬眸盯著他，定定看了半晌，搖搖頭。「沒有。是阿爹昨日回來得太晚，阿娘生氣了。」頓了頓，又補一句：「他們拉著他去了那種地方。」這是最合適的藉口了。

謝希治了然，不由有些尷尬，實在不知從何勸起，只能簡短「喔」了一聲。

周媛沒心情跟謝希治說話，一直想是誰在查他們。現在最直接的證據都指向歐陽明，但昨日偏偏就是歐陽明給周松解了圍，讓他能順利脫身回家。

可是除了歐陽明，還會有誰盯著他們呢？

她默默思索，沒注意到周祿進來給謝希治倒茶。

「三公子今日怎麼這個時候過來？」周祿隨便找了個話題跟謝希治聊。

謝希治答道：「一早出城回了家裡一趟。」

家裡？周媛忽然回神，驀地轉頭去看謝希治，恰好撞見謝希治抬眸看過來，兩人視線交會，謝希治衝著她笑了笑。

周媛沒有反應。是她太疏忽了，謝希治早過了成親的年紀，謝家又有意讓謝希治娶他姑母的女兒，上次李夫人甚至還撞見了自己，謝家怎麼會毫無反應呢？

自己竟然也有被感情沖昏頭的一天。周媛暗自嘆氣，開口問謝希治：「怎麼突然回去了？昨日也沒聽你說。」

謝希治目光輕移，停頓了一下才答道：「昨日我大哥來尋我，約我回去探望祖父祖母，恰巧姑母和姑丈一家也來了。」說到這裡，趕忙加上一句：「不回去還不知道，原來歐陽明有意求娶我姑丈的次女。」

歐陽明求娶李家女兒？李家好歹也是世家，怎麼會把女兒嫁給一個商戶做繼室？周媛有些不相信地瞪大了眼睛。「你姑丈同意了？」

「應是同意了吧，有吳王作媒，此事自然沒有不順利的。」謝希治看周媛不相信，想了想，又解釋：「李家二娘不是我姑母所出。」

原來是庶出，怪不得。李夫人那樣心高氣傲的人，怎麼可能把女兒許配給歐陽明？這樣說起來，謝希治豈不是差點做了歐陽明的姊夫？周媛忍不住笑了出來。

謝希治不明白周媛為什麼忽然發笑，但見到她終於露出笑容，還是高興的，就笑問道：「人家訂親，妳這麼高興做什麼？」

周媛吐了吐舌頭，強忍著笑把自己的想法說了。「想到歐陽大官人叫你姊夫，我就忍不住。嘻嘻。」

這有什麼好笑的？謝希治心裡很鬱悶。誰要跟歐陽明做連襟？可是看周媛終於露出笑容，恢復往日調皮神色，又不忍心責備她，只能鬱鬱說道：「不許開這種玩笑。」

周媛又吐吐舌頭，收了笑容，問他：「可你李家表妹的婚事不是還沒定？怎麼就輪到妹妹了？」

謝希治不願多談這個話題，乾脆搖頭。「此事本與我無干，我也沒有多問，並不清楚他們的打算。」

原來歐陽大官人忙著求親，怪不得有些日子沒來了。周媛琢磨了一圈，想到謝家有可能正盯著自己一家，臉上的神情不由又緊繃起來。

「十娘，此次我祖父做壽，打算訂一些點心……」謝希治看周媛又繃起小臉，忙另尋了話題來說。

誰知周媛此刻最不想打交道的就是謝家，一聽謝希治的話就說：「我們家裡忙不開。有個夥計剛辭了，連常慶樓和珍味居都支應得有些忙亂呢！」

謝希治聽說，就問了兩句，周媛只說那夥計不好好做活，別的沒有多說。

不料謝希治沈吟半晌，竟然問道：「早先你們在臨汾不是也開鋪子嗎，身邊就沒有一、兩個能幹忠心的下人？南下時怎麼不帶了來？像如今這樣總是臨時尋人，自然多有不湊手的。」

周媛聽了，不由凝目在他臉上仔仔細細打量，想看他是不是有什麼用意。偏偏謝希治在對上她目光時，有一剎那的躲閃被她捕捉到了，於是立刻在心裡武裝起自己，故作鎮靜地答：「還下人呢，我們一家都不知道是怎麼脫身出來的，當初的事，我都不敢回想。」

謝希治聞言，明顯地鬆了口氣，順著周媛的話說：「也對。」端起茶喝了一口，又問周媛：「當初在臨汾開鋪子時，裡裡外外也是四郎一個人忙活嗎？」說到這裡，轉頭找周祿，卻發現他已經出去了。

他確實太不像一個兄長了，這樣殷勤周到，分明是下人才有的樣子。

「早先開鋪子是與伯父家合股開的，生意多是伯父他們在照管，阿爹和哥哥沒有多插手。」周媛說著早就串好的詞，心裡更加驚疑，謝希治為什麼忽然想問這些？是回謝家聽說了什麼嗎？

此刻的謝希治心裡也是疑慮重重，他自然不願懷疑周媛所說的話，可理智上又覺得這家人相處的方式確實有些奇怪。不提別人，就說周媛，她在這個家的地位，實在有些超然。以前他沒有多想，只當是周松偏愛女兒，繼母也不敢管她。可昨日和今天聽了大哥的話後，他將認識周媛以來所遇到的事細細想了一番，越想越覺得不大對，心裡突然有些慌。最後他想，應是大哥別有用心，就將此事拋開，先來見周媛。

他以為自己可以不想這些，只相信周媛就好，可是在有機會探詢的時候，還是忍不住問出了口。

「是嗎？那真是難得，如今四郎竟然一人就能支應這麼一大攤事。」

周媛的心又沈了沈，微微低頭，嘆了口氣，說道：「自母親去世後，哥哥就像一夜長大似的，凡事都頂在我前面，但凡能為阿爹分擔的，他都要自己去做……」口裡編著謊話，越說越溜，心裡卻越來越堵。她這是在做什麼呢？對一個剛剛敞開心扉、準備去愛的人撒謊，是不是太可笑了？

她語音落寞，說到最後忽然消聲，聽在謝希治耳朵裡，只以為她是心疼哥哥難受，立刻反省自己的判斷，也許周祿就是早熟呢？他關愛妹妹比旁人稍微過了些，也沒什麼不妥的啊！自己為什麼要聽了大哥的挑撥呢？

「四郎確實很懂事。這樣吧，以後你們若是缺人了，就告訴我，我叫人去尋幾個勤懇可靠的來。」謝希治不欲周媛難過，當下表示要出手幫忙。

誰知周媛抬頭望了他一眼，並沒有同意。「眼下先這樣吧，有常慶樓和珍味居的主顧在，家裡已經過得不壞，我們也不想讓哥哥太累。」

謝希治覺得她說得有道理，沒再多說，又安慰了她幾句。

周媛心亂如麻，敷衍了幾句便要送他出門。「阿娘很不高興，你先回去吧，我今日就不送你了。」

「那好，若是有什麼事，只管去尋我。」謝希治也覺得自己不適合太久留，順著周媛的意思起身告辭，臨走前又跟她說：「明日我要去吳王府拜見太妃，妳要有事就留個話，我回來以後再來看妳。」

周媛扯了扯嘴角。「我沒什麼事，你若是回來得晚，也不用過來了，何必奔波。」

打發走謝希治，周媛回身進堂屋，上了二樓。

「應該是謝家。」周媛開門見山，跟周松和春杏說道。「眼下看來他們還沒查到什麼，可是長此以往，難保不被他們查出什麼來。還有鹽城那邊，萬一被他們查到了羅家……」

春杏聞言，立刻咬住了下唇，周松忙出言安撫。「妳們先別自己嚇自己，姓羅的人到處都有，春杏他們那個村裡就有好幾家。再說，就算查出春杏入過宮又如何？謝家再神通廣大，也查不出春杏曾經服侍過誰。京師和宮裡有韓廣平把持，謝家還伸不進手。」

周媛卻有些焦躁。「你不是不知道他們為什麼要盯著我們！今日謝希治已經探問我們在臨汾的事了，難保謝家不往臨汾去查。只怕我們一日不與謝希治斷絕來往，他們就一日不會罷手。」

周松並不怕他們去查，歐陽明都沒查出什麼來，難道謝家就那麼神通廣大，一查就查出端倪了？可是周媛所憂才是重點，以他們現在的身分，自然無法匹配謝家三公子，謝家的人如果查不出來，就會把他們當作普通商戶，斷不會同意謝三公子與自家公主的婚事。

好在謝三公子也不是那等唯長輩之命是從的人，周松沈吟一會兒，開口安撫周媛。「妳別擔憂，三公子已有打算，咱們只小心防範，安心等著就是。」

等？那不是坐以待斃嗎？這世上沒有不透風的牆，周媛可不敢心存僥倖，如果被謝家和楊宇查到她的身分，還能不能有下半輩子都是兩說。即便有，那也是被關在籠子裡的鳥、用來達到目的的棋子，再也別想做有自由意志的正常人。

她深恨那種不能自主、要受別人擺布的感覺，此生不幸已經體驗過一次，絕沒有興趣再嘗試第二次。

「這幾日你在家歇著，我跟哥哥再出去練練划船。」周媛在心裡提高了戒備，又遺憾自己不能去學游泳，少了一項逃生本領。

周松很想勸勸她，可是還沒開口就被春杏攔住了，用眼神示意周松不要說話，自己開口建議：「要是真的打算走，以周松和周祿的本領，划船恐怕太慢了。」

這倒是，周媛對此也有些擔憂。「到時候看狀況再決定吧。我打算先到鎮江，做出南下的假象，然後悄悄向西。家裡的船無論如何也難逆流而上，我當初想要買船，大半是為了掩人耳目。」不過看周祿和周松的成果，恐怕還沒到鎮江就被人追上。

「可是謝三公子……」周松還是忍不住說出來。「妳真打算就這樣辜負他……」話沒說完，就被春杏一把拉住了。

周媛冷著臉站起身。「一無父母之命，二無媒妁之言，談何辜負？」她本來也想放下一切好好談場戀愛，可事情若如她料想的那麼嚴重，在性命和剛萌芽的愛情之間，她自然會毫不猶豫地選擇性命。

事情到此，算是有了定論。周松開始閉門不出，春杏在家把細軟收拾起來，周媛則每日和周祿一同進出，但凡出行都要划船。

另一方面，周媛讓周祿安排二喜悄悄探聽小夥計的消息，看看他現在和什麼人來往。

第二十八章

謝希治回去以後，仔細回想自己與周媛的對話，深悔聽了大哥的話，多言試探，怎麼想怎麼覺得愧對周媛，打算第二日早點從吳王府回來，再去好好寬慰她。

不料他到吳王府見了裴太妃，竟然也逃不過要談周家。

寒暄過後，裴太妃就打趣他，說聽見謝家要為他訂親，問他定的是誰。

謝希治只得說是祖父提起此事，還要等父母回來再商議。

裴太妃又問他中意什麼樣的小娘子，可要她幫著掌眼看看，好跟他母親說。

謝希治心中一動，正猶豫間，楊宇就轉了進來。

楊宇聽說他們的話題，就把他陪周媛去市場的事當作玩笑說給裴太妃聽。裴太妃一聽就來了興趣，追問周家是做什麼的，又說想見周媛。

謝希治對楊宇這麼及時地進來很不舒服，當下找藉口推託了，說自己還有事，改日再來拜見太妃。裴太妃留不住他，只得讓楊宇送他出去。

楊宇一路送他到了前院，忽然說有話要跟他談，請他到書房一坐。

謝希治不好直接拒絕，跟著他進了書房。

「上次你到我書房來，還是五年前吧？」楊宇笑咪咪地問。

五年前，謝希治剛治好病回到揚州，來拜見太妃時，曾到楊宇書房坐過，沒想到他還記得清楚。謝希治點了點頭。「王爺有話直說吧。」

楊宇嘆了口氣。「你我骨肉至親，何必如此生疏？這些年來，你不愛與我們親近，我只當你是性情如此，沒有多想。可現下看來，懷仁你竟是不屑與我往來一般，可是我什麼地方做得不周，惹惱了你？」

「王爺言重了。」謝希治仍是那副淡然模樣。「王爺乃是做大事的人，希治生來懶散，不敢攪擾。」

楊宇聽了這句話，盯著謝希治看了好半晌，才嘆道：「你要這麼說，我可得喊一喊冤。這幾年來，我並沒有勉強你做什麼事吧？人各有志，我一向最不願勉強別人，對外人尚且如是，何況是你？便是謝太傅提起你，我也只有勸他不要強求。不提別的，李家的事，若不是我傳話請他等一等，只怕眼下親事都定下來了。」

這事謝希修跟謝希治說了，可他總覺得楊宇別有用心，所以對他並沒有謝意，應道：「婚姻大事本就應由父母長輩作主。」意思是他本來就管不了要娶誰，更不承認自己不願娶李家表妹。

楊宇瞠目看了他好一會兒，忽然輕拍桌子苦笑。「你呀，還跟我嘴硬。你與周家十娘的事，現在城裡還有誰人不知？我今日找你，就是想勸勸你，周家門第平平，又是初來乍到，與你們謝家實在不相當，你若想得償所願，恐怕得費一番功夫。」說到這裡，停下來喝了口茶。

他等了半晌，見謝希治沒有反應，也不催他繼續說，自己悻悻地接下去。「話又說回來，當初仲和的親事，杜家與謝家的門第也並不相當，可此事得了姨丈首肯，仲和自己也願意，太傅再不滿意，最後還不是點頭了。」

「我也不拐彎抹角了，這婚姻大事，雖說是父母之命，可若是你有主意，在長輩面前說得上話，想自己作主也不是難事。」楊宇看著謝希治，很誠懇地建議：「懷仁，你真的不能再躲下去了。」

謝希治聽到這裡，終於有了些反應。「我知道，多謝王爺好意。」

楊宇見他肯聽，心裡總算舒服了些，伸手從案頭取了封信遞給謝希治。「昨日剛到的。韓肅已在幽州與岑向貴接戰，他心急求勝，岑向貴以死相拚，兩方都死傷慘重。奚人趁此機會大肆在檀州等地劫掠，韓肅為了拿下幽州，竟不發一兵一卒，任由奚人來去。懷仁，國家已到危急關頭，實在由不得我們再坐視不理……」

在楊宇和謝希治這對表兄弟終於可以坐下來談一談時事的時刻，城外謝宅裡，謝岷剛見完了自家管家。

這個周家果然不對勁。謝岷手裡舉著剪刀，親自修剪自己種的秋菊，心裡還琢磨，這花兒到中秋時，一定就開得很好了，再好養的花，果然也得有人好好收拾修剪，才能開得好呢。

以前還是太放任三郎了。原先只想著有大郎穩重聽話、二郎驚才絕豔，已經夠了，加上三郎自小身體病弱，也就沒在他身上太花心思。誰料這孩子長大了竟不遜於兩位兄長，只可惜被他母親縱得性子歪了，實在太不聽話。

眼下倒是個好機會，他既看上周家那個小娘子，就有法子拿捏他。少年人麼，最是容易被這些情事所迷，等年紀大些，知道功名利祿的好處，自然就看開了。

周家絕不會是什麼沒落世家，吳王太年輕，不懂得世家那些彎彎繞繞，難免看走眼。當然，這也不能怪他，如今還有誰會把《氏族志》當回事？更不會再有人背宗族譜系，所以隨隨便便出來個人，就敢冒充世家了。

謝岷之前特意給老友去了信，讓他們幫忙打聽臨汾周家。周家既是當地大族，總是會有人記得宗族譜系的，尋些還在世的老人打聽並不難。

而且謝岷與歐陽明不一樣，他要查的不是有沒有周家這一房人，而是周家是如何發跡的、鼎盛時期有過什麼人物、家裡有何出眾事蹟、可有什麼與眾不同的傳家之物。額外要查問的一點，就是當地有沒有人吃過周家做的點心。他吃過周家的點心，那不是尋常人家能做得出的。

果然，老友回信說，從沒人吃過信裡提到的點心，周家也不過是縣城尋常大族，並無特別的事蹟，最出眾的人物也不過是慶州別駕（注）。

什麼樣的窩養什麼樣的鳥，那樣的人家也許偶爾能養出個才學出眾或絕頂聰明的，可絕不會養出一個精於飲食、連謝希治這樣的饕餮之客都能吸引住的孩子來。

謝岷早年在京師生活過，也常出入宮廷，領過皇帝的賞賜，因此總覺得那點心跟宮中做法有些相似，只是比當年他吃過的還要精細，因此心裡不由多了些猜疑。

等到聽管家回報周松的行事特點以後，他又安排了以前在京師就跟著他的長隨去與周松接近，果然長隨回報說，周松有些地方頗像宮中內官。

後來長隨幾次三番拉周松去青樓，前有眾人挽留，後有妓女熱情相邀，周松竟然還能不為所動地離去，更堅定了長隨的猜測。可惜，前日終究還是功虧一簣，沒能脫了周松的褲子驗看。

謝岷也不急，來日方長，三郎願意與那小娘子來往就先來往著，男兒少年時風流一些也沒什麼，有他們謝家的門楣在，三郎人品又遠超儕輩，親事上頭有什麼好急的？

先用周家小娘子吊著三郎，讓他乖乖聽話出仕，然後再把周家人的根柢摸清楚告訴他。依謝岷看，周家四人多半是宮裡逃出來的內侍與宮女，到時三郎知道真相，若是幡然醒悟，自然會聽話回頭，好好娶個有助力的賢妻。就算他一時不能忘情，放不下那小娘子也不要緊，納進來做妾就是了，不是什麼難事。

謝岷越想越放心，回頭又叫了管家來，說既然周松稱病不出門，就先別把他們逼得太緊，免得狗急跳牆，出了事倒壞了他的盤算，又讓管家給歐陽明下帖子，說要尋歐陽明來說說話。

謝希治還沒出吳王府的門，就遇見來尋他的大哥謝希修。

「父親來信，說公務繁忙，中秋恐怕抽不出身回揚州，讓你我先去接母親和阿平回

注：別駕，職官名，為州刺史的佐官，因隨刺史巡行視察時另乘車駕，故稱之。

來。」謝希修抽出一封信遞給謝希治。

謝希治展開信，一目十行看完，問：「何日啟程？」

謝希修看了楊宇一眼，楊宇擺擺手。「我這裡好說，你安排一下就可以走了。」

「那就後日吧。」謝希修轉頭跟謝希治說：「你回去準備，後日我們先回家跟祖父辭別，然後啟程去徐州。」

謝希治答應了，起身告辭。「那我先回去了。」

楊宇點頭，親自送他出去，還不忘囑咐：「我今日跟你說的事，你好好想想。」

謝希治回到家，先讓人收拾隨身衣物，自己在家裡轉了幾圈，正想去周家看看，長壽忽然奔進來回報。「淨賢師父託人送了帖子來，請公子明日去大明寺試試新菜。」

「試新菜？是他手癢又想下棋了吧？」謝希治嘀咕一句，接過帖子翻了翻，隨手扔在案桌上，想了想，又撿起來塞進袖中，起身出去找周媛。

周媛跟春杏此時正聽張大嬸訴苦。

「……這次實在躲不過，也只能讓大貴去了。」張大嬸一臉愁容。「聽說北方正在打仗，不會叫咱們揚州府軍也去吧？」

眼下府軍正在徵兵，說是缺員嚴重，要多補些人進去，待秋收後就要開始操練。張大嬸家的兩個兒子都到了年紀，千求萬求，最後還是得讓大兒子領了名額。

周媛安慰她。「不會的。府軍多是為了戍衛，就算朝廷要打仗，也不會徵調咱們這裡的府軍，您別擔心。其實入了府軍也沒什麼不好，不是有糧餉嗎？」

「那能有多少啊？上面多少長官呢。」張大嬸深深嘆氣。「剛娶了媳婦，眼看著再兩年就能出師了，卻出了這碼子事。」

春杏和周媛忙安慰她，讓她往好的方向看，張大嬸感激她們的好意，又說：「多虧娘子心善，留二喜在這裡當學徒，不然我們一家真是……」說到這裡，停頓下來，抬袖擦了擦眼睛，忽然伸手拉住春杏的袖子。「娘子，若是你們尋到親了，要離開揚州，就把二喜也帶著吧！」

周媛和春杏都是一驚，狐疑地對視一眼，又一起看向張大嬸。

「我們家的情形，您也知道，他爹身子剛好些，給大貴娶了媳婦已是勉強。二喜也不小了，我們夫婦卻是無力再給他打算，要不是能跟著小郎君，日子哪還有盼頭？」張大嬸目光盛滿希冀地看著春杏。「我們自然盼著您一家長長遠遠留在揚州，可萬一有一日，您尋到了親要走……」

周媛忽然開口打斷了她的話。「大嬸這是說什麼呢？我們何曾想要走了？就算是尋到親，如今我們已在揚州站住腳，如何能輕易再挪動？您放心吧！」

張大嬸看看周媛，又看向春杏，直到看見她點頭才放心。「那就好。想來是我想錯了，前日有人託李娘子來尋我打聽人，說的人事都與您家相仿，我聽那人說是尋親的，就以為是您家要尋的親，還讓李娘子回去多問幾句……」

「大嬸見到那人了？他們都問了什麼？」周媛的心一沈，接著又開始劇烈跳動，等不及張大嬸說完，就急忙問出來。

張大嬸搖搖頭。「是問李娘子打聽的。李娘子說是個北方口音的人，家裡有親戚南下，斷了消息，那家親戚也是一家四口，有一男一女兩個孩兒。好像還問了李娘子一些娘子的事。」

春杏有些慌張。「問了什麼？李娘子怎麼答的？」

「問了年紀樣貌、說話什麼口音。李娘子嫌那人打聽女眷不像話，並沒有跟他說。他又問郎君和小郎君，李娘子說不知，他就託李娘子幫著打聽。李娘子見了我說起這事，我就想起您說要尋親的事，尋思著莫不是您家親戚尋來了？正想問問您，要不要見見？」張大嬸看著母女倆很緊張的樣子，還以為真是親戚尋來了呢。

周媛略略放心，想了一下，跟張大嬸說：「不瞞您說，我們家南下既是尋親，也是躲人。大家子裡那些爭產的事，想來您也聽說過，我有些叔叔伯伯很是強橫，我們一家不得已離鄉背井，實在不願再跟他們扯上關係。可若是外祖家或未來嫂嫂家的人尋了來，錯過豈不可惜？您能不能先替我們去見見？」

張大嬸當下就拍胸脯答應。「有什麼話，小娘子只管吩咐。」

周媛教了張大嬸幾句應對的話，又謝過她。「多謝大嬸了。」

張大嬸忙說：「當不起當不起，不過是些許小事，妳們放心。」

春杏也囑咐了她幾句，然後又去廚房取了些剩下的點心讓她帶回去，親自送她出門。眼看著張大嬸出了門，正要關門回去，一轉頭卻看見從遠處走來的謝希治。春杏掩了門，回身進去跟周媛說了。

周媛本來正在沈思，聽見謝希治來了，心中又添了煩惱，嘆了口氣，對春杏說：「妳上去吧，我打發他。」是不是跟他斷了來往，就能換取往日的安寧呢？

可是開門看見他含笑的俊朗眉眼，心不由自主又軟了下來，周媛有點無力，請謝希治進來，問他：「怎麼這麼早就回來了？」

「唔，臨時接到信，後日要啟程去徐州接我母親和弟弟，所以早早回來收拾。」謝希治一邊掃視院中、一邊答。

周媛很驚訝。「怎麼突然去徐州？」看見他的目光，解釋道：「我阿娘阿爹在樓上，阿爹有些不舒坦。哥哥出門了。」練划船去了。

謝希治先問周松：「周郎君沒事吧？」

周媛搖頭。「沒什麼，喝多了酒，有些不適。」讓謝希治進堂屋坐，又給他倒了茶。

謝希治這才答先頭的話。「我父親公務繁忙，可能得八月底才能回來，就讓我們兄弟先去接母親回來過節。」正好他也想把自己的想法先告訴父母，因此倒很願意走這一趟。

「唔。」周媛略微鬆了口氣。他離開一下也好，她可以冷靜想想後面該怎麼辦，省得謝家總盯著自己家。

第二十九章

謝希治對周媛這樣平淡無奇的反應有些失落，於是又加了一句：「路上來回須得十一、二天，到了可能還得耽擱兩、三天，這一去總要半月。」

周媛眨眨眼。「喔。」

謝希治更覺得胸口有一股氣憋著，上不去下不來，十分難受，沈默了一會兒，又說：「回來就得回家過節了。」

他不知周媛算計著日子，過完中秋就快到謝岷的壽辰，到時謝家一定忙得不可開交，應是沒那麼多空閒來理會自己家，心裡頓時蠢蠢欲動，哪還有空理會他的情緒，只又短短應了一聲：「好。」

謝希治很想吐血，坐在那裡糾結了半天，最後還是說明來意。「大明寺的淨賢和尚給我下了帖子，請我明日去試新菜，我們一道去吧。」

周媛聽了先蹙眉，覺得當此時刻，實在不適合跟他出去招搖，於是抬頭就想拒絕。可是一對上他那雙閃著光芒的眼睛，再想到他馬上要離開揚州，下次再見不知何時，心又軟了下來。

「那我明日一早來接妳！」謝希治看出周媛的猶豫，不給她拒絕的機會，直接定下了約。

定下約會，謝希治又問了周松的情況，順便寬慰周媛。「長輩的事，我們不好開口，他們自會妥善處置，妳不要擔心了。」

周媛接受了他的好意。「我知道，多謝你。」不得不把滿腹心事放下，拿出往日無憂無慮的模樣和謝希治說笑了幾句，然後催他回去。「明日要去大明寺，你還不回去好好收拾東西？」

謝希治見她臉上有了笑容，又想到明日還有約，就沒有賴著不走，起身笑道：「怎麼瞧著妳巴不得我走呢？」

周媛故意板起臉。「是啊，就是看你整日來看得煩了。快走吧！」

「將來只怕還有更讓妳煩的時候呢。」謝希治嘀咕了一句，然後耳朵一紅，悄悄笑起來。

周媛沒聽清，側頭問他：「你說什麼？」

謝希治清咳一聲。「我說，明日等我來接妳。」然後紅著耳根快步出了周家，回家去了。

晚間二喜又跑來傳了一次話，說那個探聽周家的人又來了，還讓李娘子引著去了張家。那人拉著二喜問了許多關於周祿的事，二喜早有戒備，說得滴水不漏。

周媛聽二喜轉述那人的問題。多大年紀、長得多高、樣貌如何、有沒有鬍子，對二喜好不好，有沒有留二喜住過，甚至還問二喜有沒有給周祿倒過恭桶，就差沒問二喜有沒有看過周祿光著身子的模樣了。

「那人雖帶著些北方口音，可我瞧著並不像北方的人。」二喜總結道。

周祿聽他語氣很肯定，好奇問道：「你如何肯定他不是了？」

二喜看看他，又看了看周松，答道：「他說話跟師傅和郎君不一樣。」想了想，又接道：「有時候還有點像揚州人。」

「他還問什麼了？有沒有問娘子和小娘子？」周松插嘴問道。

二喜答道：「他問了我娘幾句，我娘說一個大男人好不好問人家女眷？也不害臊？他就訕訕地沒有再說。」

周松又問：「他是怎麼問的？」

二喜回答：「他就問娘子和小娘子多大年紀，平日怎樣稱呼，又問娘子娘家的事。聽說還問了李娘子，娘子喜歡繡什麼花，做什麼樣的衣裳。」

「你來這裡，可有人看見了？」周媛忽然開口。「來的時候，我們家院子外面有沒有生人？」

二喜想了想。「我出來時天都黑了，怕那人還在，還特意躲起來四處看了看，並沒有人。到這裡時，因為外面就有集市，往來的人也多，倒沒看出有什麼不妥的。」

周媛眉頭緊緊皺著，囑咐二喜：「這些人不安好心，你下次悄悄來的時候，從後院的門進來。你不是有鑰匙嗎？記得背著人用。」

周松也點頭，又讓二喜回去也跟張大嬸說說，當心那人，然後讓周祿送他出去。

當晚周家的燈早早就熄了，周家四人卻並沒有早睡，而是圍坐在二樓桌前，悄悄商議了良久，直到夜半時分才各自去睡。

第二日去大明寺，恰好這天不用給珍味居和常慶樓送點心，周祿閒著沒事，就自告奮勇划船送周媛他們。

還是如慣例的繞過大殿直奔靜室，先用早飯。吃過飯，謝希治邀周媛出去走走，周祿推說累了，要歇一歇，沒有跟著一起去。

「四郎划船比先前好得多了。」謝希治隨意尋了個話題。

周媛笑了笑。「是啊。」不想多談這事，也找了話題問他：「你們去徐州也是走水路？」

謝希治點頭。「水路方便。」悄悄側頭看向周媛的側臉，清晨的日光照在少女臉上，將粉嫩肌膚上的細細茸毛都照得一清二楚，讓人看了心裡軟軟的，不由低聲說道：「至多半月，我就回來了。」

周媛低頭看著腳下的路，輕輕點頭。「路上注意飲食，小心身體。」

這樣溫柔貼心的叮囑，立時讓謝希治臉上的笑容綻放開來，忽然站住了腳，低低叫了一聲：「周媛。」

周媛被他叫得心裡一顫，也跟著停下腳步，不敢扭頭去看他的臉，只低頭看自己的腳，應了一聲：「嗯。」

少女微低著頭，細嫩的脖頸彎出美好的弧度，有一綹散著的頭髮調皮地探進領子裡，讓看著的謝希治頗有些手癢，很想伸手把它挑出來，可又不敢伸手。

周媛一直等他說話，等了半天卻不見他言語，有些疑惑地轉過頭看他，一看之下，才發現他竟看著自己發呆，不由頰邊一熱，瞪了他一眼。

謝希治被她這樣瞪著，反倒覺得很歡喜，臉上的笑容又擴大了些，又叫了一聲：「周媛。」

這本是兩個平凡普通的字，但他語調緩慢輕柔，聲音裡好像傾注了無數情感，竟讓這兩個字憑空多了許多纏綿悱惻，讓人不由自主沈醉。周媛被他那專注的目光和溫柔的輕喚所迷，人好似被釘在原地，只呆呆地看著他，無法有任何反應。

兩人四目相對，眼睛裡都只有對方，心裡似有什麼正要滿溢出來。

謝希治的心臟快速而有序地跳動，那怦怦的聲音似乎在催促他去做一件事。

去吧，伸出手握住她單薄的肩膀，將她帶進懷裡，然後低聲在她耳邊說：「我去求得父母的准許，等我回來迎娶妳。」

「公子！公子？」一個聲音忽地自遠處傳來，將這靜止的魔咒打破。

周媛先回過神，轉頭看向來路，掩飾自己的失態。「是長壽。」

謝希治還在為自己剛才的蠢蠢欲動慚愧，聞言也看過去，果然見到長壽一路小跑過來，不自覺地皺眉，揚聲問：「什麼事？」

長壽跑到他跟前立住，答道：「公子，李夫人來上香，不知怎的知道您在這裡，派人來尋您過去一見。」

謝希治眉頭皺得更緊。「你就說找不到我。」

長壽噎了噎，悄悄往後面比劃了一下，低聲說：「李夫人身邊的嬤嬤跟著小人來的。」他跑了半天也沒甩開。

謝希治往後看，果然看見一個扶著腰喘氣的僕婦正往這邊趕，很是無奈，轉頭看向周媛。

「你去吧，我自己在這兒轉轉，反正離吃飯還早呢。」周媛不想跟李夫人的人打照面，跟謝希治說完，就向前走去。

謝希治追了她兩步，囑咐道：「妳累了就先回去歇著，我去去就回。」看到周媛點頭，才不情不願地帶著長壽往回走，與那個僕婦去見李夫人了。

周媛沒什麼目標，又向著高塔的方向走，回想謝希治剛才的言語表情，心不在焉，連身後有人叫她，都慢了半拍才反應過來。

「大官人？你怎麼在這兒？」周媛回頭一看，叫她的不是別人，正是穿了一身簇新袍子的歐陽明。

歐陽明手裡捏著一柄摺扇，慢悠悠晃到周媛跟前，笑道：「我還想問妳怎麼在這兒呢！」

周媛想起他上次的勸誡，沈默一會兒才說：「我來吃齋。」

歐陽明挑了挑眉，了然道：「跟三公子一同來的？我剛才好像看見他急匆匆走過去，你們怎麼沒在一處？」

「李夫人來了，派人尋三公子過去相見。」周媛乾乾地答了一句，說完忽然反應過來。

「大官人來這裡，莫不是來相看李家二娘的？」

歐陽明看著她恍然大悟的樣子，眼裡還湧上熟悉的促狹，忍不住伸手拿扇柄敲了周媛的額頭一下。「妳這個丫頭，腦子轉得倒快！妳怎麼知道這事的？」

周媛笑嘻嘻。「大官人不想讓我們知道嗎？這可是大喜事，為何不能說？你見到李家二娘了嗎？生得美不美？」

「八字還沒一撇，怎麼能亂說？」歐陽明哼了哼，往四周看看，示意周媛向前走。「莫不是三公子告訴妳的吧？」

這次周媛沒露出什麼異樣，還笑話他。「說不定你以後要管他叫姊夫呢，還是客氣點好。」

歐陽明聽了一瞪眼，接著忍不住也笑了，又拿扇柄敲了周媛的頭。「妳這嘴是越發厲害了。」說完又嘆息一聲。「不過也別光長嘴上功夫，心眼也得多長點。妳爹爹近來如何？我怎麼聽說病了？」

周媛一邊揉著頭、一邊斟酌著答：「是喝多了酒，傷了身體。上次多虧大官人派人送我阿爹回來，還沒當面道謝呢。」

歐陽明擺手。「行了，跟我還客氣什麼？」眼看著走到了岔路口，視野開闊，周圍應藏不了人偷聽他們說話，才擺出笑容說道：「我看他是跟劉靜在一處。你們家近來有什麼事需要幫手嗎？劉靜被我派去幫謝家辦事，恐怕沒有空閒，若是有事，只管來尋我，我另叫人去辦。」

劉靜去幫謝家辦事？歐陽明這是什麼意思？暗示劉靜的行為與他無關嗎？周媛心下狐

疑，面上只答：「我們能有什麼事？我只聽阿爹說，是劉管家拉他去喝酒的。」

「唔，看來劉靜這段日子是閒著了。不過你們不用擔心，劉靜今日啟程去鹽城，應不會再去尋妳爹爹吃酒了。」歐陽明臉上一直掛著笑容，神色毫無變化，就像在跟她聊天氣好不好、吃得飽不飽一樣輕鬆自如。「對了，上次妳阿爹說去鹽城沒尋到妳外祖家，這次要不要給劉靜去個信，讓他再幫忙找找？」

劉靜去鹽城？周媛的腦子飛速運轉起來，也掛上跟歐陽明一樣輕鬆愉悅的笑容，答道：「好啊，我回去跟阿爹說，多謝大官人。」

歐陽明看她領會了意思，放心地笑了笑，又說：「妳膽子倒不小，李夫人就在這裡，妳還敢跟著三公子到大明寺來。」

「哪及得上大官人，敢在背後這麼調侃未來岳母大人。」周媛跟他打哈哈。

歐陽明斜眼看了她兩眼，雖然還是帶著笑容，卻冷哼了一聲，說道：「我知道妳不愛聽我說話，可是忠言逆耳。謝家是什麼人家？在江南，只有謝家挑別人的。我知道十娘不輸任何世家女，可惜世人看人，總免不了要看門楣，齊大非偶的道理，也不用我跟妳多說。」

他不給周媛插嘴的機會，一口氣說了下去。「那大宅門裡的齷齪，妳年紀小沒見過也沒聽過，別看那些夫人、娘子一個個面容慈祥跟菩薩似的，可真要下了狠心，有時連男子都及不上。眼下沒人敢動妳，那是他們還沒摸清底細！謝三公子不過有些虛名在外，便是有心也難和家裡抗衡，何況世間男子的真心大多不如狗……妳偷笑什麼？我說的是實話，我本也沒有真心這東西！」

歐陽大官人這副真小人的模樣，還挺可愛。周媛忍住笑，聽他繼續說。

「妳呀，年少不懂事，千萬別因為一時情動就害了一家人。你們家沒根沒基的，就算謝三公子真是千年不遇的情種，最終得償所願了，後面的日子也必不好過！謝家那些長輩有的是法子折騰妳。更別提此事本就千難萬難。他跟妳說了要去徐州沒有？」

歐陽明嘴裡的話犀利無敵，臉上的笑容卻一直沒變，看得周媛一愣一愣的。等聽他問到謝希治去徐州的事，就更驚訝了。「你怎麼知道？」

歐陽明哼了一聲。「妳別管我怎麼知道的。我還知道他此去是謝使君之意，謝使君不願與李夫人結親，此番將謝三公子叫過去，乃是為了給他相看徐州名士之女，若是兩下合適，這親事當場就要說定，生米煮成熟飯，李夫人也奈何不得。」

直到歐陽明走了許久，周媛都沒有回過神來，一直立在原地失神。原來去徐州竟還有這一層意思，那謝希治知道嗎？歐陽明臨走時怎麼說來著……啊，對，他說不管謝希治知不知道，這是真正的父母之命，謝希治無論如何也違抗不得。

「他明日就走，謝太傅過幾日也要出門，我真擔憂那李夫人會尋你們麻煩，不如妳回去跟妳爹爹商量一下，就說出門尋親，避避風頭吧。若是沒地方去，我讓人給你們安排。」

想起歐陽明最後幾句話，周媛不由苦笑。誰能想到，到了這種時候，對他們一家心懷善意、想要維護他們周全的，竟然是歐陽明呢！

「請問，姑娘可是周家小娘子？」

這又是誰啊？周媛的腦子已經因接收太多消息成了一團漿糊，偏偏有人不肯放過她，還想將這團漿糊攪得更糊。

她扭頭看向說話的綠衣小婢。「妳是？」

小婢福了福。「奴婢翠兒，我家姑娘請小娘子借一步說話。」說著往身後右側一比。

周媛循著她指的方向望去，見那邊站了兩名少女，站在前面的身穿緋色襦裙，梳了分肖髻，遠遠看著亭亭玉立，卻不認得。

「不好意思，我並不認得你們家姑娘，我還有事，恕不奉陪。」真是鬱悶，歐陽明也罷了，如今不知從哪兒鑽出的人都想來召喚她說話，當她是陪聊啊！周媛心亂如麻，根本沒心思應酬人，扭頭就要走。

小婢一慌，回頭看了主子一眼，見主子蹙眉不悅，深怕無法完成命令受罰，一急之下，向前追了兩步，一把拉住周媛的胳膊。「小娘子請留步！」

周媛給她拉得一個趔趄，當場怒了。「妳幹什麼？光天化日之下，還想強拉民女不成？放手！」

小婢被這充滿氣勢的怒斥一嚇，當即鬆手，不敢出聲了。

「小娘子請息怒。」眼見周媛發怒，緋衣少女終於走了過來，嫋嫋婷婷行到周媛面前，微微頷首。「是下人無禮，我這裡向妳賠禮了。」又命小婢賠罪。

周媛看她惺惺作態，十分不喜，也不還禮，只冷臉問：「請問妳是？」

緋衣少女好像並不在意她的冷淡，笑著答道：「我是李二娘。」停頓了一下，又說：「謝三公子是我表哥。」

第三十章

謝希治好不容易從李夫人那裡脫身，回院中發現周媛還沒回來，就往早上出門那條路去尋，走沒多遠，就發現她坐在一張石凳上發呆。

「十娘？」他悄悄走過去，輕聲喚她。

周媛慢慢回神，抬頭看見是他，微笑了一下。「你回來了。」

明明是笑容，不知為何，卻含了些哀婉的味道，讓謝希治心裡一顫，有些擔憂地半蹲下來，平視著周媛問道：「怎麼了？幹麼一個人坐在這裡？現在天涼了，這石凳坐著容易著涼。」

周媛搖搖頭。「沒事，我剛坐下。」深吸一口氣，好像恢復了精神。「我餓了，什麼時候吃飯啊？」

聽見她說餓，謝希治終於放心地露出笑容。「我也餓了。走，咱們找淨賢要吃的去。」跟周媛一同站起身，去後面尋淨賢，讓他好好做了一餐齋飯，吃完飯又陪他下了幾局棋，兩人才會同周祿一起下山回城。

回程途中，周祿在船尾划船，長壽跟無病坐在外面陪他說話。謝希治與周媛坐在靠船頭的篷內，都靜靜看著外面不開口。

眼看著進了城，謝希治想起一事，看著周媛，欲言又止。

周媛察覺，轉頭問他：「有事？」

謝希治垂眼想了想，還是問道：「光聽你們說是從臨汾來，倒沒聽妳提過族裡的事蹟。眼下有暇，不如妳給我講講你們周家的趣事？」

周媛定定看了謝希治半晌，很死板地背出早先準備好的說詞，周家有出息的先祖不過那麼兩個，很快就說完了。「現在不過是務農的務農，行商的行商罷了。」

謝希治微微蹙眉，也不知在想什麼，好半晌才回道：「其實無論做何營生，只要俯仰無愧於天地，就很不壞。」

周媛沒有接話，看著西市遙遙在望，回頭要周祿小心別的船隻。

現在周祿的划船技術熟練了許多，很快就把船停靠在珍味居門口的碼頭。幾人下船往回走，謝希治把周媛兄妹送到周家門口，但沒有要跟進去的意思，只是停下來叫周媛：「十娘。」

周媛停下腳步，回頭看了周祿一眼，周祿就說：「我先進去了。」

「我明天不能送你了。」等他進去以後，周媛先開口跟謝希治說道。

謝希治也覺得不方便，點頭。「明日我們還要先跟祖父辭行，不用送了。」笑了笑。

「等我回來再來看妳。」

周媛心裡苦苦的，很想問問那些事他都知不知情，還想問他為什麼問周家的事，可是卻問不出口。藏在袖子裡的荷包鼓脹燙人，可她無論如何也不想送出去了，只這樣跟他面對面沈默，直到自己覺得疲累，才說：「回去吧。」

謝希治應了一聲：「嗯。」心裡總覺不捨，又盯著她看了好半晌。「那我回去了。」

周媛點頭，抬頭看著他，卻發現他不動。「怎麼不走？」

「這就走。」謝希治笑彎了眼睛。「再看一眼就走。」

周媛忍不住笑了一下，眼底卻有酸意上湧，低下頭忍了忍，忽然問：「若有一天，你發現你所認識的東西，根本不是你以為的那樣，你會如何？」

謝希治正看著她的笑容發呆，聽了她的問題一愣，有些疑惑地說：「什麼東西會不是我以為的那樣？」

「比如你撿了一條小狗回來養，養著養著，牠長大變成了狼……」

謝希治笑了。「那就把牠放回牠該去的地方唄。」

是啊，放回牠該去的地方。周媛嘆了口氣，又催他：「回去吧。」他和她，就像是兩個種族的生物，注定不能在一起生活。

謝希治察覺她的情緒有些低沈，以為是不願跟他分離，就又加了一句：「我很快就回來，妳若悶了，跟四郎多出來散散心，不要理會歐陽明。」越說越不放心，殷殷囑咐了良久，才在周媛的不耐煩下停住，終於依依不捨地離去了。

周媛疲憊地關上大門，拖著腳步進了堂屋，也不看那三個眼巴巴看著她的人，逕自把房門關好，示意他們跟她上樓。到樓上坐定以後，才說話：「收拾東西，我們離開揚州。」

三人都是一驚，齊聲問道：「出什麼事了？」

周媛自己倒了杯水喝乾，將歐陽明的話簡略講了一遍，然後又說起李二娘找她的事。

「她說李家和謝家的婚事拖延到現在，一方面是因為謝文廣不同意，另一方面是因為吳王曾經讓謝希修傳過話。吳王對我們的身分有所懷疑，我聽李二娘的意思，他懷疑我們是哪個世家隱姓埋名到揚州的。

「謝岷已就此事廣為調查，他曾經在京師數年，不像吳王和歐陽明所查流於皮毛，且老謀深算，只怕已經查到了什麼。我懷疑去尋張大嬸採問的，也是他的人。現在他們又派人去了鹽城，雖然我們並沒說尋到了羅家，但謝家本就有人在鹽城經營，要是真想查個水落石出，那查出當年有人曾入宮也不是難事。」

周媛轉著手上的茶杯，面無表情地把話說完。「謝希治也並非對我們沒有懷疑，剛才回來途中，還問我周家的事。李二娘說李夫人早透露消息給謝希治，勸我不如早些主動坦白，免得被人查出來時不好解釋。」

周松終於有機會插嘴。「她為什麼要跟妳說這些？」

「想讓我大鬧一場，把李家和謝家的婚事攪黃了。」

周松不明白。「謝家和李家結親，對她有什麼害處？」

周媛露出冷笑。「沒害處，可是她不高興。這有什麼難理解的，一個爹生的，嫡女就能嫁給謝家嫡子，庶女卻得給商戶做繼室，她看著嫡母、嫡姊得意，心裡自然不舒坦，何況她這個嫡母顯然對她不怎麼樣。」

「除了走，真的沒有其他辦法了嗎？」周松有些猶豫地問道。

周媛很疲憊地揉了揉臉。「不走留在這裡，讓人想怎麼收拾就怎麼收拾嗎？他們應該沒本事查到我的身分，可是你們的身分早晚會被查出來，到時只當我們是宮裡逃出來的宮人、內侍，謝希治難道還能硬撐著娶我？就算他要娶，我敢嫁嗎？最怕他們既不同意謝希治娶我，也不放我們走，硬要逼著我進門做妾。」

想起李二娘白日說的話，周媛就覺得噁心。

「我姊姊雖然性情孤傲，但為人賢慧，只要妳安分守己，定不會難為妳的……」她什麼時候不安分守己了？為什麼這些牛鬼蛇神都來招惹她？就因為一個謝希治？可是連謝希治都不是她招惹來的好嗎？明明是歐陽明那個混蛋幹的！對，從頭到尾都是因為他，要不是他，自己一家怎麼會來揚州？怎麼會認識謝希治，進而招惹上謝家？

周媛越想越氣，決定臨走前噁心他一把。對周松說：「明日你去找歐陽明，跟他問問謝岷離開揚州的日期，然後說說李二娘來尋我的事，恭喜他將要娶個聰慧有心計的妻子。再跟他商量，我們節前供應一些月餅到珍味居，然後想歇幾天，出去躲一躲，讓他給指個方向。」

周松答應了，卻欲言又止。

「有話就說。」周媛沒力氣再拐彎抹角。「我現在腦子亂了，你們想到什麼，千萬告訴我。」

周松搖搖頭。「我是想說謝三公子……」看周媛皺眉不想聽，忙加了一句：「我是想說當初。」說到這裡，忽然站起來退後兩步，跪在地上。

春杏和周祿一見他如此，也都跟著站起來跪下。

周媛頭痛地放下茶杯，嘆道：「你們這是幹麼？」

「公主，是小人擅作主張，此事都是小人的錯。」周松低聲說完，使勁在地上磕了個頭。

春杏跟周祿一齊說道：「公主，此事是我們三人商議的，請公主責罰。」讓公主受小人折辱，他們三個比周媛更難以忍受。

周媛生氣了。「幹什麼？我何時怪你們了？都起來！」她自己動了心，能怪得了誰？

三人看她真生氣了，忙站了起來。周松又解釋：「我本是想著，謝三公子不同凡人，跟您也能談得來，且不以世人眼光看人，將來就算知道了真相，應也不會怪您，是難得的良配。他又再三說，一定會想辦法稟明父母明媒正娶，我就一時自作主張，跟他說您年紀還小，婚姻之事可暫不提及，且先如前來往，過兩年再說也不遲。」

「周松也是希望公主能早得佳偶，若謝三公子真有本事，能在兩年內使謝家同意這門親事，自是皆大歡喜。若不成，也不過是拖兩年罷了。本想著謝家乃江左名門，應不會使什麼下作手段，誰知……」春杏幫腔解釋。

周媛嘆了口氣。「所謂名門，我們在京裡還見得少了？鄭家是不是名門？還不是一樣把女兒塞給韓肅做妾。我早說過，做最好的準備和最壞的打算，你們怎麼總是光想著事情順利如何如何，不想想若是不順利又當如何？」

周祿小聲替周松分辯：「最壞也不過是現在這樣……」話沒說完，就被周松踢了一腳，立刻閉嘴不敢說了。

聲音雖小，奈何屋子不大，周媛還是聽得一清二楚，不由苦笑。「你說得對，最壞也不過如此。」他們一行隱姓埋名出來，本就不該跟人太過親近，不然早晚被人看出破綻。這次算是徹底長了教訓。

「公主放心，明日我就去尋歐陽明，把這些事安排好。」周松看周媛意志消沈，忙出口寬慰她。「趁謝岷不在，有歐陽明幫著遮掩，咱們悄悄離開揚州，換個地方重新好好過日子去。」

又讓春杏陪著周媛去休息，勸她不要多想，先好好睡一覺再說。

第二日一早，周松尋到歐陽明，先感謝他對周媛的提點，又把做月餅的事說了，最後提及想出去躲躲，請他指個方向。

「我初二要去宿州，要不你們與我同行？」歐陽明盤算了一下，建議道。

周松忙推辭。「這樣不好，萬一李夫人不高興，倒誤了賢弟的終身大事。」

歐陽明笑了笑。「此事她原作不得主，不過，終歸還得給她幾分顏面。這樣吧，我在吳郡也有住所，那裡不遠不近，你們去過個節，中秋後再回來，或是多住些日子，過了重陽再歸也無妨。」

周松當即道謝，歐陽明要安排人送他們去，周松卻推辭道：「不用那麼麻煩。我們悄悄坐船出去，你把位置告訴我，我們到了以後，自己去尋就好。」

歐陽明只當他們是不想被有心人看出來，給自己惹麻煩，就答應了，把位置說給周松聽。「謝太傅應是初五出門，與杜允昇等人去潤州訪友，約莫得去七、八日。你們看著時候走吧，珍味居和常慶樓那裡打個招呼就行。」

「那好，我先把月餅送足了，到時跟他們說暫停幾日，後面等過完中秋再說。」

周松跟歐陽明商量好細節，又調侃了他幾句娶妻的事，順便把周媛遇見李二娘的事說了，然後才告辭離去。

周松回去以後，先分別跟珍味居和常慶樓打了招呼，說節前要大量供應月餅，然後過節休息幾日。說好之後，周家一方面把細軟收拾好、一方面趕做月餅，在八月初六送完最後一批，又給歐陽明留了一封信，就給所有夥計放了假，讓他們中秋後再來。

當晚，一家人早早休息。第二日，天才透了一點魚肚白，他們就起來帶齊細軟出門，到珍味居門前解了船纜，魚貫上船。

謝希治獨自站在船頭，看著座船緩緩駛離徐州碼頭，心裡卻並沒有預想中的喜悅。這次徐州之行與他想像中的完全不同，他不情願地聽從父親之命，見了許多人，卻並沒有達到自己的目的。

父親冰冷的話語還在耳邊。「笑話！婚姻大事是你想如何就如何的？我和你母親為你操了多少心，你就這麼回報我們？竟然為個來歷不明的女子，想要違抗父母之命，我怎麼養了你這麼一個兒子！」

硬的他不聽，還有軟的。「你好好看看你母親，且不說她在你身上花了多少心血，只看她為你受了多少責難，你難道就為了那點兒女私情，想辜負她對你的期望嗎？男子漢大丈夫，些許小事都看不開，枉為男兒！」

「三郎，你發什麼呆呢？外面風大，母親叫你進來。」

謝希治回頭，見謝希修站在艙門口叫他，又想起父親的話。「你以為天下只你一個有情有義不成？當初你大哥與你舅父家大表姊，本也是情投意合的一對，但為了我們這房在家裡站得更穩，他還不是娶了你現今的大嫂趙氏？」

趙家是謝希治親祖母的娘家，當初謝文廣為了加深與舅父和表兄那邊的聯繫，打壓朱氏的氣焰，就讓謝希修娶了表兄的女兒趙氏。謝希治那時候還小，身體也不好，並不知道其中內情。

「唔，好。」他短短應了一聲，從船頭走到艙門口，站到謝希修身邊時，忽然問了他一句：「大哥，你後悔嗎？」

謝希修不明所以。「後悔什麼？」

謝希治看著他的眼睛，追問：「後悔聽從父親之命，娶了大嫂嗎？」

謝希修一怔，隨即明白過來，哂笑一聲。「有什麼後不後悔的？等你到我這個年紀就知道了，其實娶妻就是那麼回事，娶回來的是誰都不要緊，要緊的是她能帶給你什麼。」

謝希治愣愣看了謝希修半晌，也哂笑一聲。「是嗎？」

同一時刻，周媛一行人划的小船已經出了揚州城，入運河一路向南。

——未完，待續，請見文創風387《必求良媛》下

2016年3月出版

文創風 386～387

必求良媛

出逃這件事，不就是求低調、求平安嗎？
為啥她會惹上這位難纏的公子！
她家的飯再好吃，他也用不著天天來報到吧……

萌愛無敵　甜蜜至上／林錦粲

意外當選穿越史上最悲催的公主，周媛著實相當無奈，
沒人疼、沒人愛，竟然還被昏君老爹塞給奸臣當兒媳。
天啊……奸臣造反之心路人皆知，她才不要當倒楣的棋子呢，
與其坐以待斃，不如包袱款款落跑吧！
逃出大秦皇室的牢籠，隱身揚州點心鋪，周媛的美味人生正式展開，
生意紅火得訂單接不完，還招來出自名門、人見人誇的謝家三公子。
但周媛深刻覺得，這謝希治根本是披著君子外皮的腹黑吃貨！
天天上門蹭飯，硬拉她組成嚐遍美食二人組，有好吃的就是好朋友，
又打著教授才藝的名號登堂入室，搞得她家忠僕齊心想把主子給賣了。
唉唉，不管是落跑公主，還是市井小娘子，她都惹不起這位公子，
眼看曖昧之火越燒越旺，澆也澆不滅了，該怎麼辦才好哪……

2016年2月出版

醫諾千金

文創風381～385

換個位置，當然要換個腦袋！
過去她出身傭兵團，被迫殺人不眨眼；
如今她晉升女神醫，自然救人不手軟！
怎奈高明醫術竟令她陷入難以抉擇的情網中，
這下神醫也救不了自己了……

步步為營　字字藏情／清茶一盞

前世她是個孑然一身的女殺手，為了生存，只能讓雙手沾滿血腥，
不料穿越後，她竟成了夏家醫堂的三房千金夏衿，
不但祖上三代懸壺濟世，還多了雙親疼愛，享盡不曾有的天倫之樂，
怎奈日子雖與過去天差地別，卻不代表從此和樂美滿，
皆因原先的夏衿雖體弱多病，但不至於喝了碗雞湯就香消玉殞，
如今平白無故死了，在曾為殺手的她看來，其中必有蹊蹺！
偏偏這大門不出、二門不邁的小嫡女能惹上什麼仇家？
最可疑的，便是那鎮日與三房為難作對的大房了，
這不，她才剛釐清真相，又一堆烏煙瘴氣的糟心事接踵而來，
不巧他們這回的對手，不再是過去的軟弱小姑娘，
她要讓大房知道——既然有膽招惹，就別怪她不客氣！

風 文創 386

必求良媛 上

國家圖書館出版品預行編目資料

必求良媛 / 林錦粲著. --
初版. -- 臺北市 : 狗屋, 2016.03
冊 ; 公分. --（文創風）
ISBN 978-986-328-563-2（上冊 : 平裝）. --

857.7 105000273

著作者 林錦粲
編輯 安愉
校對 黃薇霓 周貝桂
發行所 狗屋出版社有限公司
地址 台北市104中山區龍江路71巷15號1樓
電話 02-2776-5889～0
發行字號 局版台業字845號
法律顧問 蕭雄淋律師
總經銷 知遠文化事業有限公司
電話 02-2664-8800
初版 2016年3月
國際書碼 ISBN-13 978-986-328-563-2
原著書名 《公主的市井生活》，由北京晉江原創網絡科技有限公司授權出版

定價250元
狗屋劃撥帳號：19001626
網址：love.doghouse.com.tw E-mail：love@doghouse.com.tw